小学館文庫

アンダーリポート／ブルー

佐藤正午

小学館

アンダーリポート／ブルー

目次

アンダーリポート　7

アンダーリポート

第1章　旗の台

そのドアを押して私は中へ入った。

ドアは音もなく開き、音もなく閉じた。来店を告げるベルなどはいっさい鳴らなかった。

店内は思ったよりも奥ゆきがあり、左右の壁には店名から想像したとおり絵が掛かっていた。白い厚紙の枠にはめこまれた絵画や版画が一枚一枚、または二枚組で、高さや向きに変化をつけて飾ってあった。

さらに右手の壁ぎわには床から一メートルほどの高さで棚が設けられ小物の美術品が展示してある。その棚に沿ってテーブルが手前から奥へ四つ、縦に配置されている。棚や床板の色よりもやや濃いめの、光沢のある木製の丸テーブル。四つの丸テーブルにはそれぞれ二脚ずつ同じ材質の椅子。白い陶器の灰皿と、砂糖壺《さとうつぼ》。

無人のテーブル席の横を歩き、奥のバー・カウンターのほうへむかう途中でピアノの音に気づいた。

控えめな音色だった。他人に聴かせるための演奏ではなく、上達を目的とした練習のようでもなかった。弾き手の姿はそのときはまだ見えなかった。グランドピアノの鍵盤寄りの部分を、うまい具合にイーゼルに立てかけた催し物のポスターが隠している。

右手にアルファベットのUの形をしたバー・カウンターが目に入ったが、椅子に腰かけている客はひとりもいない。従業員の姿もない。四つめの丸テーブルの上に、文庫本ほどの大きさのメニューが何冊か重ねて置いてあった。私はひとつ取ってなおも奥へ歩いた。

メニューを手にカウンターのカーブした部分の中間に立つと、ちょうど背中にあたる位置にグランドピアノが据えてある。窓ぎわに据えてあるので、午後の光が斜めに差して、ピアノのまわりにだけ蜂蜜色の床に白い日だまりができている。

弾いているのは女だった。袖と丈の短いTシャツにジーンズ。その後姿から判断するかぎり若い女のようだ。思い出した曲を思い出した順番に、指先の記憶が曖昧なところは曖昧なまま弾いてゆく、そんな感じの演奏が続いていて、いま流れているのは一九八〇年代にヒットした日本の曲のような気がしたが、曲名を言いあてるまでの自信はなかった。

椅子のひとつに鞄《かばん》を置き、脱いだ上着をのせた。急ぐ必要はない、と私は自分に言い聞かせた。隣の椅子に腰をおろしてハンドタオルで汗を拭き、ついでに眼鏡のレンズを拭いた。

それからメニューに注意をむけた。厚手の表紙には営業時間が記してあり、それによると午前十一時から午後六時までがTea time、午後六時から午前一時までがBar timeということだった。表紙をめくると最初の頁《ページ》にはアルコールを含まない飲み物の名前と料金が並んでいる。オレンジジュースとアイスティーとレモネードの料金の違いを見ているあいだに音楽が止《や》んで、ピアノの蓋が閉まり、背後からサンダル履きの足音が近づいた。ピアノを弾いていた若い女がカウンターの中に入ってきて私とむかい合った。よく日に焼けた顔の女で、胸もとに赤いト音記号のプリントされた白いTシャツを着ている。

ごめんなさい、と彼女は囁《ささや》くような声で言った。それからそそくさとエプロンを付けた。あらかじめ結び目を作ってあった紐《ひも》の輪に首を通して、ほどいていたほうの紐を腰のうしろで結び直した。すぐにステンレスの水差しからグラスに冷水を注《つ》ぎ、私の前に置いた。

そのときまで私は彼女が最後に弾いていた曲のタイトルを訊《たず》ねてみることを考えていた。質問すれば答えてくれるかもしれない。私が予想した通りの答えを。私はまたひとつ自分の記憶力に自信を深めるかもしれない。

ご注文はお決まりですか？　と彼女が言った。

私は冷たい水をひとくち飲み、この店のオーナーの所在を訊ねた。社長なら奥の事務所に、と彼女が壁のほうを指し示した。呼びましょうか？

その必要はなかった。

そうしてほしいと答えるまえに、事務所に通じる壁のドアが開き、そちらへ顔を向けると、黒っぽいスーツ姿の女がひとり立っていた。

私はカウンターに向き直り、メニューを閉じた。まもなく靴音が近づき、店のオーナーとしての挨拶をその女は私にした。

「メニューにトーストはありますか」と私は若い従業員に言った。

「ごめんなさい」相手がまた謝った。「飲み物だけなんですよ」

「トーストの上にスライスしたリンゴをのせてくれませんか」

「はい？」

と従業員が声をあげ、そばに立った社長が微笑《ほほえ》みを浮かべた。

まちがいなかった。彼女は笑っている。私にはひとめで見分けがついた。十五年ぶりの笑顔だ。彼女にまちがいない。

これ以上、芝居がかった台詞《せりふ》は必要ないのかもしれない。相手はさっき振り返った私の視線をとらえたときに、その瞬間に私の顔を判別できていたのかもしれない。そしてその瞬間に警戒が始まり、カウンターに歩み寄るまでの短いあいだに計算が働き、結果としていまなごやかな微笑を浮かべて私の前に立っているのかもしれない。誰が認めるように彼女は頭の良い女だ。その気になれば、私がすでによみがえらせた当時の記憶を、もっと迅速に、より具体的に、細密に再現することができるだろう。

だからこれ以上の台詞は余計なのかもしれなかった。だが私はこの店に入るまえから言おうと決めていたことを最後まで言った。

「トーストにはバターをぬらずに、リンゴのスライスは櫛形《くしがた》にできるだけうすく、それを端と端が重なるように何枚かトーストにのせてください」

彼女は横の従業員を振り向き、その名前をさんづけで呼んで、なごやかな表情のまま こう言った。

「一時間ほど外で休憩してきて。それから、出るときにドアに準備中のプレートを掛けておいて」

若い従業員は質問をはさまなかった。

黙って指示に従い、付けたばかりのエプロンをはずし、手早く折りたたんで脇へ置いた。カウンターを出ていったん事務所の中へ消え、すぐに戻って来ると私に目礼して出口へむかった。むろん外へ出るときに準備中のプレートを掛けるのも忘れなかった。従業員教育のたまもの。

私はまた記憶力に自信を深めた。

誰もが認めるように彼女は頭の良い女だ。そして十五年前、彼女自身まだ三十代だった頃から、同性の、特に若い女の心をつかむ才能にめぐまれていた。年下の女性と友情を結び、相手の信頼をかちとる才能。

「古堀《こぼり》くん」と女が言った。

「はい」

「古堀徹《とおる》くんね」

「そうです」

「検察庁に勤めていた」

そうだ、彼女の声はこういう声だった。身体《からだ》に似合わず太く、深みのある声。やわらかで、ものうげで、温かみがあり、そのなかに微《かす》かにざらついた濁りのふくまれる声。

「いまでも勤めています、地方検察庁に検察事務官として」

「そう」

「美由起《みゆき》さんからお聞きになってませんか」

私が差し出した名刺を彼女は指先でつまみ、目もとから五十センチも離して眉を寄せて読んだ。

「あの子とはいまは音信不通だから」

「九木《くき》さんからはどうです」

「誰？」

「九木悦子《えつこ》」

彼女はうなずきもしなければ、それは誰？　とふたたび聞き返すこともしなかった。

今日はその話でうかがったのです、と私は言った。


彼女は私のためにレモネードを作った。

ビールを飲むかと訊《き》かれて気持は動いたのだが、私はしらふで話そうと決めていたので首を振った。すると彼女が、古堀くんはもともと飲めなかった？　と訊ねた。

彼女にとって私は十五年前に一二度会っただけの相手だから、その質問はさほど不自然にも聞こえなかった。だが私は、彼女が芝居をしていると感じた。私がビールを飲むことを知っていてそう訊ねたのだと。たとえ十五年前だろうと私が憶《おぼ》えている一夜のことを彼女が忘れるはずはないのだと。

彼女はカウンターを出ると私の左隣の椅子に腰をおろした。脚が長く背もたれの低い椅子だった。胸を反らしぎみにすわった姿勢を見て、私はあらためて彼女が小柄な女だと気づいた。記憶のなかの印象より、もうひとまわり彼女は小さかった。カウンターの私の前にはレモネードの細身のグラスと、水の入ったグラスがあった。彼女の前にはタバコと灰皿と携帯電話が用意されていた。私は直接グラスに口をつけてレモネードを飲み、彼女は隣にすわるなりマッチを擦ってタバコに火を点《つ》けた。

「甘すぎなかった？」

「いいえ、ちょうどいい味です」

彼女は小さく二度うなずき、灰皿を手もとに引き寄せてマッチの燃え残りを捨てた。

「それで、改まって話があるというのは何？」

「実は十五年前の話です」と単刀直入に始めた。「当時、僕は二十八歳で、いまと同じ地方検察庁で働いていて、市内のマンションに独り暮らしでした。マンションの隣の部屋に若い夫婦が住んでいたのですが、奥さんのほうのなまえが悦子……」

「十五年前の話？」

と彼女が目尻に皺《しわ》を寄せて私に笑いかけた。

「遠い昔ね。それはまだ、あなたと美由起がうまくいってた頃の話ね？」

私はもうひとくちレモネードを飲み、急ぎ過ぎるなと自分に言い聞かせた。夜までまだ時間はたっぷりある。店の扉には準備中の札も掛かっている。

「確かに遠い昔ですね」

私は笑顔の相手に笑い返した。

「美由起さんがまだ、眼鏡をかけた男は趣味じゃないと言い出す以前の話です」

「古堀くんはあの頃、眼鏡はかけてなかった？」

「ええ、だいたいコンタクトレンズをつけてました」

「でも、不思議ね、昔も今も印象が変わらない。体型だって髪型だって変わらないといえば変わらない気がする。四十歳を過ぎてその体型が保ててるというのは、結婚相手にめぐまれた証拠でしょう。それとも、リンゴのトーストを食べ続けてきたたまもの？」

「あの頃に比べればこれでも体重は増えてますよ」

「でも、人としての印象は変わらない、昔も今も。古堀くんは古堀くん、どこからどう見ても有能な検察事務官という感じがする」

タバコの先端を灰皿に当て、小刻みに十字を描くようにして彼女は火を消した。その途中で不意に笑い声を洩《も》らした。

「といっても、あたしは有能な検察事務官というのがどんな仕事をする人間なのかまったく知らないわけだけど」

笑顔が消えるまで私は待った。

「でも僕が今日うかがったのは、美由起さんの話ではありません」

「そうでしょうね」

「ええ、全然別の話です」私は彼女の携帯電話に目をやった。「さきほどから言っているように、九木悦子という女性の話でうかがったんです」

「ごめんなさい、さっきから、その名前を思い出そうと努力してるんだけど」

「思い出せませんか。十五年前の名字は村里《むらさと》でした。村里悦子。僕と同じマンションの隣の部屋に、夫と、四歳になる娘と、三人で暮らしていたんです」

「それで、その人が？」

私はため息をついて見せた。

「会ったことがあるんですよ、一緒に」

「一緒に？」

「十五年前、村里悦子とあなたが初めて会ったとき、その場所に僕も居あわせたんです。だから、いまここで僕にむかって、村里悦子のことなら憶えていると仮にあなたが言ったとしても、それはそれでちっとも不自然ではないんです」

彼女は新しいタバコをくわえてマッチを擦った。

「でもあたしは憶えていない」

「ええ、仮に憶えていないとお答えになっても、それも不自然ではないと思います。なにしろ十五年前に一度会っただけの相手ですから。少なくとも、村里悦子とあなたが会っているのを僕が目撃したのは、たった一度だけだから」

ひとくち吸ったタバコを灰皿に残したまま、彼女は悠然と、時間をかけて上着を脱ぎ、それを縦ふたつに折りたたんで隣の椅子の背に掛けた。チャコールグレイの上着を取り去った彼女の身体はいちだんと小さくなったようだった。

「少しわかってきた」と彼女はうつむいてネックレスのずれを直しながら言った。「古堀くんが何のためにここに来たのか。突然あたしの前に現れて、昔の思い出話をしたがってるわけね」

「そうです。たとえば、僕があなたに話してみたいのは、十五年前の今日のことです」

彼女がつまみあげたタバコの吸いさしはすでに消えている。十五年前の今日？　と彼女は軽率に聞き返すことはしなかった。代わりにすぐにもう一本箱から抜き出してマッチを擦った。私は用意していた質問をひとつした。

「憶えていますか、十五年前の今日、自分がどこで何をしていたか」

「いいえ」と彼女は嘘《うそ》をついた。

「外国に旅行されたことがあるでしょう」

「何度かね」

「十五年前の今日、あなたは旅行中だったはずです」

「仮にそうだったとしても、思い出せないわね」

「パリで美術館にいたかもしれない。あるいはミラノやローマの美術館にいたのかもしれない。でもとにかくあなたは」

「ねえ、古堀くん」

私はしばらく待った。

彼女の表情が険しくなったのは一瞬だった。小さな十字をいくつも描くようにして彼女はまたタバコを消した。その途中で穏やかな笑みを取り戻した。長めの吸殻が灰皿に三本たまった。

「いいわ、わかった」と彼女は言った。

「どうわかったんです？」

「全部話してみて。その話をするために、はるばるこんなところまで来てくれたんでしょう」

「ひとつの物語です。記憶を頼りに僕が独りで作りあげた物語」

「とにかくそれを最後まで聞かせて」

私はうなずいて、これは新聞のコラムで読んだ話だと断って話しはじめた。

「アメリカの田舎町での出来事なんですが、実話です。ある青年が図書館で初めて会った女性に恋をしたそうです。青年はその夜のうちにラブレターを書いて翌日また図書館に出向きます。でも、ひとめぼれした相手には会えない。翌々日も、そのまた翌日も、青年は出会ったときと同じ書架の前で待ち続ける。何日待っても彼女は現れない。あとでわかった事なんですが、その女性は別の男との結婚が決まっていて、青年との出会いの翌日、町を離れてしまっていたんですね。

ところがそれから四十年後、青年は、そのときはもう青年ではないわけですが、同じ図書館の、同じ現代詩の書架の前で、彼女との再会を果たします。彼女は夫と死別して久しぶりに故郷に戻って来ていたんです。いまや六十歳を過ぎた青年は、この日のために四十年間大切に取っておいたラブレターを手渡し、彼女はそれを読んで感動します。つまり、ふたりは四十年かけて結ばれたというのがこの話の結末なんです」

私はレモネードを飲んで喉をうるおした。

「ところで、この話には見逃せない重要なポイントがあります。それは、青年はなぜ、たった一度しか会ったことのない女性を、四十年後に再会したとき、その場で見分けることができたのか？　という疑問です」

「もっともな疑問だけれど」彼女が口を開いた。「それが何か、十五年前の今日の出来事と関係があるのかしら」

「直接はありません。なぜそれができたかわかりますか?」

彼女は微かに眉をひそめて私を見返し、私の質問を受け流した。

「匂いですよ」

私はかまわずに続けた。

「彼女がつけていた香水です。その匂いの記憶が、初めて出会ったときと同じ場所で、つまり図書館の書架の前で四十年後に再会したときによみがえったんです。彼女が四十年前と同じ匂いを身につけていたおかげで、彼は記憶を呼び戻すことができたんです。にわかには信じられないかもしれません。でもある本によると、人間の嗅覚は味覚の一万倍も鋭いということです。もともと人にはそういう感覚がそなわっているんです。ある匂いをしっかり記憶してさえいれば、四十年後に嗅ぎ分けたとしても不思議ではありません」

私はまた喉を湿らせるためにレモネードを口にふくんだ。

「つまり僕が言いたいのは」

「つまり」と彼女が遮った。「古堀くんの物語のモチーフがそれなわけね?」

「おっしゃる通りです」私は彼女の反応に満足した。「実は匂いをきっかけにして僕は物語を考えはじめました」

「記憶を頼りに」

「ええ。そういうわけで僕があなたに聞いてもらいたい物語はここからはじまります。これから長い話になります」

「そうでしょうね」

と彼女は言い、四本目のタバコに火を点けた。

そしてひとつの物語を私は彼女に語った。

もちろん最初からそのつもりで彼女を訪ねたのだし、彼女もまた最初からそのつもりで、私の長い話を全部聞くつもりで店の扉に準備中の札を掛けさせたに違いなかった。

私の考えでは、カウンターの上に置かれた彼女の携帯電話には九木悦子の番号が誰よりも先に登録されているか、そうでなければその番号を彼女は暗記しているはずだった。いずれにしても九木悦子から彼女へ、私に関する情報はほぼ筒抜けだと思って間違いない。彼女は今日私がここに現れることをある程度覚悟し、待ち構えていたに違いなかった。

私の話を聞き終わるまで彼女は口を開かなかった。ただし、途中で席を立ち、カウンターの内側に戻るといくつかのことをした。吸殻のたまった灰皿を片づけ、新しいのに取り替えたこと。水差しからグラスに冷水を注ぎ、それをひとくちふたくち飲んだこと。頭の後ろで丸くまとめて結った髪の、何が気になるのか盆《ぼん》の窪《くぼ》のあたりに何度か指さきで触れたこと。一度だけかかってきた携帯電話を開いて表示画面を確認し、またすぐに折りたたんで元の位置に戻したこと。

最後まで私が語り終えたとき、彼女はカウンターをはさんで正面の位置に立っていた。

「どうですか」と私は訊ねた。

「どうですかって」彼女には私の質問をおかしがる余裕がまだあった。「いったい、あたしにどう答えろと言うの」

「僕の物語は正しいですか」

「正しい？」

「つまり十五年前に実際に起きた事と同じですか、それともどこかに誤りがありますか」

「言葉に気をつけて、古堀くん」と彼女は笑いながら言った。「実際に起きた事と同じだと言えば、言ったとたんにあたしの立場は危うくなるのよ」

「そうじゃないんです」

彼女はてのひらで額の髪の生え際を押さえ、私を見た。

「安心してください。もし実際に起きた事とまったく同じだとしても、まったく同じだとあなたが認めたとしても、あなたの立場は何も変わりません。この十五年間と同じです」

「なぜそう言えるの」

「なぜなら、僕はいまここに検察庁の人間としてすわっているわけではないからです。たとえあなたが何をお話しになろうと証拠として採用される心配はありません。もちろん、このシャツの中に隠しマイクをしのばせてもいません」

私はジョークのつもりで軽く胸をたたいて見せたが、彼女はにこりともしなかった。

「さっき渡した名刺をよく見てください。僕は総務課の庶務係長で、今回の出張は十五年前の事件とは何の関係もないんです。それに僕は一個人としても、あなたに特別な何かを要求するつもりはありません。僕が欲しいのはイエスかノーかの回答だけです。僕の考えた物語が実際に起きたことなのかどうか、知りたいのはそれだけなんです」

「それはなぜ」

「何も要求しない理由ですか？」

「なぜ知りたいのかという理由よ。古堀くんはなぜそのことを知りたがるの」

「この物語は僕の人生とも関わりがあるからです」

私はそう言ってレモネードのグラスに手を伸ばした。そのひとくちで中身は空になった。私は細身のグラスをてのひらで包みこんだままもう少し考えてみた。

「それが答え？」と案の定、彼女が言った。

そのとき私は別の答えを思いついてそれが喉まで出かかっていた。ほかに知りたいことはない、心から知りたいと願うことなど、ほかには何も見つからないから、というのがその答えだった。だが言葉にするのは堪《こら》えた。

あらかじめ決めたことは最後までやり通す、その姿勢を私はここでも守ることにした。想定していた質問には予定通りの答え方を。

「あなたのなぜと、僕のなぜを交換しませんか」

「何を言ってるの？」

「動機の話をしてるんです。僕は記憶をもとに物語を組み立ててゆきながら、なぜ？ということを何度も考えてみたんです。でもこの物語は動機を探るには荒唐無稽すぎる。あまりにも日常の感覚から掛け離れている。なぜこんな絵空事のような事件が本当に起きてしまったのか？　おそらく人は通常の説明では納得できないでしょう。通常の説明で納得できるのは通常の範囲内の出来事についてだけです。たとえ理にかなう説明をされても、起きた出来事のほうが常識を越えているし、奇妙すぎる。だから僕はあなたに理屈のとおった動機を求めません。僕はあなたの釈明を聞きたいわけじゃない。良心の問題について議論をしに来たわけでもない。何度も言ってるように、僕の考えた物語が現実に起きた事なのかどうか、その答えが知りたいだけです。なぜ知りたいのかと言われても、うまい説明は思いつかない。あなたの動機を問わないのと交換に、僕のほうのなぜも忘れてください。理由が何であろうと、とにかく、どうしても僕は知りたいんです」

「荒唐無稽で、絵空事で、説明がつかない」と彼女が呟《つぶや》いた。

「ええ」

「自分でもわかってるんでしょう？　そんな話は世間には通用しない、誰も耳を貸さない」

「だから誰にも話しません。でも、記憶をもとに考えてゆくと、どうしても荒唐無稽な物語がひとつ出来あがってしまう」

「古堀くんの記憶が間違ってるのかもしれない」

「そう思いますか？」

　彼女がうなずいて、レモネードのグラスを取り上げ、カウンターに残ったグラスに冷たい水を注ぎ直してくれた。私はそれを飲み、眼鏡をはずしてカウンターの上に置き、目をつむった。

「記憶のトリック」と彼女が言った。「時が経《た》てば、ある部分が誇張されて実際には見ていないものまで見たように思い込んだり、逆に、実際に見たはずのものが抜け落ちたりもする。記憶に頼ると、あまりに頼り過ぎると真実から遠ざかってしまう。記憶のトリックよ」

「この匂いです」と私は言った。

返事がないので私は目を開き、眼鏡をかけ直した。

「間違いなくこの匂いです。あなたがいまつけている香水と同じ匂いを、僕は十五年前にあの場所で嗅ぎました」

彼女の表情が変わったわけでもないのに、私はそれまでとは違う気配を感じ取った。私の切った切札に虚をつかれて、彼女が生身の姿をかいま見せたように思った。こめかみの横に一筋、ほつれた髪が垂れているのを見て、そんな印象を受けたのかもしれない。

私たちはカウンターをはさんで見つめ合った。私は目をそらさなかった。目をそらすなと自分に言い聞かせた。相手が生身をさらけだすまで。どんなに鈍い男だと思われても。

やがて相手が根負けして口を開いた。

「わからない人ね」彼女は僅かに間を置いた。「ここでいま、古堀くんの物語が正しいとあたしが認めれば、どうなるの」

「それだけでいいんです。あなたの口からその回答が聞ければ、それで満足して僕は帰ります」

　カウンターの縁を両手でつかんで彼女は深いため息をついた。

「あなたの弱みにつけこむ気など毛頭ありません。今日うかがったのは出張の日程に合わせただけで、偶然です。何べんも言ってるように、僕は別にあなたに対して」

「あのひとは幸せそうね」

　質問の意味を理解するために少し時間がかかった。

「幸せでしょう？」

「そうですね」私は認めた。「九木悦子はいまは幸せだと思います」

「だったら、良かったじゃない」

「だったら？」

　彼女は新しいタバコに火を点け、カウンター内の冷蔵庫からビールを二本取り出して、一本を私の前に置いた。だったらとはどういう意味だろう？

　栓抜きの要らないビールだったが私は手を触れなかった。だったらあたしのしたことは間違っていなかったという意味なのか。彼女が自分のビールのキャップをひねり、私の視線をとらえたまま、瓶ごと口にふくんで飲んでみせた。

「連絡は取り合ってるんですね？」私はカウンターの上の携帯電話に目をむけた。

「会ってはいないんですか？」

彼女が否定しなかったので私はさらに訊いた。

「この十五年、一度も会っていないんですか」

彼女は否定も肯定もしない。

「十五年前に、洗足池《せんぞくいけ》の公園で会ったのが最後なんですね?」

携帯電話の横の灰皿には、彼女の指の添えられた吸いかけのタバコが当たっていて、ほそく青い煙を、夕暮れの空気の色のように青い煙をまっすぐに三十センチほどの高さまで立ちのぼらせている。

「古堀くん」と彼女が切り出した。「二つ、あなたを驚かせることがある。一つは、香水のこと。実を言うとこれは、いまあたしがつけている香水は昔のものとは違う。だから十五年前、あの場所であなたが嗅いだのは別の匂いだったはずなの」

私は驚かなかった。もともと十五年前に嗅いだ匂いの記憶と、いま彼女がつけている香水の匂いとがまったく同じだと言い切る自信はなかったから。

だがいまのいま彼女は重要な事実を認めた。あの場所であなたが嗅いだのは別の匂いだったはずなの。十五年前、やはりあの場所に彼女はいたのだ。いまとは別の香水を身につけて。

「もうひとつは?」私は興奮を抑えた。

「もしあたしが、古堀くんの考えた物語は正しいと認めたとする。それで危うくなるのはあたしの立場だけじゃない」

「どういうことですか」

「血のめぐりの悪い男ね、相変わらず。あたしがそれを認めれば、認めたとたんに、あなたの身に危険がおよぶかもしれない。そんなことは考えてもみない？　さっきあなたは、この物語は自分の人生とも関係があると言った。でもそれは言葉のうわっつらだけ。本当にあなたが、この物語と関わるとしたら、それはこれからよ。あたしがそれは実際に起きた事だと認めた瞬間から。

　あたしの言ってることがわかる？　もしあなたの考えた通りの事が起きたのだとすれば、この十五年、あたしは崖っぷちに立って生きてきたことになる。十五年、それがどんなに長い時間か想像してみなさい。いつか誰かが、今日あなたが現れたように、突然やって来てあたしを崖から突き落とそうとする。そのことを何千回、何万回考えてこれまで生きてきたか想像してみなさい。他人の秘密を暴き立てて、自分はそれで満足して帰りますと言う。そんな馬鹿な事はあり得ない。それこそ絵空事よ。いったいあなたは、自分の人生が一生安泰だとでも思ってるの？　人にどんな災厄が降りかかろうと、自分だけはいつまでもいまの自分であり続けると信じてるの？　だったらそんな考えは捨てたほうがいい。いまここで捨てたほうがいい」

　そうだ。

そういうことも考えてみたほうがいい。

いや、真剣に考えるべきなのだ。いまこの瞬間から。なぜなら、いまこの瞬間に、私の考えた物語は絵空事ではなく現実の事件になり、彼女にとって私はその事件の秘密を握る唯一の人間になったのだから。ただひとり九木悦子を例外として。かつて夕バコの煙の青みを夕暮れの空気の色に譬《たと》えた女は例外として。あの女は、世界でただひとり信頼している年上の女が、それはむしろ夜明けの空の色だと言えば、説き伏せられて自分の考えを取りさげる。自分の考えを取りさげ、年上の女についてゆくことでいまの幸せを（もしあれが幸せと呼べるなら）手に入れた。

おそらくふたりは十五年前の雪に降りこめられた夜の電車の中で、もしくは夕闇のせまる洗足池公園の敷地内でその話をしただろう。その時点で、ふたり以外の人間にとってはまさしく荒唐無稽で絵空事にしか思えない肝心な話のあいまに、夕バコの煙の色を何に譬えるかという日常的な議論もしただろう。

「いいのよ、入って」

彼女の声がそう言ったが、それは私にではなく、さきほど休憩を取るように命じられた若い従業員に対してで、その従業員はいま半開きになった入口のドアのそばに立って中に入ることをためらっている。ドアの外はすでに暮れかけていて、目の前で彼女の指の先から立ちのぼる夕バコの煙のように青みがかって見える。音楽をかけて夜の部の準備にかかるように彼女が従業員に言いつけ、胸もとにト音記号のプリントされたTシャツ姿の若い従業員が私に目礼して奥の壁のドアのむこうへ消え、彼女が私に、今度は私に、さあビールを飲みなさいと勧める。

昔いちどだけふたりで飲んだときのように？　と私はカウンター越しに目で問いかけようとするが、彼女は唇にうっすらと笑いを浮かべて、どこからいつのまに取り出したのか老眼鏡をかけて私の名刺を改めて読み直している。いま私の身はどれほど危うくなっているのだろう。この十五年間、彼女たちが崖っぷちに立ち続けていたのだとすれば、私もいま同じ場所にきわどく立っているのだろうか。

彼女の言うとおり、他人の秘密を暴き立ててひとりだけ満足して引き返すわけにはゆかない。そのつもりでいたのなら、もう手遅れだ。彼女たちが背負っている秘密の重さと同じだけのものをこれから私も背負うことになるのだから。だが、そう考えても不思議と私の心は波立たない。強がりではなく、いつまで待っても恐怖心はわいてこない。むしろこれで良かったのだとすら感じる。ここにきて私は自分の欲しい物がやっとわかったような気がする。私がここにたどり着くまで願っていたのはこれなのだ。ふたりの秘密の輪の中にたぐりこまれること。彼女たちの荒唐無稽を、絵空事を、他人には説明のつかない物語を共有すること。安泰ではない人生に足を踏み入れること。ビールを飲みなさい、ともういちど同じ口調で、勧めるというよりもむしろ命じるような口調で言われ、私は思わずうなずいてキャップをはずし瓶ごと口にふくむ。彼女に視線をとらえられたまま、それをひといきに飲む。自ら殺人を認めた女に、十五年前、人ひとり撲殺した女に、自分よりもずっと背の高いひとりの男を金属バットで殴り殺した女に、目を見つめられたまま。

第2章　大森海岸

　駅と駅のあいだ、平常なら停《と》まるはずのない地点で電車が速度を落としたとき、乗客たちはざわめいた。普段からその電車を使い慣れた乗客が大半をしめていたはずだから、それが自然な反応だっただろう。速度はじわりとではなく急激にゼロに近づき、作動したブレーキのせいで軋《きし》る音が電車のあげる悲鳴のように聞こえたに違いない。

　だが彼女はあわてなかった。

　進行方向とは逆に身体が傾くくらいの揺り返しがあったあと電車は動かなくなり、平常なら停まるはずのない線路上にぴたりと静止した。ほんの一瞬だが、すべての物音が途絶えた。

　車掌のアナウンスが沈黙を破り、聞き終わるまえに乗客の一部は苛立《いらだ》ちの声をあげ、何人かは顔色をかえて騒ぎだした。それでも彼女はあわてなかった。

彼女はそれが起こることをうすうす感じていた。電車が前の駅を徐行運転で出発したときにすでに感じていた。その立会川《たちあいがわ》という駅で時間調整のために十分近く停車していたときにも、品川からこの電車に乗り込むときにも、その前の浜松町でも、モノレールの車中でも、羽田に降りる飛行機が延着したときにも。実を言えば朝、家を出るときにも予感はあった。自分が自分の考えでやろうとしていること、そのことにもし重大なあやまちがふくまれているなら、それを戒める力が、抑止しようとする力がはたらくだろう。彼女は当時そう信じていた。私に言わせればそんな力がはたらいたためしはなかったのだが、本人は固く信じていた。

外は雪だった。

朝のうちに降りだした若々しい雪が夜になって勢いを増し、電車の屋根に、窓に、線路に、いまも牡丹雪《ぼたんゆき》がとめどなく降りかかっていた。まるで花吹雪の渦のなかに電車が立ち往生したかのようだ。車内の窓はくもっていて外の様子はうかがえなかったが、気配でそれはわかった。この雪はやまない。時間調整のための停止だという車掌のアナウンスはほとんど毎分ごとにくり返された。大雪のためダイヤが乱れている。次の駅との連絡を取っているのでもうしばらく時間がかかる。くり返されるたびに大勢の乗客のあいだから舌打ちやため息が洩れた。車内に不穏な空気がたまっていくのがわかった。

　進行方向にむかって左側ドアのすぐ横の座席に彼女は腰かけて、膝の上にバッグをのせていた。バッグといってもそれは空港行きのシャトルバスに乗るまえに売店で買った厚手の紙袋だった。洗面用具と、下着の替えと、キャラメルがその中に入っていた。それだけしか入っていなかった。左手でその土産物用の紙袋を、右手で隣にすわった子供の肩を抱いていた。

「だいじょうぶよ」とすぐそばで声が聞こえた。「心配いらない」

　声をかけたのは吊《つ》り革につかまって立っている乗客のひとりで、目を覚ました子供がその乗客の顔を見上げていた。若い女性客だった。もちろん見知らぬ女だ。

　彼女はその見知らぬ女に笑顔をむけた。およそ子供を持つ母親には似つかわしくない、無邪気な、人なつこい笑顔だと相手は思っただろう。そのとき改めて思っただろう。人の気をそらさない笑顔は彼女の才能のようなものだった。視線の合った相手には、無差別に、何のふくみもない笑顔を見せてしまう癖が彼女にはあった。そして人が自分に視線をむけるのは、唇のそばに目立つホクロがあるせいだと本気で思い込んでいた。幼いころ、そのホクロは将来あなたの宝物になるとまわりの大人に言われて彼女は育ったのだ。

　見知らぬ女が笑い返した。

笑い返して何かを言おうとしたとき、ふたたび車掌のアナウンスが流れた。だがそれはいままでのものとはまったく異なる緊迫した内容のアナウンスだった。パンタグラフに故障が発生したためこの電車はここを動けない。これ以上先への運転は不可能となった。

車掌のアナウンスはなおも続いたが、彼女はそのあとの説明がうまく聞き取れなかった。ただ乗客がいっせいにざわつきはじめたので、紙袋と子供の身体を抱いた手に少しだけ力をこめた。

「だいじょうぶよ」とさきほどの見知らぬ女が言った。「心配しないで」

いきなり電車の片側のドアが開いた。

激しく空気の洩れ出る音がして、進行方向右側のドアから風が吹いた。風を追いかけるようにして雪が激しく舞い込み、ドア付近の乗客が取り乱して短い悲鳴をあげた。あわてないで乗務員の指示に従って電車を降りてください、とアナウンスがあった。同じ文句が四度くり返された。

「だいじょうぶだからね」

と見知らぬ女がまた声をかけた。子供と若い母親の両方の視線をしっかりととらえて。母親はその女にうなずき、微笑んでみせた。

「ゆっくりでいいから」相手が微笑み返した。「ちっともあわてる必要はないから。

あたしがついててあげる。みんなが降りるまで待つのよ」

　彼女たちは待った。

　待つあいだに、子供の隣の席が空いたので、見知らぬ女はそこに腰をおろした。ひとりずつ、と乗務員の声が聞こえた。落ち着いて、ゆっくり、ひとりずつ降りてください、足もとに気をつけて。乗客たちのざわめきが収まり、徐々に車内に空きが目立ちはじめ、空気が冷えていった。

「電車に乗ってどこへ行くの？」と女が訊いた。

　訊かれた子供が母親を振り向き、それから小さな声でひとことだけ答えた。

「ディズニーランド？」と女が母親に聞き返した。

　母親は子供と顔を見合わせながらうなずいてみせた。それは嘘ではなかった。彼女は翌朝、子供を連れて東京ディズニーランドに行く予定を立てていた。

「今夜、この電車でどこへ行くつもりだったの？」と女は質問をつづけた。

「大森海岸という駅まで」

「大森海岸で降りて、それからどうするつもりだったの？」

　たまたま電車に乗り合わせた人間にしてはくどい質問だったはずだが、若い母親はそうは感じなかった。確かに相手の顔には見おぼえがない。でもまったく見ず知らずの他人という気もしない。彼女は訊かれるまま正直に、何ひとつ省略せずに答えた。

今夜は大森海岸駅の近くのホテルに泊まるつもりでいること。でもまだ予約はとっていないこと。そのホテルの名前は浜松町の駅に出ていた看板で見つけたこと。その看板にはホテルからディズニーランドまで直行バス運行の文字が記されていたこと。羽田に夕方着く飛行機が三十分も遅れたこと。モノレールで浜松町まで行き、そこで看板を見て、駅員に大森海岸までの乗り継ぎ方を教わって切符を買ったこと。

話を聞かされた女は、話し終えた女に笑顔をむけられて、仕方なしにまた笑い返すことになった。それから、ある決心をつけて、

「知ってる」

と言った。きっと言ったはずだ。信頼関係をこれからきずくつもりなら、隠し事や嘘は禁物だから。

「飛行機が遅れたことは知ってる」と見知らぬ女は言った。「あたしもその飛行機に乗っていたから」

電車の乗務員が大声で彼女たちを呼んだ。

「申し訳ありませんが、降りてください。ここで降りて大森海岸まで歩いてください」

「このままじゃ凍えてしまう」

と女が独り言を言い、先に立ち上がった。網棚から革の旅行鞄をおろすとファスナ

ーを開けて中を探った。そのあいだに、母親のほうは紙袋を手にしたまま何とか子供を抱きかかえた。

「無理よ」毛糸の帽子と手袋を取り出した女がそれらを子供に身につけさせながら言った。「この子は歩かせないと」

はめてもらった手袋が子供は特に気に入った様子だった。もともと人見知りがつよく、母親にくらべると表情にとぼしい子供だったが、この指にぶかぶかの手袋は嫌がらなかった。

彼女は子供を抱いてドアのそばまで連れてゆき、乗務員の手を借りてまず子供と紙袋を電車の外におろしてもらった。それから片手で手すりをつかんで、背後を女に守られるようにして自分もステップを降り、外の雪の中に立った。立ったとたんに子供を歩かせるのは不可能だとわかった。積雪はすでに彼女のスニーカーが埋まるほどまであった。そして想像通り雪は花吹雪のようだ。続いて降りた女が旅行鞄と紙袋を両手に持ち、母親と子供を励ました。

「だいじょうぶよ、ひとりじゃないんだから。がんばって歩いたら、ご褒美にその手袋をあげるからね」

「歩いてください」とヘルメットを被《かぶ》った乗務員が言った。「申し訳ありませんが、歩いてもらうしかないんです。途中に懐中電灯を持った者が何人か立っています、それを目印に行ってください。大森海岸の駅までほんの二百メートルほどですから」

男が指さした方向とは逆の、すこし離れたところに別の乗務員がいて、その周囲を数人の男女が取り囲んでいた。怒りのあらわな声がそちらから聞こえた。特に激高した女性の声が耳についた。ヘルメットの男が雪を踏みしめてその輪のほうへ近寄っていった。

「行きましょう」

荷物を持った女がうながし、母親は歩きたがる子供をうむを言わさず抱きかかえた。そばの女と腕の中の子供が同時に声をあげたが耳を貸さなかった。

こうして三人は大森海岸駅をめざして歩きだした。降りしきる雪のかなたに黒い人影がいくつも見えた。いちはやく電車を降りて線路づたいに行進する乗客たちの列が、ずっと先まで黒く長く続いているのが確認できた。だが自分たちがいまレールの上を歩いているのか、それに沿って歩いているのか、じきに区別はつかなくなった。

一歩一歩、慎重に、滑らないように足もとに注意を払って彼女は歩いた。もうすぐだからね、と何度も何度も見知らぬ女に励まされながら。同じ言葉でみずから子供を励ましながら。そうやって雪の中を歩き続けるうちに彼女は、自分が待っているもの、ひたすら待ち続けていたものに、自分のほうから一歩一歩近づいているような予感を感じていた。

言い方をかえれば、そのとき彼女は、降雪やパンタグラフの故障のせいではなく、自分が乗っていたことが真の原因で電車は走るのをやめたのだと、なかば本気で考えていた。例の力がはたらいたのだと。

彼女が待ち続けていたもの、それはひとことで言えば神の恩寵《おんちょう》だった。そしてこの夜の行進の時点で、その恩寵をいつかもたらす候補者の第一番目は私だった。あの街から逃げるべきではない、と彼女は思い直した。私の住む街、つまり彼女自身が住む街を離れるべきではない。そこから逃げて遠ざかるのは重大なあやまちだ。そこにとどまり最後まで待つしかない。だから彼女はすぐにも故郷の街に戻ることを考えていた。戻るために彼女は大森海岸まで雪まみれになって歩いた。

ついに駅まで歩き通したときも、不思議と疲れてはいなかった。十分歩いたのか二十分歩いたのか定かではなかったけれど、子供を抱いていたせいで両腕が痺《しび》れていたことを除けば、まだいくらでも先へ進める余力があった。頭も身体もしっかりしていて、大森海岸から直接故郷の街へむかう電車の連絡がないのが残念なくらいだった。

雪はやや勢いを失っていたが、駅のホームも、階段も、待合所も、駅舎のまわりも混雑をきわめていた。公衆電話の前には行列ができ、歩き疲れた人々がそこらじゅうに座りこみ、救急車に運びこまれる病人も出ていた。何がきっかけなのか駅員を取り囲んでの押し問答が起こり、手を触れたとか触れないとかの口論に警察官が割って入った。トイレの出入口のそばで彼女が荷物の番をしながら子供にキャラメルを食べさせていると、ダウンジャケットを着た男が現れて、止まった電車に乗っていたかたですか？と質問をした。目と目が合って彼女の笑顔に釣られた新聞記者に違いなかったが、戻ってきた連れの女にその取材はきっぱりと断られた。

「ホテルの名前は？」と女が訊ねた。

もちろん彼女は憶えていなかった。こんなことが起こったあとでホテルの名前など憶えていられるわけがない。相手が何を訊ねているのか咄嗟《とっさ》に意味をつかみそこねたくらいだった。言われてみれば、浜松町で見た看板で記憶にあるのは、東京ディズニーランド直行バス運行の文句だけだ。彼女は答えるかわりにこう言った。

「こんなことはよくあるんですか」

「こんなことと？」

と聞き返したあとで、女は周囲を見渡し、それから彼女の着ているスタジアムジャンパーにしばらく視線を向け、はじめて自分から笑顔になった。

「よくあるわけがないでしょう。これは特別よ、今夜は普通じゃないことが起こってるのよ」

母親の腰にしがみついていた子供のまぶたが重たくなった。眠るまえに歯を磨かせないと、と彼女は思い、抱きあげて耳もとで名前を呼んだ。

「さあ、行きましょう」と女が誘った。

彼女が紙袋を持とうとすると、女が先に手を伸ばした。そして彼女の目をまっすぐに見て、電話でホテルの予約を取った、ツインの部屋を、と言った。

「歩けばちょっとかかるけど、でも歩けない距離じゃない、列に並んでタクシーを待つよりは早いかもしれない。まだ歩ける？」

「はい」

「だいじょうぶ、何も心配はいらない。あたしは、何だかあなたが他人のような気がしないの」

自分もそうだ、ずっと前からそんな気がしていた、そう答えるかわりに彼女は腕の中の子供に笑顔をむけた。

「わかるでしょう？」眠りについた子供に目をやって女が言った。「あなたとあたしは同じ匂いがする。気づいてた？」

彼女は薄く目を閉じた。口もとに笑みを浮かべたまま目を閉じて、女の言うその匂いを嗅いだ。ずっと前から彼女はその匂いに気づいていた。

「あたしはあなたに話すことがある。あなたとふたりでゆっくり話してみたいことがある。その話は、最初はあなたを驚かせたり、怖がらせたりするかもしれない。でもあたしはあなたに聞いてもらいたい。あなたなら、あたしの話をわかってくれると思う。聞いてくれるわね？」

彼女は目をひらいた。

行きましょう、と返事を待たずに女が言った。

それが十五年前、一月七日夜の出来事だ。

のちに発生した二つの事件の契機となった出来事である。

現実に、ほぼすべてこの通りの出来事が起こったのだと、私はいま確信している。

その夜、彼女は彼女が待っているもののほうへ一歩一歩近づいていた。本人の言葉を借りれば神の恩寵へむかって歩いていた。ただしその恩寵がやってくる場所は、彼女自身が想像していたのとはまったく違う方角にあった。私からも、私たちの街からも、ほど遠いところで彼女を待ち受けていた。

現実をありのままに言えば、駅前の大通り、第一京浜を平和島方面へ歩いたところにそれはあった。大森第一ホテルというのがその名前だった。

第3章　村里ちあき

私がこの物語を現実に起こった出来事として真剣にとらえ、考えはじめたのは五カ月ほど前のことである。

それまでの私は何も考えてはいなかった。

ただ漠然とこう思っていた。

世の中のたいていの人間が経験することは、もう全部、経験してしまった。

学校を出て、公務員試験に受かり、地方検察庁に職を得た。人なみに恋愛をし、失恋し、結婚して子供をもうけ家を建てた。目標も、希望も、情熱も、歓喜も、挫折も、悲哀も、辛抱も、努力も、諦めも、あらゆるものがかつて私のなかにあり、私を通り抜けた。三十代の終わりに結婚を解消してひとりに戻り、月々の養育費を捻出するためにいまは借家住まいをしている。年齢は四十三になった。新しいことはもう起こらないだろう。若い人のように真剣に考え、悩む必要は生じないだろう。この先は、ただ一日一日を、職場での事務仕事のようにこなしていくのが私の人生になる。あるいは漠然とではなくて、明確に意識して、高をくっていたのかもしれない。そのことをなるべく忘れるために、私は考えるのをやめたのかもしれない。退屈でぶあつい物語を読むのを途中でやめるように。徐々に私は人づきあいの場から遠ざかり、長年の習慣だった日記さえつけないようになった。毎日が単調なくり返しなのでつける必要がなかった。私は身のまわりに注意をむけることすらやめていた。自宅の窓からの景色も、空の色も見なかった。庭の樹木にも関心を払わなかった。毎朝出がけに目にする花の名前すら知らなかった。石壁を這《は》うようにして咲くその花が時とともに色を変えるという特性にも気づかなかった。

職場で変わり者として目立たないように、上司の話しかけに相槌《あいづち》くらいは打てるように、朝刊と夕刊の見出しを読み、自宅で決まった時間にニュース番組を眺めるのが習慣になった。戦争や災害や事故や汚職や殺人の報道を眺めて、テレビを消し、新聞をたたんで昨日の新聞に重ねた。そして私は考えなかった。どのようなニュースも私を動揺させることはなかった。それは選ばれた特別な人々の物語であって、私にかかわりのある物語ではない。私自身の平凡な物語はほとんど完結している。読み残した伏線はひとつもないし、謎もすべて解きあかした。クライマックスらしいクライマックスもなく穏やかに終焉《しゅうえん》にむかっている。

今年四月、過去が揺さぶりをかけにやって来たときの私はそんな具合だった。

心構えというものが私にはまったくなかった。平凡な物語のページが普通とは逆に、後戻りしてめくられ、ある時点からまったく新たな物語として書き直される。しかも自分の手で書き直す機会が訪れる。そんなことが起こり得るとは予想もしなかった。

桜の季節も終わりかけたある晩のことだ。

来客があったのは九時過ぎで、二階の寝室で本を読んでいると犬が吠《ほ》えはじめた。一階の板張りの廊下を行きつ戻りつしながら吠え続けている。やがて玄関の引き戸が開けられる音がした。降りてみると、あがり口の土間に若い女がひとり立っていた。

オレンジがかったほの暗い照明の下で、春の装いの女はひどく場違いに見えた。まちがって配達された宅配便の荷物がそこに置いてあるような印象だった。新聞の集金人や大家以外に来客があったためしはなかったからそう見えただけかもしれない。だが若い女は片手に小型のリュックを提げ、もう一方の手に濃いピンクの花束を握っていて、そのことも第一印象を強めた。ちなみに私はユニクロのフリースのズボンに、冬のあいだ着古したカーディガンをはおっていた。その場にふさわしい主人が現れたので犬は吠えるのをやめた。

若い女の顔には見覚えがなかった。

おひさしぶりです、とむこうからお辞儀をして挨拶するまで誰なのか見当もつかなかった。

村里ちあき、と彼女は名乗った。それからまぎれもなく母親の血を受け継いだ笑顔で笑って見せた。

「驚かれたでしょう?」

「とにかくあがりなさい」

とだけ私は答えた。

玄関脇の板張りの部屋に客を通した。

普段は使っていない部屋の一つだが、壁に寄せて、四人並んですわれるほど大きなソファが置いてあるので応接間に見えないこともない。

村里ちあきにソファを勧め、私は台所から椅子を運んできて向かい合った。細かいことをいうと斜めに向かい合った。あいだにコーヒーテーブルをはさんでいるので、正面からゆったり向かい合うと、背中が、庭にむいた窓に接近しすぎて窮屈になる。つまり部屋の横幅が足りない。ばかでかいソファの配置をもっと工夫すれば何とかなるかもしれない。なにしろこの家を客が訪れたためしはなかったから、そういうことにもその夜初めて気づいた。

ソファの肘かけのそばに彼女のリュックが置かれていた。そのすぐ横に本人がすわり、ピンクの小さな花束はコーヒーテーブルにのせてあった。間近で目と目をあわせて、彼女があらためて微笑んでみせると、私は居心地の悪さを感じた。私たちふたりともがこの部屋には場違いであるように思えた。ソファとテーブルと、犬と私たち以外にはこの部屋には何もない。彼女が腰かけているソファは、もともとはワインレッドだったクッションカバーの色がところどころ薄れて、灰色がかっている。前の住人が適当に処分してくれと大家にことづけて置いていったものだ。

「十五年ぶりです」と村里ちあきがまず言った。

「よくここがわかったね」と私は答えた。

「ずいぶん探しました」

「そう」

「昔の新聞記事をネットで検索することからはじめて、それからいまの勤め先を調べて、電話をかけてみたけど相手にしてもらえなくて、直接検察庁まで行きました。それでなんとか住所だけ教えてもらって。でも住所を教えてもらっても、ここはわかりにくいですよね。坂道の途中に街灯もないし」

彼女はそこで犬に視線をむけた。不意の来客に飼い主以上に驚いた犬は、吠え疲れたのかソファのもう一方の肘かけのそばにうずくまっている。

「玄関の前に立ったら飼い犬が吠えるからって、下の酒屋さんで道を訊ねたとき聞いてて良かった。そうじゃなかったら見つけられなかったかもしれない。名前は何ていうんですか？」

「みつ」

「みつ」と彼女が犬に呼びかけた。犬は顎をあげて私を見た。「変わった名前ですね。女の子？」

私はただうなずいて見せた。琥珀色《こはくいろ》の毛をしたこの犬も、もともと私の飼い犬ではないからそれ以上の質問には答えられない。

「誰に？」と私は訊ねてみた。

「はい？」

「誰にここの住所を教えてもらったって？」

「休日出勤の人」

彼女が口にしたうろ覚えの名前と特徴から、それは私の部下にあたる職員だと見当がついた。

「ほんとうはむやみに連絡先は教えないんだ。仕事がら、もったいぶったほうが恰好《かっこう》がつくからね」

「ええ」彼女が笑った。「でも学生証が効いたみたい」

「学生証？」

「法学部の学生なんです」

「そう」私は笑い返した。

きっとその学生証と、母親ゆずりの笑顔が効いたのだろう。

「そうか」と私は意味もなく続けた。「もう大学生なのか」

「はい、いまは東京でひとり暮らしです」

「東京の大学」

「そうです。昨日東京から戻ったばかりなんです」

ではいったい何のために彼女はいまここにいるのか？

突然しかもこんな時刻に何が目的で東京からはるばる私を訪ねて来たのか。本人が切り出しにくいのであれば、こちらから訊いてやるべきだろうと私は思った。部屋に時計がないから確認はできなかったが、すでに九時半をまわっているだろう。

そのとき彼女のパステルカラーの上着のポケットから音楽が流れ出した。犬が首をもたげて好奇心を示した。みつ、と私が名前を呼んで落ち着かせた。

だいじょうぶ、心配いらない、と彼女は携帯電話にむかって喋《しゃべ》った。うん、ちゃんとたどり着けた。心配いらない、という言葉をもういちどくり返して電話は終わった。

　これという理由もなく、かけてきた相手は男だと想像がついた。

「おかあさん？」と私は訊ねた。

「いいえ」と彼女は半分は正直に答え、あとの半分ははぐらかした。「母は、あたしの携帯にかけてきたりはしません。あの、よかったらこれ、活《い》けましょうか？」

　私はピンクの花束に手をのばした。

「そうだね。いや、僕がやろう」

　応接間を出て、廊下を歩き、台所の流しの前で花を活けていると、まもなく犬が私を追ってやって来た。そのあと、背後に村里ちあきが立つ気配があった。

「おかあさんは、元気ですか」と私はタオルで手を拭きながら訊ねた。

「元気だと思います」

「そう。花瓶がないからこんなものに活けるしかない」

　私は硝子《ガラス》の瓶を目の高さに持ち上げ、洗い残しがないか調べた。塩漬けの雲丹《うに》が入っていた空瓶だった。空瓶に挿したのは小ぶりの花弁をつけた花で、茎も短く切ってあるのでバランスとしては悪くない。

「これは何という花だろう」

「ランタナ？」

と尻あがりの口調で返事があったので私は振り向いた。村里ちあきは首をかしげて微笑んでみせた。

「たぶん、花屋さんでそう聞いたような気がする」

ランタナ？　と私は心のなかで呟いてみた。聞き覚えのない花の名前だ。花を挿した空瓶はとりあえず流し台の調味料の並んだあたりに置いた。

「ココアでもつくろうか」

「あたしがやります」

「いや、僕がやったほうが早い」

冷蔵庫から牛乳を取り出し、ミルクパンに少量垂らしてココアパウダーと砂糖と一緒にこねた。それから火にかけて牛乳を足していく。村里ちあきはそばに寄って、私の手もとを見ていた。昔、四歳の少女がそうしていたように。彼女もいま昔を思い出しているだろうかと私は思った。そもそもこの大学生は当時のことをどのくらい正確に記憶しているのだろうか。十五年前、私はこの娘とよくふたりで物を食べたり飲んだりした。バンホーテンのココアに限らず、私はいろんな物をつくってこの娘に与えた。

沸きあがったココアをふたつのカップに注ぎ、テーブルに運ぶ。彼女に椅子を勧め、私はまた廊下を歩き、応接間からさきほどの椅子を取って戻った。台所の広さは四畳半程度。テーブルは何の変哲もない長方形の食卓で、長いほうの一辺を壁に押しつけて置いてある。だから私たちは横に並んで椅子に腰かけ、流しを背に、壁のほうを見てココアを飲むことになった。

「懐かしい味」と彼女はひとくち飲んで感想をつぶやいた。

犬は私の足もとにおとなしくうずくまっている。普段ならこの時刻に私たちが一緒にいることはあり得ない。私は二階の寝室で、犬は玄関脇の応接間とは反対側の三畳間の自室で、おのおの自由な時間を過ごしている。

「母が昔、よくつくってくれました、これと同じものを」

「そう」

私はカップを口に運び、壁に貼った「ごみカレンダー・分別表」のポスターを眺めた。村里悦子が四歳の娘にココアをつくってやる様子を思い浮かべてみた。現実には、そんなことはただの一度もなかっただろう、と私は思った。当時「これと同じものを」村里ちあきによくつくって与えていたのはこの私なのだから。

「古堀さん」と村里ちあきがあらたまった言い方をした。「母が再婚したことはご存じですよね」

「うん」

「母があたしを手ばなしたことも」

「知ってる」

分別表の可燃ごみの欄には「その他」としてフロッピーディスクや、ランドセルや、ゴム長のイラストが描かれている。私は毎日、食事のたびにそのイラストを見ているような気がする。同じテーブルの同じ椅子にすわり、同じ壁の同じ位置のポスターの同じ欄だけ見ているような気がする。

「どのくらい詳しくご存じなんですか」

「どのくらい？」私はカップを置いて、村里ちあきに顔をむけた。

「たとえば父が亡くなったときのこと」

私はしばらく考えて答えた。

「当時の、警察や検察庁の担当者が知っている程度のことは、知っている」

「それは結局」彼女も考えて喋った。「ほとんど何もわからないということですね」

「そうだね」

「母の再婚相手のことは？」

「ほとんど何も知らない」

「あたしが引き取られた父の実家のことは」

「まったく知らない」

「でも、母とは一年に何回かは会ってたんです。たとえばあたしの誕生日にはかならず会って、プレゼントを渡される」

「うん。それは想像がつく」

とうぜん村里悦子は娘を手ばなしたくて手ばなしたのではなかっただろう。私の想像では、夫の実家側とちあきの養育をめぐっての確執めいたものがあったはずだ。

「そんな話、母からは何も聞いてないんですか」

「聞いてない」

「母とはあれからいちども会ってないんですか？」

「あれからというと？」

「十五年前、最後に会って以来」

私は壁のポスターに目をやり、十五年前に村里悦子と最後に会った日のことを思い出そうとした。そしてたぶんあれが最後だっただろう、という日の記憶をたぐり寄せた。あくまで曖昧な記憶だが、当時の日記を読み返せば、正しい日付やもっと細かい出来事まで思い出せるはずだ。

「いちども会っていない」と私は答えた。

「そうですか」

彼女はうつむき、ココアをもうひとくち飲んで、ハンカチを口にあてた。十五年という月日の持つ意味、特殊な意味に私はようやく気づいた。彼女の横顔を見ながら、この大学生の父親の事件は今年で時効をむかえたのだと思った。

「古堀さん、あたしは少し勘違いしてたのかもしれません」

「うん」

「今日古堀さんに会えば、あたしはもっと、何かあたしの知らない、新しい話が聞けるかと期待してたんです」

「おとうさんのあの事件のことで？」

「いいえ」と彼女は首を振って、またすぐに思い直した。「そうですね、結局はそうかもしれない。あたしがいちばん知りたいのはそのことかもしれない。母も、あたしを育ててくれた祖父母も、誰もそのことについては話してくれなかったから」

「それは誰にも、何もわからないんだよ。話せるようなことが何ひとつなかったんだ。気の毒な事件だったけれどね、警察だって解決の糸口さえつかめなかった。通り魔による犯行は、最も解決の難しい事件とされているし」

「ええ、そうかもしれません。それはあたしにも想像はつくんです。でも……」

　でも何？　と私は聞き返すべきかどうか迷った。

聞き返せば長くなる。長くなってもこの話には行き着くところがない。私はどうやってこの娘をこの家から帰せばいいのかと考えはじめた。ココアを飲みおわったときが頃合いだろう。タクシーを呼んでやり、街灯のない細い坂道を一緒に降りて、下の道の酒屋の前あたりで別れることになるだろう。

「古堀さん、あたし、もう少しここにいてもかまわないですか」

「かまわないよ」

彼女はまたココアを飲みハンカチで軽く口もとを拭った。それから椅子を立ち、廊下を往復して、応接間からリュックを持って戻った。

「ただね」待ちかまえて私は言った。「さっきの電話の人が心配しないかな」

「だいじょうぶ」彼女は椅子にかけ直して微笑んだ。「高校のときの一つ上の先輩なんです。いまは医学部の学生なんですけど」

「じゃあ電話は東京から？」

「ええ。あたしが急にこっちへ帰ってきたからちょっと心配しているんです。古堀さんのことも話してはあるんですけど」

「僕のことを？　どんなふうに」

「子供の頃、マンションの隣に住んでいた、とても親切なおにいさん。古堀のおにいさん、ってあたしは呼んでた」

「そうだった」私は記憶をよみがえらせた。そう呼ばれていたことを憶えている。

「何だか不思議だね。こうやって長い時間が経って、大学生になったちあきちゃんとふたりでココアを飲みながら話をしている。あの頃は、こんなにはきはき物を喋る娘になるとは想像もつかなかったけれど。おかあさんに聞いてるかな、昔はきみの人見知りがご両親の悩みの種だったんだ。きみのおとうさんとおかあさんはきみがひどく人見知りするので……」

「古堀さん」

「うん？」

「あたしはよく憶えてるんです。もちろん、思い出せないこともたくさんあるけど、でも、少なくとも父がどんな人だったかは憶えています。だから、母の悩みが、あたしの人見知りなんかじゃなかったということも想像がつきます」

「そう」

「このままでは母もあたしも殺されてしまう、子供心にそう思いこんで、怯《おび》えていた記憶さえあるんです。ひどい人だったでしょう？　話にならないくらい。父親としても、もちろん母の夫としても」

「それは僕には、何とも言えないな」

村里ちあきはリュックを引き寄せてファスナーを開いた。中から取り出したのは一冊の手帳だった。上着の色に合わせたかと思いたくなるような明るい空色の表紙の手帳だった。

「ディズニーランドのことは憶えてますか」と彼女は唐突に質問した。「父の事件が起きる一カ月くらい前。あたしは母に連れられて東京ディズニーランドに行った思い出があります。その頃のことは憶えてらっしゃいますか？」

「憶えてる」私は正直に答えた。「よく憶えてるよ」

「あたしの記憶は間違ってないんですね」

「うん、間違ってない。きみはおかあさんに連れられて東京ディズニーランドに行った。十五年前のたぶん一月だったと思う」

「父が死んだのは二月でした」

「そうだった。その頃のことはよく憶えてる、あの事件の前後のことは」

「あたしはいまその旅行のことがとても気にかかっているんです。母に連れられてディズニーランドに行った旅行は本当にあったことなのか、それともあたしの記憶違いなのか。実は、その話を古堀さんに会って確かめるために、今日わざわざ東京から帰って来ました。よく憶えてるといまおっしゃったことを話してもらえませんか」

「確かめるも何も、きみはおかあさんとふたりで東京ディズニーランドに行った。そのことは自分でも憶えてるんだろう？」

「憶えてます」彼女は開いた手帳に目を落とした。「母とふたりで東京に旅行したことは思い出せるんです。でも」

「でも何？」

「そこだけ記憶がないんです。ディズニーランドに行って何を見たという記憶がきれいに抜け落ちてるんです」

「きみはまだ四歳だった、記憶が抜け落ちていても不思議はないんじゃないか」

「いいえ」彼女は首を振り、唇をなめた。「ほかの記憶はあります。あたしは古堀さんのフルネームだって憶えていたし、このココアの味だって忘れていません」

私は彼女が手帳から目をあげてふたたび口を開くのを待った。ココアのカップを片手で時計まわりにゆっくりまわしながら待った。

「その頃の記憶はあるんです」と彼女はくり返した。「去年から東京で暮らしはじめて、さっき言った先輩の案内で、東京見物みたいなことを何度かやりました。銀座とか渋谷とか上野とか、行ったことのない初めての場所ばかり。それはただ物めずらしいだけで終わったんですが、今年になって、つい先週、お花見に連れて行ってもらったんです。先輩の大学の近くにある公園、洗足池公園というところに。ご存じですか、名前のとおり、池のある広い公園です。正確に言えば、広い池をとりかこんだ遊歩道のある公園なんですけど。あたしは先輩とふたりで、その公園の遊歩道を歩きました。夕暮れどきでした。満開の桜に気を取られていたせいか、最初のうちは何ということはなかったんです。ところが、足を休めて池のそばに立ったとき突然、奇妙な感じに襲われました。自分は昔ここに来たことがある。いまと同じように子供の頃、この池のほとりに立ったことがある。この景色を見るのは二回目だ。そんな気がする、とても強くそんな気がする。わかりますか？」

彼女が顔をあげて私の反応をうかがうような目つきをした。

「既視感という言葉があるよね」と私はなりゆきで答えた。

「ええ、あります」彼女は間を置かずに言い返した。「先輩にもそのことは指摘されました。でもそれはそうじゃないんです。あたしは実際にあの池を見たことがあるし、池を泳ぐ白いアヒルを見たことがある。嘴《くちばし》がオレンジ色のアヒル。間違いありません。アヒルを追いかけて池のまわりを走った記憶までよみがえりました。母に呼び戻されたことも、いやいやベンチにすわらされたことも、そのあと池に浮かぶ白鳥の形をしたボートに乗ったことも思い出しました。夕暮れどきの青い空気の色も、そのとき嗅いだ匂いも、あとで公園の入口にあるレストランで食べたものも、何もかも細かいことまで記憶がよみがえったんです。季節は冬で、あたしは毛糸の手袋をはめていました」

「それで？」と私は先をうながした。

「思い出したことがもうひとつあります。同じ時期の記憶、母と東京へ旅行したときの確かな記憶がもうひとつ。それは生まれて初めて見たモーターボートの記憶です。洗足池で乗ったのは白鳥をかたどった、たぶんペダルを足で漕《こ》いで進むボートですが、あたしが憶えているのはそれとは別の、もっと速いスピードで走るボートです。とてもやかましいエンジンの音も耳に残っています。あたしたちの目の前を、音をたてて、ものすごいスピードでモーターボートが走っている、赤や青や黄色のボートが何艇も何艇も、次から次へ。母とふたりでそれを見てる。あたしは、あのボートに乗れるの？　と母に訊く。子供は乗れないのよ、と母は答える。でも、その記憶は洗足池のものとは別です。母と東京へ行ったときの記憶だけど、場所は別なんです。どこか想像がつきますか？」

「いや、まったくわからない」

「先輩が言うには、それは競艇場じゃないかって」

「東京に競艇場がある？」

「ええ、その競艇場のそばを母とあたしは歩いたんじゃないかって。洗足池公園に行く途中か、それともそこから帰るときに。でも時間を考えると、帰るときというのは無理があると思うんです。競艇はあんまり遅い時間にはやってないようですから。だから行きがけに母とあたしは競艇場のそばを通った。たまたま競艇のレースが行われていたときに。そう考えるのが自然ですよね。それでインターネットで調べてみました」

村里ちあきは手帳のページを一枚めくった。

「都内には競艇場が三つあります。平和島競艇場と、江戸川競艇場と、多摩川競艇場の三カ所。このうち、地理的にいちばん近いのは大田区にある平和島競艇場です。でも地理的にいちばん近いということが、必ずしもあたしが見た競艇場だという理由にはなりません。先週、一日つぶして、三つの競艇場のそばを実際に歩いてみました。でも結論から言うと、やっぱり平和島だったんです。あたしが母と見たのは平和島競艇場でのレースだったと思います。近くを歩いてみて、洗足池公園で感じたのと同じことを感じたから。自分は子供の頃、このあたりに来たことがある。きっと間違いありません。十五年前、あたしは母に連れられて、大田区平和島から洗足池公園へむかったんです」

短い沈黙があって、村里ちあきはまた私の相槌を期待するような目つきをした。私は壁のポスターの不燃ごみの欄を見上げてため息をついた。

「それで？」

「推測なんですけど、十五年前の旅行で、母とあたしはディズニーランドへは行かなかったんじゃないでしょうか」

「いや、僕の記憶ではきみとおかあさんはディズニーランドへ行ったはずだ。帰ってきてからその話も聞かされたと思う」

「ディズニーランドの話を？」

「ああ」

「それは確かですか？　母から聞かされたことで何かはっきり憶えてることがありますか？」

　私は飲みほしたココアのカップを手に流しへ立ち、水道の水ですすぎ、ついでにひとくち水を飲んだ。当時こまめにつけていた日記のことを私は思った。村里悦子とその娘が東京から戻った日の出来事を二十代の私はどんなふうに書きとめていただろうか。

「たとえば」と私は思いついた考えを口にした。「そのモーターボートは本当はディズニーランドでの記憶かもしれない。きみはディズニーランドでそれと似た乗り物を見たのかもしれない。そしてそれに乗りたいとおかあさんにねだって……」

「違います」

　私は水の入ったカップを手に振り返った。村里ちあきは椅子ごと私のほうへ向き直っていた。

「それも調べてみました。でも当時のディズニーランドに、競艇場のモーターボートと見間違えるような乗り物はなかったようです。何艇ものモーターボートがやかましい音をたてて走るだけ、そんな催し物はディズニーランドには似合いませんよね。もちろん、実際にディズニーランドにも行ってみました、今現在の東京ディズニーランドに。でも洗足池や平和島で起こったようなことは起こりませんでした。この場所に、もしくはこの近辺にむかし来たことがあるという感じは何ひとつよみがえらなかった。それからもちろん、平和島競艇場にももう一回行ってモーターボートのレースをこの目で見ました。赤や青や黄色のユニホームを着た選手がモーターボートを走らせるのも見たし、やかましいエンジンの音も聴きました。記憶とほぼ同じです。それであたしは確信を強めたんです。あのとき母とあたしは東京に旅行した、その点は間違いないけど、でもディズニーランドには行かなかった」

「仮にきみの言うとおりだとして」私はさほど深く考えずに問いかけてみた。「つまり、十五年前にきみとおかあさんはディズニーランドへは行かなかったのだとして、それがそんなに重要なことなのかな。いったい、そのことにどんな意味があるの？」

「わかりません」

「わからない？」

「あたしは、それを古堀さんにお訊ねしたいんです」

「まずおかあさんに訊ねるべきだね」

村里ちあきは何も答えずに私の目を見つめた。私たちはほんの数秒だが黙ってたがいの目を見つめ合った。

「そうか」私が先に視線をはずして、うなずくことになった。「なるほどね」

「母はなぜ嘘をつくんでしょう？」

「嘘だときめつけるのは早いよ。おかあさんは本気でそう思い込んで記憶しているのかもしれない。それにまだ、きみの記憶のほうが正しいと完全に証明されたわけじゃない」

「いいえ、あたしの記憶は間違ってない。母が嘘をついてるんです」

　私はカップの水をもうひとくち飲んだ。

「どうしてそう思う？」

「母はもうひとりの女のひとのことも憶えてないと言います。そんなひと、いなかったと否定します。電車に乗ったときも、公園でアヒルを見たときもそのひとが一緒だったのに。あたしはそのひとから毛糸の手袋をはめてもらった思い出があるのに。でも母はそんなひとはいなかったと言い張るんです。あたしたちは東京に行って、ディズニーランドを見物して帰ってきただけだと、十五年間も嘘をつき続けてるんです。なぜ母がそんなにその嘘にこだわるのか、なぜあの女のひとのことをあたしに忘れさせようとするのか、理解できません」

「もうひとりの女のひと？」

「実際には行かなかったのにディズニーランドに行ったと言い張る、そのことがそんなに重要なことなのか、いったいそのことにどんな意味があるのか、反対にあたしのほうが聞きたい」

「それは誰の話？」

「古堀さんもご存じのかたです」

「だから誰」

「きっと古堀さんはご存じだと思うんです。古堀さんなら、それが誰なのか想像がつくと思ったんです」

私は首を振ってカップを流しのシンクに置いた。この大学生の物語はここからようやく核心に入るのだ、と私は思った。

「古堀さん、あたし、もう少しここにいてもいいですか？　もう少しだけ話を聞いてもらえますか？」

私はしばし考えるふりをしてからうなずき、彼女を振り向いて、ココアをもう一杯飲むかと訊ねた。

第4章　香　水

村里ちあきはその晩、私の家に泊まった。

二杯目のココアよりも彼女はミネラルウォーターを飲みたがったのだが、そんなものは私の冷蔵庫にはなかったので水道の水に氷を浮かべたもので我慢してもらい、彼女の話をそのあと一時間ほど聞いた。それからふたりで夜食をとり、さらに一時間ほど話をした。

夜食に彼女がほしがったものは、私の冷蔵庫でも間に合った。リンゴと食パンがあればそれはつくれる。冷凍室に保存してある食パンをトーストして、リンゴを皮ごと薄くスライスしてその上にのせれば出来あがりだ。十五年前に私が村里ちあきに何度かつくって与えたことのあるおやつとまったく同じレシピだった。

彼女はそれを憶えていた。確かに彼女は四歳時の記憶をあるていど持っていた。もし私にそう思わせるのが目的で、そんなものをわざわざ夜食に食べたがったのだとすれば、その時点で彼女の勝ちだった。

後半の一時間が過ぎたとき、時計は午前一時をさしていた。犬はとっくに自室に退《ひ》きあげていた。ふたりの人間がただ思い出し思い出し喋るだけで、それ以上物珍しいことは起こらないと感じ取ったのだろう。本来なら犬も私も寝ている時間だった。夜九時にはたがいに独りになり、翌朝私が二階から降りてくるとむこうが挨拶に顔を出す。それが私たちの共同生活のルールである。

このあとの予定を訊ねると、村里ちあきは朝いちばんの飛行機で東京へ戻るつもりだと答えた。そう答えたあとで、夜が明けるまでむこうの部屋のソファで仮眠をとらせてもらえないだろうかと頼んだ。

洗面用具はあるのかと私は聞き返した。洗面用具はリュックの中に入っていた。私は毛布を二枚出してやり、先に洗面所で歯を磨いて二階にのぼった。

それから私はベッドに横になって迷った。

翌朝にそなえていまは眠るべきか、いますぐ押し入れを開けて探し物をするべきかしばらく迷った。

村里ちあきが話した「もうひとりの女のひと」について私はあらためて考えてみた。

私には、それが誰か心あたりがあった。実は村里ちあき自身も、それが誰であるか見当をつけたうえで私に話したのだが、その人物と私が思いついた人物とはくい違っていた。

私は天井の板の木目を眺めてなおも迷った。十五年前の一月に東京にいて、京浜急行の電車に村里母娘《おやこ》と乗り合わせた人物。そしてその翌日、洗足池公園で母娘とふたたび会って話をした人物。日付も正確にわかっている。村里ちあきはその点もぬかりなくインターネットで調べて、大雪のため電車がストップしたという記事を見つけている。電車が何月何日何時頃、何駅と何駅のあいだで立ち往生したかまで調べはついている。しかもその記事は、電車を降りた乗客たちが雪のなかを線路づたいに行進したという点で、村里ちあきの記憶と合致しているという。十五年前の一月七日。むろん四歳時の曖昧な記憶だが、彼女は雪の激しく降る夜道を母親に抱かれて歩いたことを憶えている。少なくとも本人はそう言っている。そのときそばにもうひとり女のひとがいて毛糸のミトンをはめてくれた記憶もふくめて。

私はベッドを降りて、机の上のメモ用紙に一月七日と走り書きした。その日の記事は自分でも確かめてみる必要がある。できればインターネットで。それが可能ならこっそり職場のパソコンを使って。私はベッドに戻ろうとして、押し入れのほうへ顔をむけて足を止めた。だがそれよりもっと簡単な方法がある。押し入れを開けて、積んである幾つかの段ボール箱の中から古い日記を見つけ出して読む。読めば十五年前の一月のことはあらましわかるだろう。その記述が呼び水になってより細かい記憶もよみがえるかもしれない。

村里ちあきはその「もうひとりの女のひと」が当時の私の恋人だと思い込んでいた。ときどき私の部屋を訪れた「おねえさん」だと見当をつけていた。そういうひとがいたことを憶えていると村里ちあきは言い、現実にいたことを私は認めた。

「そのおねえさんが洗足池で一緒にいたひとじゃないかと思うんです」と村里ちあきは続けた。

「大雪で電車が止まったときにも」と私は確認した。「そのひとがいて親切にしてくれた」

「ええ」

「どうしてそう思う？」

「だって」彼女は答えにならない答え方をした。「ほかに誰も思いつかないし」

私は首を振り、グラスの氷水を口にふくんだ。

「あり得ないよ」

それはあり得ないことだと、私は二階の押し入れの前に立ってあらためて思った。なぜなら、という理由はいますぐにも思いつける。だいいち彼女は村里悦子とちあきの母娘を嫌っていた。嫌っていた、というのが私の強い思い込みの記憶だとしても、少なくともふたりに好感を抱《いだ》いてはいなかった。彼女が村里母娘に親切にしている場面も、彼女をふくめて三人で仲良く話をしている場面も私には（とりあえずいまの私には）想像がつかない。それに何よりも当時の彼女は私の同僚だったし、十五年前の一月七日の晩、彼女が東京にいたはずもなく、京浜急行の電車に乗って大森海岸という駅へ向かっていたなどとは考えられない。

たぶん私の記憶が正しいことはわかるだろう。いますぐにでも押し入れを開けて、段ボール箱の中から古い日記を引っぱり出して読めばその点ははっきりするだろう。

だが私はいったい何が目的でそんなまねをするのか？　埃《ほこり》だらけの日記を読み返して、十五年前の一月七日、村里ちあきと母親の悦子が東京へ旅行に出たことを確認し、旅行から戻って来た日付を確認し、そのあいだ当時の私の恋人と私が毎日職場で顔を合わせていたことを確認して、それで何がどうなるのか。

私はベッドに引き返して腰をおろし、膝のうえに両手をついて考えた。それで自分の記憶が正しいということが証明できる。十五年前の一月、東京で、村里ちあきと母親の悦子の世話を焼いた人物が、当時の私の恋人ではなかったという事実が明らかになる。と同時に、ではそれは誰なのか、という謎が残る。村里ちあきが抱えている謎は残り続ける。まだ四歳だった女の子にミトンの手袋を与えた人物は誰なのか？　その人物はほんとうに女性なのか？


その人物が女性であるという点について、村里ちあきは記憶に自信を持っていた。

「なぜって、そのひとはあたしに、自分が持っていたミトンの手袋をはめてくれたんですよ」

「そのひとはどこかで手袋を買ってくれたのかもしれない。手袋をはめてもらった記憶だけ残っていて、その前後が抜け落ちているのかもしれない」

「誰かいますか？」村里ちあきが聞き返した。「そのひとが女性じゃないとして」

十五年前、私が村里家の隣人だった頃。

四歳の娘に手袋を買い与えたかもしれない人物。

男性。

それらのキーワードから私は即座にふたり思いついた。ひとりは村里ちあきの父親だった。もうひとりは私自身だった。

「可能性だけ言えば何人もいると思う」と私は考え直した。「たとえばきみのおとうさんのほうの実家の人たち、それからおかあさんの親戚側にも」

村里ちあきは黙ってリンゴのスライスののったトーストをかじった。目は私を見ずにどこか宙の一点に焦点をあてていた。私の言ったことをずっと検討しているようにも、考えるに値しないと無言で告げているようにも見えた。

「あり得ないと思います」やがて彼女は言った。「仮に、買ってもらったのだとしても、それは東京でのことです。あたしの記憶の中では確かに、電車と、雪と、手袋はつながってる。うん、あの手袋はやっぱり、そのひとが自分でしてたのをあたしに譲ってくれたんだと思う、わざわざ買ってくれたんじゃなくて」

「あの手袋」と私は言った。

村里ちあきは指先を揉《も》むようにしてパン屑《くず》を皿に落としてから、私を見た。

「手袋、手袋、ときみは言う。でも僕にはそれがどんな手袋なのかよくわからない。そもそも手袋が実際に存在したものかどうかもわからない。その手袋は四歳のきみの記憶に植えつけられた偽物かもしれない。僕の言ってることはわかるね？」

「わかります」

彼女はすぐに答えた。

「この手袋、と言えばいいんですね」

「そう」

そして私は彼女がテーブルの脚に立てかけたリュックに視線を落としているのを見た。

もちろん村里ちあきはそのミトンの手袋を証拠品として持参していた。彼女は事前に考えるべきことを一つ一つ考えつくして、用意周到に私の家を訪ねたのだ。

だがそれでも、私はいったい何が目的で過去の日記を読み返そうとしているのか？ いまから十五年前の一月、彼女は母親に連れられて東京に旅行した。ところがふたりは行くはずだった東京ディズニーランドには行かなかった。かわりに平和島競艇場のモーターボートを見た。洗足池公園で池のアヒルを見た。そのことを母親は娘に隠そうとしている。あるいは忘れさせようとして嘘をついている。十五年間つきとおしている。

謎はその点だ。だがそれは村里ちあきの人生における解きがたい謎であって、私が直接立ち向かわなければならない謎ではない。いますぐに、これから徹夜して日記を読み返してまで解かなければならない謎ではない。私はもう一度ベッドに横になり、天井板の木目を眺めながら頭を整理した。

村里ちあきの話を聞くうちに私は自分の記憶が揺さぶられるのを感じた。私は何かを憶えていない。何かを忘れかけている。十五年前の時代に、肝心かなめのものをひとつ、置き去りにしている。解かなければならない謎は、それがあるとすれば、彼女ではなくむしろ私自身の物語の中にあるような気もする。ページの落丁した記憶をかかえたまま、私はそのことにも気づかずに、いまの時代を生きているのかもしれない。

では私は記憶の落丁を埋めるために日記のどの部分を読み返せばよいのか？

村里ちあきがリュックから取り出して見せた手袋は片方だけだった。確かに毛糸のミトンに違いないが左手しかなかった。全体が紺色で、手の甲にあたる部分に横に一列に黄色と黄緑と赤の菱形《ひしがた》模様が編み込んである。古さはひと目で感じ取れた。地の紺色も、菱形の三色も、時代を経たぶんだけくすんでいたし、毛糸からは量感もつやも失われていた。片方だけ見せられたせいか道端で拾ってきた「落とし物」といった印象があり、しかもサイズの点で言えば、それはどう見ても大人が四歳の子供の手に合わせて買い与えたものとは思えなかった。

片方だけしか残っていない理由についても村里ちあきは語った。それはまたしても曖昧で不確かな記憶の話だった。

東京への旅行から戻ってまもなく、四歳の少女は紺色のミトンをなくしたことに気づいた。するとほとんど間を置かずに母親が別の手袋を買ってくれた。同じ形の子供用サイズの手袋を。でもその記憶は、実は順番が逆だったかもしれない。東京から戻ったある日、ねだりもしないのに母親が手袋を買ってくれた。そしてその新しい手袋をはめさせられたとき、四歳の少女は、自分が東京で「おねえさん」に貰《もら》ったミトンの手袋をなくしてしまったことに気づいた。

順番はいずれにしても、四歳の村里ちあきは東京から持ち帰ったはずの手袋を探した。母親は取り合ってくれなかったので自分ひとりで探した。そしてそれを、ミトンの手袋の左手のほうだけを、ある日発見する。マンションのごみ置き場で。不確かな記憶の中でも特にそのあたりが不確かなのだが、それはビニールのごみ袋の中に詰められていて、そばを通りかかった少女の目に偶然とまったのかもしれない。あるいはごみ置き場の片隅に片方だけ張りつくようにして落ちているのを発見したのだったかもしれない。彼女はそれを拾いあげ、あるいはごみ袋の中から自力で救い出し、家に持ち帰った。そしてそのことは（そうしたほうがいいと子供心に思ったので）母親には報告しなかった。もちろん父親にも言わなかった。誰にも言わなかった。

村里ちあきはそのときの出来事を長いあいだ記憶していた。記憶していたけれど、それはほとんど夢と現実との区別がつかなかった。彼女は成長するにつれて（何かのおりにその記憶がよみがえるたびに）次第にこう考えるようになっていた。あれはやはり夢の中の出来事だ。幼い頃に見た夢——ごみ置き場に捨てられた自分の手袋を自分で拾うという意味不明な奇妙な夢を、眠りからさめたあともよほど強烈に印象にとどめて、中学生になっても高校生になっても大学生になってもときおり思い出してみているのだと。

ところがそうではなかった。

今年の四月上旬、先輩に案内されて歩いた洗足池公園で、池のほとりに立ち、池を泳ぐアヒルを見て彼女は現実の記憶をよみがえらせた。平和島競艇場付近を訪ね、再訪し、より細かな記憶をよみがえらせた。インターネットで十五年前の大雪の記事を検索し、よみがえった記憶に確信を持った。もちろんその途中で母親に連絡を取り、当時の旅行に関していくつかの質問を投げかけてみたのだが、まったく手ごたえがなかった。母親は娘の話をろくに聞かなかったし、どんな質問にも穏やかに笑って取り合わなかった。ただ東京での娘のひとり暮らしの様子を訊ね、困ったことがあったらいつでも言ってきなさいと、十五年前に別れ別れに暮らすようになって以来、会うたびに口にしてきた決まり文句を電話の最後にまたくり返しただけだった。

皮肉なことに、母親のそういった子供だましの応対は、村里ちあきがよみがえらせた記憶の全体像を補強する裏打ちになった。なぜなら村里ちあきは、母の態度が昔のまま一貫して変わらないことをあらためて実感したからである。この問題に関する自分の質問に母の取る態度は、十五年前からずっとこうだった。あなたとわたしはふたりで東京へ旅行し、ふたりでディズニーランドへ行き、ふたりで電車に乗り飛行機に乗って帰ってきた。旅行中そばには誰もいなかったし、あなたは誰からも手袋を貰わなかった。村里ちあきは四歳のときに感じた混乱、不満、母親への不信、疑惑、そういったものをひとまとめに記憶をよみがえらせることができた。ママは嘘つきだと四歳の彼女は思った。十九歳になった彼女は、母にとってこの問題に触れられるのは（何らかの理由で）タブーなのだと見なした。

こうして村里ちあきは週末を利用して昨夜遅くこの街に帰郷した。目的は二つあり、一つは「物的証拠」を得るためである。いまだに記憶にある紺色のミトンが、果たして実在するものなのか、それとも幼いときに見た夢の中にのみ存在したのか、ぜひともその点を明確にさせるつもりだった。その点を明らかにしておかなければ、この話はこれ以上一歩も前へ進まない。あわただしい帰郷のもう一つの目的はむろん私に会って詳しい話を聞き出すことだった。だがそれは一つめの目的が果たせるかどうかの結果にかかっていた。問題の手袋がもし実在しなければ、わざわざ私に会い母親のタブーについて意見を聞くことは意味を失う。

彼女は実家に戻るとまず小学校から高校卒業まで使った机の引き出しを開けてみることから始めて、徹底的に自分の部屋を探しつくした。中学生の頃、小学生の頃、確かに自分はこれを大切にしていたけれどこんな所にしまいこんでいたのも忘れていた、という思い出の品々（玩具《おもちゃ》の宝石の指輪や親友の手紙やプリクラのシール）がいくつも出てきたが手袋は見つからなかった。しまいに彼女は祖母に相談した。たいして期待もかけずに訊ねてみたところ、祖母は、この家にちあきを引き取って十五年間、大切な孫娘の成長の記念として、おまえの持物はむこうから持たされてきたのも自分たちが買い与えたのも一つ残らず捨てずに取ってあると請け合った。どこに取ってあるのかとさらに訊ねると、どこかに取ってあるがそれがどこなのかいますぐにはわからないと、年寄りらしい自信にみちた答え方をした。

結局それは仏壇のある祖父母の部屋に保管されていた。村里ちあきの曽祖父母の額入りの写真、若くして亡くなった父親の額入りの写真が長押《なげし》にかけて飾ってある部屋である。三つの遺影と向き合う位置に押し入れがあり、その上の天袋から村里ちあきは祖母の指示に従って箱を一つ取り出した。大きな帽子が入っていたような筒形の箱で、蓋を抜いてみるとそこに彼女の幼稚園時代の歴史が詰まっていた。まるめて輪ゴムで留められた何枚かのクレヨン画、折り紙で折った動物、制服のスモック、黄色い制帽、青と赤に塗り分けられたカスタネット、そして通園用のビニールの鞄。その鞄のファスナーを開くと中から小さく折りたたまれたスヌーピーの絵入りのハンカチが一枚と、紺色のミトンが片方だけ出てきた。

「あたしの持っている記憶」と村里ちあきは言った。「その記憶が幼い頃に見た夢の記憶ではなく現実にあった出来事なんだと、これで証明されたわけです」

私はその手袋をしばらく観察した。自分の左手を中にすべりこませてみたい誘惑にかられたが、それはおさえた。

「念のため、祖母にも訊ねてみました、片方だけの手袋のことを何か憶えているかどうか。でも祖母は何も憶えていません。たぶんあたしは当時それを隠して持っていたんだと思うんです。見つかればまた母に取り上げられるのを恐れて。祖父母の家に引き取られてからも、誰にも内緒にして、幼稚園の鞄に入れて持ち歩いていたんだと思うんです」

私はその通園用の鞄をおぼろげに思い出した。黄色い帽子をかぶり、同じ色の鞄のストラップを一方の肩から斜めにかけて、腰の真横というよりやや後ろめの位置にその鞄を提げている少女の姿を途切れ途切れに思い描くことができた。そしてそのあとすぐに、その記憶が誤りだと気づいた。村里ちあきが幼稚園に通い始めたのは、父親の死後、祖父母の家に引き取られてからなのだ。

「古堀さん、母がその手袋を私から取り上げて、ある日捨ててしまったこと、手袋のことをあたしに何が何でも忘れさせようとしたこと、そこまでする理由が何か想像できますか?」

私は首を振った。

「たぶん母は、手袋そのものじゃなくて、その手袋をあたしにくれた人物のことを忘れさせようとしたんですね。そういうことになりますよね？」

「うん」

「きっと、その人物の話題に触れることが母にとってタブーなんですね」

「そのようだね」

「それはなぜなんでしょう？」

私はまた首を振るしかなかった。

「じゃあ質問を変えます、その人物は誰なんでしょう？　彼女があたしの記憶している『おねえさん』じゃないとすれば、いったい誰なんですか」

わからない、とそのとき私は答えた。実際のところ、その時点では私にはその人物が誰なのか見当すらつかなかった。私の考えはまだ別の方向を手さぐりしていた。

「大雪の日に、電車に乗り合わせて親切にしてくれた女性、それから洗足池で会って手袋をくれた女性、そのふたりが別々の人物だったということは考えられないのかな。つまり旅行中に出会った見ず知らずの女性がふたり。たまたま東京に親切な女性がふたりいて、ひとりは電車が動かなくなったとき親切にしてくれた、もうひとりは洗足池できみに手袋をくれた。見知らぬ人が初めて会った子供に自分の手袋をプレゼントするというのも考えにくいけど、でもあり得ないとも言い切れない」

「ええ、それは言い切れないと思います」村里ちあきは落ち着いて答えた。「でも仮に、手袋をくれたのが見知らぬ人物だったとしたら、母はなぜその女性のことをあたしに隠す必要があるんでしょう？　もうひとり、その女性とは別に電車で親切にしてくれた人物がいたとして、母はなぜその人の話題にも触れたがらないんでしょう？」

「そうか」私はうなずいた。「きみの考えではふたりは間違いなく同一人物なわけだ」

「ええ」

「記憶に自信があるわけだね」

「そうです」

私はもういちど手袋を取り上げて、両手で触れながら彼女の自信の内容を聞いた。

「同じ匂いがしたからです、電車のときも洗足池のときも、その人からは同じ香水の香りがしたんです。親しみを感じる、懐かしい香りが。それはつまり、四歳のあたしはその香りを東京で初めて嗅いだわけじゃないという意味です。東京ではなくて、両親と暮らしている街で、しかもすぐ身近に嗅いだことのある香りだった。だからあたしはその女性に対して人見知りをしなかったと思う。いまになって、その女性が古堀さんのところに遊びに来ていた『おねえさん』だと想像してみたのもそのせいです。たぶん手袋にも香りはしみこんでいたはずですよね？　当時のあたしは手袋そのものよりも、しみこんだ香りを大切に取っておこうとしたのかもしれないし、母は、その手袋そのものよりも手袋から嗅ぎとれる匂いを嫌ってあたしから遠ざけたのかもしれない」

同じ匂い。

同じ香水。

懐かしい香り。

ふいに風が起こり古い記憶のページをめくりあげるようだった。同じ匂い、同じ香水、懐かしい香り。匂い自体ではなく、匂いにまつわる不鮮明な映像の記憶がページとページのあいだから立ち上がり、よみがえりかけた。スタジアムジャンパー、フリーマーケット、夕暮れの青い色。

その手袋の中に左手をすべりこませたいと思ったときよりも強く、手袋に鼻先を近づけてその香りを嗅ぎあてたいという誘惑にかられた。私はそれをおさえることができなかった。

だがもちろん手袋にしみついていたはずの十五年前の香りを嗅ぎとれるわけなどなく、私はただ古い毛糸の匂いを嗅いだだけだった。様子を見守っていた村里ちあきが、何か？ とすぐに期待をこめた眼差《まなざ》しで問いかけたけれど私はまた首を振るしかなかった。

私はベッドに腰かけて膝のうえに両手をついてなおも考えた。なぜ私は村里ちあきにすべてを語らなかったのだろう。何か？　と訊ねられたときに、実は思いあたる人物がいる、となぜ正直に答えてやらなかったのだろう。私にはすでにそれが誰なのか見当がついていた。匂いだ。私はいま古い日記のどの部分に焦点を絞って読み返せばよいかがわかっていた。十五年前の私はその女性のことを日記に書いているに違いなかった。その女性がつけていた香水についても必ず書いているに違いなかった。

その女性は村里ちあきの言う「おねえさん」とは別人である。

「おねえさん」を介して私たちは出会ったのだが、彼女はこの街の住人でもなかった。彼女は十五年前（より正確に言えば前年の暮れだから十六年前）、東京からこの街を訪れて、年をまたいで滞在した。二週間ほどの滞在中に彼女は村里悦子にも会っている。その点は間違いない。私は当時の出来事をいくつか憶えている。日記を読むまでもなくいま思い出すことができる。

彼女はもともと東京の人間だから、十五年前に東京で、村里母娘の世話を焼き、娘に手袋を与えた人物は彼女なのだと仮定することはできる。たまたまこの街で顔見知りになった村里悦子と、東京の私鉄電車の中で偶然再会し、母娘ふたりの面倒を見た、洗足池公園にも案内した、と仮説を立てることはできる。そして四歳の村里ちあきは彼女のつけている香水におぼえがあったので、彼女に対して人見知りはしなかった。

だがそれは少し違うだろう。

たまたま、と、偶然。地方都市と大都会で、間を置かずにそんな都合の良いことが重なるはずもない。ふたつめの仮説。この街を訪れていた彼女が東京へ戻る日と、村里母娘がディズニーランドへ旅行に出かける日が偶然同じだった。だから十五年前のその日、彼女は母娘と同じ飛行機に乗り、同じ電車に乗っていた。しかしこれにも偶然が働いている。三つめの仮説。彼女はその日、羽田空港で村里母娘の到着を待っていた。つまり村里母娘のディズニーランド行きは、はじめから彼女がお膳立てしたものだった。だから当然彼女は東京では常にふたりのそばにいて面倒を見た。

偶然をしりぞけるとすれば、三つめがいちばんあり得たことのように私には思えた。だが記憶をもとに考えれば、実はそれがいちばんあり得ないことだった。なぜなら十五年前、この街で彼女と村里悦子は文字通りたまたま出会い、そのまますれ違った程度の関係にすぎなかったからだ。私は彼女たちの出会いの場に居あわせたから断言できる。そのとき彼女は村里悦子の顔を、特に笑顔を記憶にとどめたかもしれない。笑顔以外にも、たとえば村里悦子の境遇に関心をしめし同情したかもしれない。しかしそれもその場かぎりのことだったと思う。後にふたりがふたりきりでどこかで言葉をかわす機会などあり得なかったと思う。彼女があの旅行をお膳立てして東京で村里母娘を出迎えたとは到底考えられない。

彼女のことを、私が村里ちあきに語るのをためらったのもきっとそのためだ。実際に、彼女は十五年前東京で村里母娘に会ったのかもしれないし、会って、村里ちあきの記憶している通りのことをしたのかもしれない。だとしても、私にはそこまでの経緯がわからない。彼女は大雪の夜に村里母娘と一緒に電車に乗っていた。彼女は洗足池公園で村里母娘と落ち合って、そのとき娘に手袋を与えた。しかしそれはなぜなのか？　なぜ彼女はふたりのそばにいたのか？　私にはうまく説明できない。自分でも納得のゆかない話を村里ちあきに説明してやることはできない。実は思いあたる女性がひとりいる、でもきみのお母さんは、その女性とはいちど会ったきりで、決して親しくはなかったのだと、矛盾する物語を語ることしかできない。

ではやはり偶然が働いたのだ。そう考えるしかないのだろうか？　偶然がふたつ、間を置かずに都合よく重なって、彼女たちは東京の私鉄電車でふたたび出会ったのだと。あるいは東京行きの機内で偶然隣り合わせの座席にすわり、顔を見合わせて微笑みをかわしたのだと。

私はベッドに腰かけたまま首を振った。わからない。想像ならいくらでもできるが現実に何が起こったのかはわからない。日記を読むべきだと私は思った。それを読めば、少なくとも十五年前に彼女がこの街を訪れて東京に戻った日付は確認できるだろう。それと村里悦子が娘を連れて東京へ旅立った日付を照らし合わせ、もっと詳細な、より現実に近い想像が可能になるだろう。

時計を見ると午前三時近かった。

いま眠らなければ徹夜になる。私はいちど階下へ降りて洗面所で用を足し、また二階への階段を上った。玄関脇の犬の寝室もその向かいの応接間も静まり返っていた。足音を立てぬように階段を上りながら、私は十五年前の日記のことを思い、それから日記をつけていた私の二十代の日々を、当時交際していた千野《ちの》美由起のことを――村里ちあきの言う、ときどき私の部屋に遊びに来ていた「おねえさん」のことを思った。

千野美由起は嫌がるだろう。今夜、私が村里ちあきを自宅に泊めたことを知れば、また軽はずみなことをしたと言って美由起は苦い顔をしてみせるだろう。あの頃、四歳の女の子と私がふたりきりでいることすら嫌がったくらいだから、男が他人の家の娘をむやみに可愛《かわい》がるのは要らぬ誤解をまねくと何回も私に意見したくらいだから、いま大学生になった村里ちあきを見れば、何倍もの非難や軽蔑が私に向けられるだろう。私は二階に戻ると押し入れの戸を開き、奥から日記の入った段ボールの箱を引っぱり出した。両手で箱を抱えてベッドのそばまで運び、ティッシュペーパーで蓋に積もった埃を拭いとった。

いまはもう美由起から直接非難される立場にはいないのに、私を直接非難する人間などそばには誰ひとりいないのに、十九歳の娘がいま階下で眠っているという事実を私は気にかけていた。やはり今夜自分のしたことは、なりゆきとは言え、軽率だったかもしれない。四歳の頃の村里ちあきを可愛がっていたこと、村里ちあきの母親を昔知っていたこと、そんなことは他人の家の娘を自宅に泊める理由にはならないのかもしれない。私は箱のガムテープをはがして蓋を開き、二列に重ねて詰めてある何十冊かのB5ノートの中から自分が読むべきものを探した。問題の年、東京から彼女がこの街を訪れていた年、村里母娘がディズニーランドに旅行した年、村里悦子の夫が殺害された年、千野美由起と私が別れた年、いまから十五年前の日記。

美由起は私のそういうところを嫌っていたのかもしれない。なりゆきにまかせがちなところ、結果を見据えない軽はずみな言葉や態度。あるいは美由起だけではなく、離婚した妻も同じように私を嫌っていたのかもしれない。私は表紙に記してある年号を読み、問題の年のノートを探しあてた。探しあてた二冊のノートをベッドの枕もとに置き、眼鏡をはずしてティッシュペーパーでレンズを拭いた。いま眠らなければ徹夜になる。しかしいますぐでなくても私はこの日記を読み返すことになるだろう。階下で物音がしたような気がして、眼鏡を持ったまま耳をすましたがそれ以上は何も聞こえなかった。いずれにしても、今夜はこのまま眠りにつくのは難しそうだ。

私は眼鏡をかけ直し、部屋の蛍光灯を消してかわりにベッド脇のテーブルの読書灯を点けた。それから横になってノートを開き、問題の年の最初のページを読みはじめた。

目が覚めたのは朝の七時だった。

日記の一月から十二月までいちど目を通し、もういちど一月から詳しく読み直す前に窓の外が青みがかっているのを見た覚えがあるから、一時間か一時間半ほどは眠れたのだと思う。読書灯は消えていた。はずした眼鏡は読書灯のそばに置いてあった。B5ノートの日記は一冊はサイドテーブルの読みかけの本の上にのっていた。もう一冊はベッドとテーブルのすきまの畳のうえに落ちていた。

昨夜と同じ服装で下へ降りてみると、すぐに犬が廊下に現れて小走りで私のあとについてきた。台所でいつもの食器にいつものドッグフードを盛ってやり、冷蔵庫を開けて卵の数を確認し、それから応接間を覗《のぞ》いてみた。扉をノックするつもりでいたのだが、その前に、すでに玄関に女物の靴が見えないことに気づいた。

応接間のドアを開けると村里ちあきもリュックも消えていた。ていねいにたたまれた毛布が二枚、長椅子に揃《そろ》えて置いてあった。部屋の窓は開け放たれていた。コーヒーテーブルには走り書きのメモが一枚残されていて、十九歳にしては大人びた文字でこう書いてあった。

突然の訪問だったのに、親切に受けとめて頂いたので、本当に嬉《うれ》しかったです。いろんな事を考えていたら、とうとう朝まで眠れませんでした。外の景色が、見たこともない濃い青に染まっていくのを、ずっとソファにすわって眺めていました。これから始発のバスに乗って空港に行きます。もし、また何か、大切な事を思い出したら、どうか携帯に連絡してください。

では私たちは今朝一階と二階の窓から同じ空の色を見ていたわけだ。メモの頭には、古堀のおにいさんへではなく、古堀徹さま、と宛て名が書いてあり、末尾には携帯電話の番号とメールアドレスが書き添えてあった。メモ用紙には重しのつもりなのか銀色の包装紙でくるまれたキャンディーが一個だけのっていて、私はそれを口にふくみ、もういちどメモを読み、それから台所へ行って朝食の卵を焼きにかかった。

第5章　時効完成

村里ちあきが東京へ戻ったのが月曜の朝で、それから四日後の金曜の夜、私は外でひとり夕食をとっていた。

八時半だった。五時にいつものように仕事を終え、タイムカードを押して庁舎を出た。庁舎を出て、下り慣れた坂道を下り、大通りのバス停で人を待った。一時間ほど辛抱してそこに立っていたが待ち人は現れなかった。そのあいだにあたりは濃い藍色に暮れ、大通りを行きかう車のライトが目立ちはじめた。

バス停に立つ人々の背後には、花屋と、洋菓子店と、携帯電話のショップと、ハンバーガー屋の照明が輝いていた。見慣れた店なみだったが、そのどれにも私は縁がなかった。

毎朝、反対側のバス停でバスを降り、こちら側へ渡って開店前の店先を通り抜け、上り慣れた坂道を上る。坂のうえにある検察庁で一日を過ごし、また下り慣れた坂道を下り、見慣れた店なみを背中にして立ち、来たバスに乗る。長いこと寄り道した記憶もない。寄り道せずに帰宅して、前の住人が置き去りにしていった飼い犬とともに夕食をとる。

六時半になったとき、待ち人に関してほぼ諦めをつけた。

通りを少し歩き、銀行のＡＴＭで金をおろし、またバス停のほうに戻って携帯電話のショップの扉を押した。そこで小一時間ほど時間がつぶれた。それから次にハンバーガー屋にひとりで入った。

二階の窓際の席が空いていて、丸椅子に腰かけると、バスを待つ人々の後姿を見おろすことができた。私の両隣の椅子は空いていた。店内はおもに若い人でこみあっていたが、私の隣には誰もすわらなかった。おかげで空いた椅子に通勤鞄と脱いだコートをのせることができた。

ちょうど八時半だった。チーズバーガーを一個たいらげ、紙ナプキンで口もとと指先を拭って腕時計を見るとその時刻だった。私は腹をすかせた飼い犬を想像して気の毒に思った。だが思っただけでその場を動こうとはしなかった。まだフライドポテトと飲みかけのビールが残っている。たぶん私は待ち人に関して、完全に諦めをつけたわけではなかったのだろう。だからいつまでもぐずぐずバス停の近辺で時間をつぶし、腕時計に何度も目をやり、窓際の席から外を眺めていたのだろう。

ふいに、そばに人が立っているのに気づいて、その顔を見上げ、それが戸井直子《といなおこ》だとわかったときにも私はさほど驚かなかった。待ち合わせに指定した場所はハンバーガー屋の二階席ではなく下のバス停だったから、むろん多少驚きはしたのだが、それよりも待ち人のようやく現れた喜びのほうが勝っていた。それで私は自然と笑顔になった。

「お疲れさまです」と戸井直子が挨拶した。

私の笑顔にくらべればずいぶん堅い表情だった。両手で抱えたトレイには紙コップのコーヒーが一つだけのっている。

彼女は私の左隣の椅子に腰をおろした。それからショルダーバッグをはずして左側の客との衝立《ついたて》にするようにテーブルの上に置いた。コートは着ていない。今日一日、検察事務官として庁舎内で働いていたままの服装。白いシャツに濃紺のスーツ、昼間仕事をしているときと同様に背筋が伸びている。

「ずっと待っててていただいたんですか」

「うん」

「三時間半も」

私はまた腕時計に目をやってうなずいた。戸井直子がコーヒーに口をつけた。まだ一度も私とは目を合わせていない。

「今日中に片づける仕事が残ってたんです。係長が、あたしの返事も聞かずにさっさと帰って行かれたから」

「ふたりであんまり長く立ち話するのもどうかと思ったんだよ、庁舎では人目もあるしね」

戸井直子が窓硝子にむかって薄く目をつむってみせた。

「ここは目立ちますよ、もっと」

「いや、さっきから下の通りを注意してるけど、わざわざ仰向《あおむ》いて見る人はいないようだ」

「注意散漫です」

「うん？」

「あたしはさっき下の通りを歩いてきて、わざわざ仰向いて、ハンバーガーを食べてる係長を見つけて、ため息をついてここまで階段を上って来たんです」

私が何も答えないので、戸井直子はこちらを見て初めて視線を合わせた。

「下の通りに注意なんかしてなかったでしょう。窓の外を見て考え事をしてたんでしょう？」

私は相手の視線をはずして正面を向いた。窓の表側に描かれたハンバーガー屋のロゴが胸の高さに見え、あとは眼鏡をかけた自分の顔がうつって見えるだけだった。

戸井直子がとなりで深いため息をついた。

「率直に言いますね。実は、庶務係長が外であたしのことを待っていると思うと鬱陶しかったんです。もっと特別な意味でのお誘いだと思ってたから。たとえば食事に誘われて、携帯電話の番号とか訊かれるんだな、と思ったから。でもさっき窓越しに係長のお顔を見て、自分の勘違いに気づきました。あたしに頼み事があるとおっしゃったのはたぶん言葉通りの意味なんでしょう？　その頼み事のために、バスに乗らずにずっと待っていていただいたんですね？」

「携帯電話の番号はあとで訊くかもしれない」

「はい？」

私は一本つまんでいたフライドポテトを口には入れずに三角袋の中に戻した。

「いまきみの言った通りだよ。僕は戸井さんに頼み事がある。ほかに特別な意味があって誘ったわけじゃない。でもそれにしても、係長という呼び方はやめてくれないか、古堀さんでいいよ」

「古堀さんが、さっき考え事をされていたのはその頼み事と関係があるんでしょう？」

「たぶんね」

たぶん私はハンバーガーを食べながら十五年前の冬のことを考えていたのだろう。ここ数日、何度か読み返した日記のことを、村里ちあきやその両親のことを、千野美由起のことを。あるいはうちで腹をすかせている飼い犬のみつの心配をしていたのかもしれない。私は紙ナプキンで指先についた脂を拭った。

「では、その頼み事を話してみてください」

「事件の記録が読みたい」

コーヒーを飲もうとしていた戸井直子の手が止まった。私たちは二度目に視線を合わせた。戸井直子が左手のカップルの客を気にしたのか私のほうへほんのわずかに顔を寄せ、声を低めた。

「事件の記録って？」

目の前に戸井直子の白い小さな顔がある。こぢんまりした鼻の両脇に点々とソバカスが散らばっているのが見える。この種の頼み事は若くて生真面目な女には向いてないかもしれないと私は思った。いや、そもそもこの頼み事は、検察庁で働く人間の誰にも受けいれてもらえないのかもしれない。やはりこれは私が単独でやるべき仕事だったのかもしれない。私はまた軽率なまねを仕出かそうとしているのかもしれない。

「言葉通り」と私は答えた。「記録倉庫のキャビネットに保管されている殺人事件の記録」

「おっしゃることがよくわかりません」

「戸井さんは記録係だ」

「ええ」

「記録倉庫の鍵は戸井さんが管理している」

「そうです」

「戸井さんは記録倉庫に自由に出入りできる」

戸井直子は一瞬、細い眉を寄せて考える表情になった。それから窓のほうへ向き直り、時間をかけて一口だけコーヒーを飲んだ。そのあいだに私の頼み事の大筋は呑《の》みこめたようだった。

「自由に、という言い方は語弊があると思いますが」

「その気になれば」

「その気になれば、あたしでなくても出入りはできます。記録倉庫の鍵は検務官室のデスクの中に入ってますから」

「検務官室のドアは誰が開ける？」

紙コップに両手を添えたまま、戸井直子が横目で私を見た。

「でも庁舎内の鍵のことなら、庶務係長の古堀さんが全部」

「うん、庁舎内の鍵なら全部僕の机の引き出しに揃っている。でも僕がそれを使うわけにはいかない。僕が検務官室のドアを開けて中に侵入すれば立派な犯罪になる。しかも戸井さんの机の引き出しから記録倉庫の鍵を盗み出して、こんどは記録倉庫に侵入して、殺人事件の記録を探して外へ持ち出して読む、そんなスパイ映画みたいなことはどう考えても僕にはできない」

戸井直子が何か言い返すまえに左手のカップルが席を立った。それで彼女の背筋の伸び具合がやや緩んだような気がした。

私はビールの残りを飲んで彼女の発言を待った。彼女の頭の中にはいくつかの疑問が浮かんでいるはずで、私は訊かれたことにはできるだけ正直に答えるつもりだった。戸井直子に相談を持ちかけようと決めたときからそれはそのつもりだった。

「でも何のために」

そう言いかけて戸井直子はちょっと間を置いて何がおかしいのか短い笑い声を洩らした。私はもう少しビールを飲んだ。

「すいません。古堀さんがスパイ映画みたいなまねをやってるところを想像しちゃって」

「想像?」

「ええ、覆面して縄梯子《なわばしご》とかのぼってるところ」戸井直子は咳払《せきばら》いをひとつした。

「だけど古堀さんが本気でそれをやろうと思えばできるわけですね、庁舎内の秘密を探ること」

「想像上はね」

「今までそんなこと考えてもみなかったけど」

「僕も今回初めて考えてみた。でも現実には不可能だとよくわかった。頭の中で想像はできても、実際に行動するとなれば別だよ。休日に庁舎に忍び込むことも考えてみたけれど、無理がある。事件記録を外に持ち出すのは論外だしね、三階の記録倉庫から二階まで書類を抱えて降りて、総務課の自分の机で読むにしてもそれなりの手間と時間がかかる。誰かに見られでもしたら大変なことになるだろう。休日といっても庁舎に人がいないことはめったにないからね。土日にも誰かしら当番の人間がいる。身柄当番のローテーションを作るのは僕の仕事だから、それもよくわかってる」

身柄当番という仲間内に通じる言葉に反応して、戸井直子が私を振り向いたので、うなずいてみせた。

「明日のことを言ってるんですか」

「そう、明日の当番は戸井さんだ。だから僕が明日、庁舎にこっそり入りこめば中にいるのは戸井さんと僕だけということになる。しかも戸井さんは記録係で、記録倉庫の鍵を持っている」

「あたしに見ないふりをしろとおっしゃってるんですね？」

「うん、それと、できれば時間を省くために記録倉庫から僕の読みたい記録を探し出してくれると助かる」

「それだと共犯になります」

「犯罪じゃないんだ、これは」私は笑顔を作った。「そんな大げさな話じゃないんだよ。僕はただ古い事件の記録が読みたいだけで、その情報を外部に漏らしたり、何かに悪用したりするつもりはない。ただ自分の目で記録をひととおり読むだけ。明日一日、何時間かあれば済む。それ以上は戸井さんには決して迷惑はかけない。国家公務員の名にかけて約束する」

戸井直子はすぐには返事をしなかった。さきほどテーブルに置いたバッグの口を開き、小型の革のケースを取り出してみせた。ケースの中にはタバコとライターと携帯用の灰皿が押しこまれていた。

いいですか？　と断ってから彼女は私に横顔を見せてタバコに火を点けた。一服するあいだ彼女の目はうすく閉じられていた。仮に私の頼みを聞き入れたとして、明日、自分がやるべき手順、かかる手数を想像していたのかもしれない。あるいは次に私に投げかける質問の順番を考えていたのかもしれない。

「古堀さんが読みたいとおっしゃるのは」戸井直子がまた横目で私を見た。「どんな事件の記録なんですか」

「十五年前の殺人事件。自宅のマンションの駐車場で男が撲殺された、野球のバットで」

「十五年前」

「事件が起きたのは十五年前の二月」

「被疑者は？」

「犯人は結局逮捕されないままだ」

「被疑者不詳、十五年前の二月に起きた殺人事件。じゃあ時効が完成していますね」

「そう、だから事件の記録は、警察からすでに送致書付きでこっちへ」

　最後まで言わせずに戸井直子が一つうなずいてみせた。たぶん警察から送られてきたその書類に心当たりがあるのだろう。もちろん彼女なら記録倉庫の鍵を開けて、ひと目でその書類のありかを指させるはずだ。

「でも、どうして」戸井直子が質問を続けた。「何のために古堀さんはその記録を読みたいんですか」

「記憶を確認したいんだ」

「殺人事件の記録を読んで、記憶を確認する？　それは当時の古堀さんのお仕事に関係した記録ですか」

「いや、違う」

「確かその頃だと、古堀さんはやっぱりこっちに勤務されてたんですよね？」

「ああ」

「千野検事もご一緒に」

「千野検事はまだ検事じゃなかったけれどね。確かにその頃、彼女は僕の同僚だった。でも僕が確認したい記憶はそんなこととは関係ない」

「じゃあ古堀さんが確認したいという記憶は」

「隣に住んでいたんだ」

戸井直子がちらりと私を振り向き、タバコの吸殻を携帯用の灰皿に捨ててから、もういちど訝《いぶか》しげな目を向けた。

「僕は殺害された男の隣人だった。確認したい記憶というのは、十五年前の事件当夜、自分が見たこと、したこと、喋ったこと、そういったこと全部だ。つまり僕はその事件に関する僕自身の調書を読み返してみたい」

「古堀さん自身の調書」

「供述調書の中に僕の名前があるはずなんだ、死体の第一発見者として」

戸井直子が椅子の上でこころもち伸びあがるようにして姿勢を正した。そしていま私が喋ったことをじっくり吟味するような目つきになった。あるいは死体の第一発見者という立場に置かれた十五年前の私、いまの自分と同じ二十代だった検察事務官のことを想像してみたのかもしれない。彼女は返す言葉を探しあぐねたように、何度かまばたきをした。同情と、好奇心。まばたきをするたびにその二つが切り替わるようだった。私は彼女の白いシャツの開いた襟もとに目をやり、彼女が細い銀の鎖のペンダントを身につけていることに初めて気づいた。

「そうなんですか」

「ああ」

「そんなことがあったんですね」

私はできれば事件の話題に深入りすることは避けたかったので、先を急いだ。

「だからこれはあくまで私的な頼み事なんだよ。ほかに誰かに迷惑がおよぶようなことは絶対にない。ただ昔の自分の記憶を呼び戻してみたいだけ、若い頃に読んだ本を図書館で探して読み返したいというのとさほど変わらないんだ。戸井さんが協力してくれれば明日一日で簡単に片づくよ」

だが少し急ぎすぎたのかもしれない。簡単に片づく、という言葉に戸井直子は乗ってこなかった。

「考えさせてください」とだけ彼女は答えた。

「明日の朝九時」

私はあらかじめ決めていた通りに言った。

「総務課の自分の机の前で待っている。一時間待って、戸井さんが現れなかったら、自分で検務官室に押し入って記録倉庫の鍵を盗み出す。その場合、きみは見ないふりをしてくれ。それでいいね？」

「ひと晩考えさせてください」

記録倉庫の鍵を盗み出す、という私のジョークに彼女が明らかに反応したこと、たとえ苦笑いにしても笑ってくれたことが救いといえば救いだった。

私は先に席を立つことにしてコートと、通勤鞄と、それからテーブルの右手に置いていた携帯電話のショップでの買物袋に手をのばした。それで一つ、し残した用事があるような思いにとらえられた。

気配を察した戸井直子が、まだ何か？　という目つきをした。

私は首を振った。

戸井直子の携帯電話の番号をいまここで訊いておいたほうが、明日のために便利が良いような気がしたのだが、口に出すのは控えた。こちらはそのつもりでも相手はまた誤解するかもしれない。今回の頼み事の中に、実はもっと特別な意味合いが含まれているかのような印象を最後の最後に与えてしまうのは賢明ではないし、これ以上彼女を鬱陶しがらせるのも忍びないので、その晩はやめておいた。

翌日。

午前九時、私は週日の通勤と変わらぬ恰好で検察庁の建物の中に入り、所定の位置について戸井直子を待った。

休日出勤の当番の職員は建物裏手の通用口を使って出入りする。当番の職員には、前日に庶務係長から通用口の扉の鍵と、セコムの警報器をリセットするための鍵を揃いで手渡す習慣になっている。だから戸井直子はその二枚のカードキーを用いて庁舎に入ることができる。一方、私は当の庶務係長なので、その気になれば必要なものを前日から鞄にしのばせておくこともできる。

平日なら、私は八時半までに庁舎二階の総務課のドアを開け、まず出勤簿に印鑑を押す。

タイムカードと二度手間だが、職場の決まり事なのではぶけない。楕円形《だえんけい》に「古堀」と漢字で彫られた印鑑を押し、余計についた朱肉をティッシュペーパーで拭き取る。それから窓のそばに立ち、紐をたぐってベネチアンブラインドをあげ、よく晴れた朝であれば室内の照明を消し、自分の机のPCを立ちあげる。机は四つ、田の字に寄せて配置され、あともう一つ課長の机が壁際にはなして置かれている。壁のむこうは総務課と続き部屋になっている支部長室。その部屋へゆき、出勤前の支部長の机から前日までに決裁済みの書類を回収する、それが庶務係長としての私の朝一番の仕事になる。

平日ならそういう流れになるのだが、土曜の朝だからほかにすることもない。私はただ自分の椅子に腰かけて待った。自分の椅子に腰かけると出入口のドアを前に、窓を背にすることになる。外は快晴の朝だったが、人目があるのでブラインドは降ろしたままにした。PCを立ちあげて、待つあいだに十五年前の新聞記事を検索してみることも考えはしたのだが、職場のコンピュータに私的な痕跡を残すのはやはりまずいだろう。私は手持ちぶさたに携帯電話をいじりながら待った。むろんゆうべ買ったばかりで誰も番号を知らないから、誰からもかかってくるあてはなかった。携帯電話の時刻表示が九時三十分を過ぎ、ふいに二階の廊下に、女物の踵《かかと》の細い靴音が響いてくるのを耳にするまで、私は椅子を立たなかった。

足音が止まるまえに私は総務課のドアを外側に開いた。

ドアの陰から戸井直子が現れ、無言で私の前を通り過ぎ、私の机まで歩いて行った。両手で抱えていた書類を音をたてないよう机におろし、いちばん上のページの埃をはらうように手のひらでひと撫《な》でし、そのあとでスーツのポケットから印鑑のケースを取り出した。

私の机の隣が会計係長の机で、会計係長の机の脇にキャスター付きの幅の狭いテーブルが寄せて置かれ、出勤簿はティッシュペーパーの箱とともにその上にのっている。

戸井直子は出勤簿に判を押し、余分な朱肉を拭き取り、まるめたティッシュペーパーをごみ箱に落とした。平日の朝はごみ箱の中にくしゃくしゃになったティッシュペーパーが山ほどたまる。

私はドアノブを握ったまま廊下側に立っていた。たぶん戸井直子はここには誰もいないものとして振る舞うつもりだろう。このまま無言でまた私の前を通り、廊下を歩き去るのだろう。彼女ならそのくらいのことはやりかねないと私は予測を立てていた。

戸井直子はゆうべと同じスーツを着ていた。あるいはゆうべと同じようなデザインと色合いのスーツを着ていた。ただゆうべと違って少し離れたところに立っているので、身体の全体のバランスを今朝は見ることができた。

「約三時間半」と戸井直子がうつむいて腕時計を見て言った。「お昼に、外にランチを食べに出る予定があるので、帰ってくるまでには読み終えてください」

そうする、と私は答えた。

彼女は背が高くすらりとした体型だった。指先でかきあげる必要もないし、風になびくこともあり得ないと思えるほど髪は短く切っている。そのせいか頭がめだって小さく見える。手足も長くバスケットボールのユニホームでも着たら似合いそうだったが、それは単に体型と着こなしの問題で、実際には選手向きではなさそうだった。汗とか大声とか、敏捷《びんしょう》な動きとかは彼女には似合いそうになかった。

「もし早めに終わられたら、あたしは一階にいますので電話で」

と言いかけて戸井直子は机の上の真新しい携帯電話に目をとめた。

私は小さく咳払いをしてドアを離れ、彼女のほうへ歩いた。

「戸井さんの携帯の番号を聞いておこうか。ここの電話はできれば使わないほうがいい」

「そちらの番号を教えてください」戸井直子が自分の携帯電話を取り出した。「いまこちらからかけますから、着信に残ったのをあとでリダイアルしていただければ」

「紙に書いてくれないか」

「紙に？」

そこで初めて戸井直子は私と目を合わせた。

「買ったばかりで、自分の番号もよく憶えていない」

「貸してください」

私は携帯電話の操作を戸井直子にまかせて椅子にすわり、記録倉庫から運ばれてきたばかりの殺人事件のファイルと向かい合った。見るからに分厚い書類だった。分厚いうえに形状が不揃いな書類だった。

記録係に訊ねるまでもなく、不揃いの理由はわかっている。数年前に警察および検察で使用するファイルの書式が変わった。それまでのB5用紙（縦書き）からA4用紙（横書き）へ。したがって当然、十五年前に発生し今年時効をむかえた殺人事件のファイルは二通りの用紙の時代にまたがっている。B5用紙の過去にA4用紙の現在が積み重なって無様なかたちを呈している。規則にのっとった、実直な、役所仕事。事件現場や、証拠品の写真が直接用紙に糊《のり》づけされているせいだろう、分厚い書類のなかほどはまるでパイの断面のようにすきまが開きゆがんでいる。

だが過去の精確な記録という点でいえば、この形の整っていないファイルは信頼に値する。十五年前にとられた調書にはその後（当時のままの形で）誰の手もいっさい加わっていないわけだ。私は過去に私自身が喋ったことをいまありのままに読み返すことができる。できれば独りになって読み返したかったが、戸井直子は机の脇に立ち、私の携帯電話のキーを押し続けている。私は眼鏡のブリッジを押しあげるとA4用紙の表紙を一枚めくった。

送致書。

つまり時効の完成した殺人事件の記録を警察署から検察庁に送るという断り書きである。

日付と宛て先の検事名、送り元の警察署長名、および職印。次のページをめくると、この事件の概要が「犯罪事実」として短くワープロでまとめてある。要は被疑者不詳のまま本事件は時効が完成したということである。

次に目録。

つまりこの事件記録の目次。
1、捜査報告書。××警察署長殿、××警察署・司法警察員警部補・氏名、職印。
タイトル――××市天満町における殺人容疑事件に係《かか》る捜査報告書。

「ここに置きます」

戸井直子の声が言い、携帯電話が机のはしに置かれた。

私は書類から目をあげ短く礼を述べた。

また捜査報告書に目を戻してしばらくすると、この部屋のドアが閉まり廊下を遠ざかっていく靴音が聞こえた。

報告書は捜査の端緒（死体発見者からの一一〇番通報）から始まって、発生日時、発生場所、被害者（住所、職業、氏名、生年月日）、そして捜査の経過と続いている。

私はそれらの記録にひととおり目を通した。言ってみればそれは、私個人の記憶の大まかな確認と同じ作業だった。あるいは私が十五年前につけた日記の信憑性《しんぴょうせい》の裏付けと同じ作業だった。

それから三時間かけて私は事件記録の全体を読み通した。

村里ちあきなら、自分の父親が殺害されたこの事件の記録を一字一句見逃さずむさぼり読んだだろう。だが私には事件全体の把握よりもほかに目的があった。読みとばす箇所は読みとばし、くり返し読むべき記述はくり返し読むという方法でページを繰った。中でもいちばん丹念に目をこらしたのは、死体発見者としての私自身の調書だった。分厚いファイルの中で何よりも私の読みたかったのは事件当夜の私に関する部分だった。

当時、まだ二十代の検察事務官であった私はこう供述している。

……階段を上りながら腕時計を見たおぼえがないので、正しい時刻は不明ですが、私が村里ちあきを連れて自宅マンションに帰ってきたときは、午後九時を少し過ぎていたと思います。村里ちあきは、被害者の村里賢一《けんいち》さんの一人娘の名前です。奥さんの村里悦子さんが、その晩は中学時代の友人と会う用事があったので、また村里賢一さんは忙しい仕事のため帰宅時間が常日頃から遅かったので、私が村里ちあきを一時預かって、晩ご飯を食べさせたり遊ばせたりすることを引き受けました。そういうことは、まったく初めてではありませんでした。小さなマンションの隣室同士なので、村里さんのご家族とは以前から親しくおつきあいしていました。以前からというのは、村里さん一家が天満マンションに引っ越してこられた以降のことです。昨年九月ぐらいからのことです。しかし、私が、たびたび村里ちあきを預けられて面倒を見たということはありません。その晩がまったく初めてではなかったという意味で、確か二度目か、三度目か、その程度だったと思います。

私は村里ちあきの手を引いて二階まで階段を上りました。二階の部屋まではいつも階段を利用するのです。マンションは七階建ての建物で、一階部分が駐車場になっており、住居は二階から上の七階までになります。一つの階に二世帯ずつ入居していています。二階の住人である私は、いちいちボタンを押してエレベーターが二階に来るのを待って乗るのが面倒なので、いつも階段を上り降りします。お隣の村里さん一家もほとんどエレベーターを使うことはなかったと思います。エレベーターは三階から上の階の住人のいわば専用になっています。

二階まで階段を上って、廊下の手前二〇一号室が私の部屋で、奥の二〇二号室が村里さん一家の部屋なので、私はそろそろ村里賢一さんが帰宅されている頃かと思い、廊下を奥まで歩いて二〇二号室のドアのチャイムを押してみました。が、応答はありませんでした。奥さんの村里悦子さんの話では、その二月十七日の晩は、自分はどんなに遅くなっても十時までには帰宅するということだったので、それまでは私が村里ちあきを預かる責任があると思い、自分の部屋にいったん戻りました。村里ちあきにココアを作って飲ませてやり、しばらく一緒にテレビを見ていると、村里ちあきが眠気をもよおしたので、私はふたたび廊下に出て村里さんの部屋のドアチャイムを鳴らしました。そのとき村里ちあきは自分で歩いて私の後ろについて来ました。

今度も応答がなく、念のためノックを何回かくり返して、ドアノブを回してみましたが、ドアは開きませんでした。このとき腕時計を見ると十時五分過ぎでした。

そのあとすぐに、私は説明のつかない胸騒ぎに襲われて、村里ちあきを不安がらせてはいけないと思い、笑顔で抱き上げて、ふたりで階段を降りました。駐車場へ行ってみると、村里賢一さんの普通乗用車がいつもの場所に停めてありました。駐車場は車が七台ずつ向かい合わせに停められるスペースがあり、そのうち一台分のスペースは自転車置き場に使用されています。それが進入口から見ていちばん手前の右側です。村里賢一さんの車が停まっていたのは同じ右側のいちばん奥まった壁際です。部屋の番号順にスペースが割り当てられているので、私の軽乗用車は村里賢一さんの車と向かい合って停めていました。

その一時間ほど前、私が村里ちあきを連れてファミリーレストランから帰って来て、駐車場に車を停めたときのことは、いまとなっては詳細には思い出せません。事件の起きた時刻を考えれば、私は疑いなく村里賢一さんの車が停まっていたのを見たはずですが、村里賢一さんの車を見て、私がそのときどのように考えたかはもう思い出せません。向かい側に停まっている車を見て、村里賢一さんがすでに帰宅していると思い、それで二階に上るとすぐ二〇二号室のドアチャイムを押してみたのだったかもしれません。応答がないのは、村里賢一さんにはきっと酒を飲む予定でもあり、そのため当日の朝は車で出勤しなかったものと考えて、別に怪しまなかったのかもしれません。また、私がその二月十七日の朝出勤するとき村里賢一さんの車がそこに停車していたかどうか、その点もよく憶えていません。しかし停車していたと思います。出勤時刻はいつも私のほうが早かったようで、私は二月十七日の朝に限らず、毎朝、車のエンジンをかけるときに向かいに停車している村里賢一さんの車を見ました。

いずれにしろ、私が村里ちあきを連れてファミリーレストランから戻ってきたときには、向かいに村里賢一さんの車が停まっているのを見ても、さほど注意は払わなかったと思います。助手席に乗せていた村里ちあきの世話に注意を傾けていましたから、村里賢一さんの車のほうはちらりと一瞥《いちべつ》した程度だったと思います。あとで警察のかたから聞かされた話では、その時刻すでに、車とコンクリート壁のあいだの隅のところに、村里賢一さんの死体が横たわっていたわけです。しかしそんなことは夢にも思いませんでした。

死体を最初に見たのは私です。村里ちあきを抱きかかえたまま私は駐車場へ降りて、村里賢一さんの車のほうへ歩いて行きました。それから車のボンネット側まで近づくと、またしても説明のつかない胸騒ぎに襲われて、私は村里ちあきを下に降ろして、自分の足で立たせました。ここにいなさいと言い聞かせておいてから、壁際の車のトランク側へまわりました。

天満マンションの駐車場は、コンクリートがむきだしの天井に蛍光灯がいくつか取り付けてはありますが、全体を隈《くま》なく照らしているわけではありません。特に、奥の壁際のあたりは薄暗いと言ってもいいくらいです。だから最初は、自分の足もとを見て、こんなところに野球のバットが落ちている、と不思議に思いました。次に、その先のほうに、何か奇妙な大きな荷物が投げ出されていると瞬間的に思いました。それが人間の体のよじれたような寝姿だと気づくまでに何秒か時間がかかったような気がします。よく見ると、頭部が血まみれでした。濃紺の背広を着ている男性のようでした。壁と車との狭い隙間にみずから潜り込むように倒れていました。ちょうどクロールで泳ぐ人が息継ぎするような恰好で、頭部は車体側へ横向きになり、片腕が側頭部に沿って伸ばされていました。

その後のことは断片的にしか憶えていません。止まっていた時間が、また急に時計の針の音をたてて進み出したように感じました。私は突如として現実に戻り、村里ちあきのほうを振り返ると、村里ちあきはもとの場所を動かず、うつむいて車のタイアの下あたりを凝視していました。どす黒い血溜《ちだ》まりが見えました。死体の頭部から流れ出た血が車の前輪まで達していたのです。私は叫んで、村里ちあきの両目を私のてのひらでふさぎました。そのとき一台の車が駐車場内に入って来て、ヘッドライトで私たちを照らしました。私は無我夢中でその車に呼びかけ、村里ちあきを、死体と父親の車からできるだけ遠ざけると、二階の自分の部屋まで駆け戻りました。

これはそのとき車を運転していた七階の住人の人からあとで聞いた話ですが、私はその人に、村里ちあきを託して、血まみれの死体のことには何も触れずに、いきなり走り出したのだそうです。村里ちあきはその間、泣くこともなく、じっとおとなしくしていたということです。私の頭には一一〇番通報することしかありませんでした。血まみれの死体を発見してから、部屋に駆け戻るまで、ものの三分と経っていなかったと思います。私は自分の部屋の電話から一一〇番通報すると、時間を置かずまた一階の駐車場まで駆け降りました。村里ちあきをふたたび抱きかかえて、そばにいる七階の住人に事情を話す暇もなく、道のむこうからサイレンの音が聞こえてきました。


午後一時になる前に戸井直子は戻ってきた。

私は私自身の供述調書を読み返して手帳にメモを取っていたので口をきかなかった。むこうからタイムアップの声がかかるかと思ったがそれもなかった。背後で、ベネチアンブラインドの羽根のすきまを押しひろげ、また弾《はじ》いて戻す音が聞こえただけだ。

しばらくして缶コーヒーが一つ、机のはしに置かれた。

「どうぞ、よかったら」

私はうなずいてファイルのページをめくり、犯行に用いられた金属バットに関する記述を最後に読み返した。戸井直子が何かを訊ねる声がしたが、聞き流して作業を続けた。

凶器の金属バットは、犯行の夜に何者かが現場に持ち込んだのではなく、もともとそこにあったものだった。駐車場の自転車置き場の片隅に傘立てが置いてあり、その中に、持ち主の定かでない数本の古い雨傘とともに、問題の金属バットは普段からあった。その点に関してマンションの住人たちの証言は一致している。もちろん当時の私も同じ証言をした。

駐車場の傘立てに金属バットを入れっぱなしにしていたのは、村里家の真上の部屋、三〇二号室に住む男だった。事件発生後、不幸にも、まずこの男に警察の疑いは向けられることになった。だがのちの調べで事件とはまったく係わりのない人物であることが判明している。幸いなことに、事件当夜、男は会社の同僚数人と食事をし、何軒かの酒場を飲み歩いた。それを裏付ける証言者が多数いて、つまり立派なアリバイが成立したわけである。ファイルにはこの男の供述調書もあった。同僚の名前と酒場の屋号が書き連ねてあり、凶器に使用された金属バットについては、高校時代のクラブのOBが集まる草野球チームに所属しているので、夏場はマンションの外で素振りをすることがあるが、シーズンオフになると駐車場の傘立ての中に置き去りにして、バットのことなど忘れてしまう、というようなことが書かれていた。

私はその男のページをとばし、最後の最後に、被害者の妻・村里悦子の供述調書をもういちど読み返すべきかどうか迷った。背後から戸井直子の声がまた何かを訊ね、首をまわしてそちらを見ると、彼女は窓際に立ち、タバコに火を点けたところだった。私は読むのをやめた。

十五年前に村里悦子の喋っている内容は、私が当時の日記に書いていることの要約にすぎない。開いていたファイルをもとに戻し、眼鏡をはずして、指で目頭のあたりを揉みほぐした。それから机の引き出しをあけて目薬を取り出しながら、いま何と言ったのかと戸井直子に聞き返した。

「あの本に書かれていることは、どこまで本当なんでしょうか？」

私は目薬をさし、目もとをハンカチで押さえ、ハンカチをポケットにしまって眼鏡をかけ直した。

そのあいだに彼女の言うあの本が何を意味するのか見当はついていた。ゆうべハンバーガー屋で話題にのぼった千野検事の話を続けたがっているのだろう。あらためて後ろを振り返ると、戸井直子は右の手首で左の肘をささえるポーズで立っていた。右手には携帯用の筒状の灰皿、左手の指のあいだにはゆうべと同じ細いタバコ。

「終わったよ」

と私はファイルの表紙を手のひらでたたいた。

総務課の掛け時計も、私の腕時計も一時五分前をさしている。戸井直子が肩を内側へすぼめるようにして笑った。

「あたしが何をしても、何を言っても、眉ひとつ動かされないんですね」

「タバコのことなら昨日から驚いてるよ。ちなみにこの部屋は禁煙だ」

「あたしが言ってるのは、古堀さんが何のためにそのファイルを熟読されているのか、そのファイルが古堀さんにとってどの程度重要なものなのか、表情からは見分けがつかない、という意味なんですけど」

「さっき何か言いかけただろう、何」

「あと一時間くらいなら融通がききますよってお伝えに来たんです」

「いやもう充分だ。ありがとう、協力してくれて本当に助かったよ」

「コーヒーをどうぞ」

私はそんなものは一口も飲みたくなかったのだが、率直にそう言える間柄でも状況でもなかったので慎んだ。空色に黄色いロゴの入った缶コーヒーのリングを起こして飲めるだけ飲んだ。

「千野検事のことが書かれている本は、もちろん読まれてますよね？」

三十代で検察事務官から検事へ転身した千野美由起に対して、彼女が関心を持つのはわからないでもない。また週刊誌も記事にしたくらいの話題の本だから、特に検察庁の職員のあいだでは好奇の的になっていることも想像がつく。私は正直に答えることにした。

「いま途中まで読んでる。寝る前に少しずつ」

「どこまで本当なんでしょう。本の帯には真相の完全告白って書いてありましたけど」

「さあ」

「あれで何か、千野検事の立場が悪くなるようなことがなければいいのですが」

私はもうひとくち甘いコーヒーを飲んで椅子を立ち、机上のファイルを片手で示してジョークのつもりでこう言った。

「記録倉庫のもとの場所に戻したほうがいい、一刻も早く。今日のことは誰も見ていないし、まだ誰も気づいていない。これでふたりの完全犯罪が成立する」

戸井直子のリアクションは、うつむいてタバコの吸いさしを携帯用の灰皿に押し込んだだけだった。

「何もお聞きになってないんですか、ご本人からは」

「千野検事から？」

「ええ」

「他所《よそ》の支部の検事が、僕みたいな庶務係長に何の用事があると思う」

「いまでも連絡をお取りになっているのかと思ってました」

私は彼女がゆうべと同じスーツの下にゆうべとは異なる淡いピンクのシャツを着ていることに気づいた。首もとを飾っている銀のペンダントが一頭の象をかたどっていることにも気づいた。戸井直子が顔をあげて私の視線に気づいた。

「申し訳ありません、立ち入ったことをお聞きして。千野検事とは古いご友人だと……」

「いいんだよ、わかってる」

「そんな噂《うわさ》を聞いたことがあるんです、全部信じるつもりはありませんけど」

「つきあっていたんだ」

「……千野検事と」

「うん」

「普通の顔でおっしゃるんですね」

「それくらい昔の話なんだ。まだ結婚する前」

「わかりました」

「ほかに質問は？」

戸井直子がにこりともせずに突然、機敏に動いた。机のファイルを両手で抱えあげると出口へむかう。

「じゃあいまからこれを記録倉庫に運んで、ふたりの完全犯罪を成立させますね」

「訳のわからないことに巻き込んで悪かった」私は先にまわりこんでドアを開けた。

「本気で感謝してるよ」

すると相手は足を止め、本気の度合いを測定するかのように私の目を直視して、こう言った。

「本庁時代に、千野検事の立会を務めていた時期があるんです。こちらへ転任する前、短いあいだですが。でも、それで、もしかしたら千野さんからあたしの名前をお聞きになって、今回の相談を持ちかけられたのかとも思ったんです」

「ああ、それは誤解だ」

「わかりました」

とくり返して、戸井直子は軽くお辞儀をするとドアと私とのあいだをすり抜けるように廊下へ出た。私はファイルを抱えた彼女の後姿を最後まで、三階に通じる階段へ消えるところまで見送り、また総務課にひとり残った。

ひとりになると私は戸井直子が教えてくれた噂について考えた。噂の内容よりもむしろ、それが本庁で人の口にのぼっているのか、この支部で囁かれているのかというほうを気にした。おそらく両方でだろう、というのが私の想像だった。考えるまでもない。本庁や支部といっても同じ県内のことだから、私にかぎらず誰彼の噂は毎年毎年、職員の異動にともなってあちらこちらへ運ばれて行き、行った先でまるで久しく会わなかった親戚の土産話のように語られるだろう。

それから私は帰り支度にかかり、通勤鞄を手にして、ついさっきまでファイルの置かれていた事務机の灰色の空間に目をやった。私は単純な事実をひとつ思い出した。いま自分がこだわっている些細《ささい》な噂のことは、これまでにも何度か、いまと同じように一時的に気にかけたことがあると思った。たぶんこの十五年のあいだに私が赴任した支部の数だけ。使い慣れた机の数だけ。十五年。もし私に関する噂が生き続けているとすれば、その種は、すべてあの殺人事件のファイルが記された時代に蒔《ま》かれたのだから。

実をいえば千野美由起の名前もファイルには記録されている。十五年前の事件の夜、ファミリーレストランで私は村里ちあきに夕食を食べさせたのだが、そこには千野美由起も同席していた。夕食後、私は不機嫌な千野美由起を先に自宅に送り届けてから、村里ちあきを助手席に乗せて帰宅し、マンション一階の駐車場に車を停めた。その位置からほんの五メートルも離れていない壁際に撲殺死体が横たわっていることも知らずに。

だから私の供述調書には職場の友人として千野美由起の名前が残っている。当然、警察は私の供述の裏をとるために千野美由起にも直接話を聞いた。そのことも分厚いファイルの内容を一字一句綿密にたどればどこかに記録されているはずだ。

だが千野美由起は肝心なことは知らない。ファミリーレストランでの食事以外のことは何も知らない。あの晩、自宅前で私の車を降りてから以降のことは何も知らない。当時の恋人だった私から、のちに聞かされた以上のことは知らない。何より血まみれの死体を見ていない。足もとに転がっていた金属バットも見ていない。猛《たけ》りたつサイレンの音も聞いていないし、マンションを包囲して集まった警察の車の隊列も見ていない。野次馬もマスコミも駐車場を皓々《こうこう》と照らす光も、駐車場と道路を目隠しに仕切るテント地の青い幕も見ていない。決して人前では涙を見せなかった村里母娘の、蒼《そう》白《はく》な、表情にとぼしい顔も見ていない。

もちろん私は千野美由起にすべて話した。警察の事情聴取に対してと同様に何事も隠さず話した。だから千野美由起は知っている。あのファイルに書かれてあることのほとんど全部を情報としては知っている。もし彼女がいまだにあの晩のことを記憶していればの話だが。

千野美由起は憶えているだろうか。

私は総務課を引きあげるにあたって、室内に残るタバコの匂いと缶コーヒーの始末を気にかけた。タバコの匂いは月曜の朝には消えているだろう。飲み残しの缶コーヒーは、ごみ箱に捨てて行けば、月曜にいちばん早く出勤した課員の誰かが反故《ほご》になった書類やティッシュペーパーと一緒に一階のごみ捨て場に運ぶだろう。それは私かもしれない。だが私でなかった場合のことを考えて、やはりコーヒーの缶をここに置き去りにするわけにはいかない。

私は通勤鞄と飲み残しの缶コーヒーを手に総務課をあとにしながら、千野美由起はどこまで憶えているだろうか、と想像した。

あの晩、ふたりのデートに村里ちあきという小さな邪魔が入ったことで、しかもそのことを直前まで私が黙っていたことで、待ち合わせて会った瞬間から彼女は苦い顔をしていたのだが、それを憶えているだろうか。ファミリーレストランで村里ちあきが、お子様ランチについてきたプリンをいちばん先に食べてしまったのを見て、そもそも不機嫌だった千野美由起は母親のしつけという問題を大げさに取り上げて、私たち以外にそばに誰もいないような喋り方をするので、途中で、仕方なく隣にすわっていた村里ちあきの両耳を私が手のひらでふさいで、子供の前でする話じゃないだろうと非難するはめになり、余計に彼女の不機嫌をつのらせることになったのだが、それを憶えているだろうか。

私は憶えている。あるいはいま、思い出している。当時の日記をくり返し読むことで、あの事件のファイルに収められた自分自身の供述調書を読んだことで、私は忘れていた過去を取り戻し、もういちど読み直しつつある。

私は憶えている。あの事件の夜、村里ちあきを連れて帰宅した私が、まず隣の村里家のドアチャイムを鳴らしてみたのには、理由があった。調書には「そろそろ村里賢一さんが帰宅されている頃かと思い」と記されているが、それは違う。あのとき私はこう思ったのだ。

村里悦子が先に帰ってきている。

やはり娘のことが心配で、村里悦子は用事を早めにすませて帰宅したのだと私は思ったのだ。なぜなら、彼女の匂いを嗅いだからだ。駐車場に車を停めて、助手席から村里ちあきを降ろしたときに一度、それから駐車場の出入口の脇にある二階への階段をのぼりかけたとき、さらに一度。どちらもほんの一瞬だったが、それでも確かに、よどんだ空気よりももっと濃い密度の、ほの甘い風が鼻先を掠《かす》めた。私は彼女の匂いに気づいた。それはその頃嗅ぎ慣れていた香水の匂いだった。私はそのことを憶えているし、すでに思い出しているし、何よりも当日の日記に「香水」という一語を自分の手で書きつけている。

私はあの事件ファイルを読み通し、日記とつき合わせてみることで、大切な記憶をひとつよみがえらせた。あるいはもともとあったはずの記憶に確信を深めた。それはこうだ。

警察の聴取に対して私はあらゆる出来事を包み隠さず話している。もちろん千野美由起にも訊かれるままますべてを話した。たったひとつの事実を除いて。

規程にのっとった、正確な、信頼に値する分厚い事件ファイルのどこをどう探してもそのたったひとつの事実は記載されていないだろう。あの当時、事件にかかわった人間、数多く投入された捜査員の誰ひとり、そのことに注意を向けた者はいなかっただろう。間違いない。十五年間、私はその事実を記憶の物語の頁のあいだに眠らせていた。私は匂いのことをあのとき誰にも打ち明けなかった。

第6章　村里悦子

殺人事件のファイルには、隣に村里家の三人が越してきたのは前年の夏と記録されているが、私はそれがもっと早い時期のことだと思いこんでいた。

事件の起きる前年、つまり十六年前の夏。

私が村里悦子と親しく口をきくようになったのはその頃だった。彼女とその娘にまつわる最初の記憶は夏だ。だから私は当然、そこにいたるまでには隣人としての出会いからある程度の時間が流れたものと思いこんで記憶していた。

むろん私個人の記憶よりもファイルの記述のほうが正しいのだろう。春さきに村里家が越してきて、それから徐々に、時間をかけて隣人としてのつきあいが深まったように思っていたのだが、それは記憶の錯誤なのだ。村里家がマンションの隣室に住む

ようになって、時間を置かずに私たちは（村里悦子と、娘のちあきと、私の三人とい
う意味だが）うちとけた。そういうことになる。あの人見知りする、まだ四歳になる
前の娘が、私には短時間でなついてしまったということになる。
土曜日に庁舎から持ち帰ったメモを脇に、こんどは十六年前の日記を読み返しなが
ら、私は記憶をたどり直した。あるいは誤った記憶を補正した。
二週間ほど空室だった二〇二号室に新しい住人が入ったのは八月のはじめ。二日の
夜に、村里悦子が娘をつれて私の部屋に挨拶に訪れている。引っ越しそばのかわりに、
デパートの包装紙につつまれた進物を持って。中身は何の変哲もない白いタオルだっ
た。夫の村里賢一はその場には顔を見せなかった。
その三日後、休日の午後にマンションの外で私たちはあらためて出会った。
私は千野美由起との待ち合わせに歩いて出かける途中だった。村里悦子がどこかに
行こうとしていたのか、それともどこかからの帰り道だったのかはわからない。私は
しばらく足をとめて彼女と話をした。
八月五日、真夏日。
外に出たとたん背中ににじむ汗。景色を白くぼやけさせるほどの強烈な反射光。遠
くからとすぐまぢかで二重に聞こえる蟬《せみ》の声。日にあたって赤みをおびた母親と娘の

顔。その日の午後の様子が記憶の最初のページにいまも刻まれている。村里悦子と娘のちあきにまつわる記憶の物語は常にそこから始まる。

村里悦子は道ばたの自動販売機の前に立っていた。日記によると、私は三日前に挨拶したばかりの女の横顔を見わけることができなかった。

もし彼女が振り向かずに、自動販売機の取り出し口に落ちたばかりの缶ビールに手をのばしていれば、私は気づかずに通り過ぎたかもしれない。あるいは通り過ぎたあとで新しい隣人の顔をぼんやり思い出していたかもしれない。しかし彼女は人の気配に振り向いて、振り向いたときに太陽の光を目のはしにとらえたのか、しきりにまばたきをしながらこちらを見た。近づく人影におびえたように、左手を、手のひらをこちら向きに額のあたりにかざして。

その左手の小指には白い包帯が巻かれていた。私は自動販売機の手前で足をとめ、村里悦子の顔に微笑みが浮かぶのを見た。二台並んだ自動販売機の陰に置かれたベンチの上に、つばの広い帽子をかぶった娘がすわっていた。

こんにちは、と私は先にそちらのほうへ挨拶した。

両手で缶ジュースを握りしめた娘は、私を見あげ、母親に目を移して、笑顔になる寸前の表情をたもったまま、口はきかなかった。

「こんにちは」と母親が手本をしめした。「お隣のおにいさんよ」

「何を飲んでるの?」と私はもういちど機嫌を取った。

「ファンタオレンジよね」

と母親が答え、自動販売機にコインを入れ直した。

娘が私にむかって微かにうなずいて見せた。取り出し口にファンタオレンジがもう一つ落ちる音が響いて、母親が腰をかがめ、右手でそれをつかむとじかに地面に置いた。それから隣の自動販売機で先に買っていたほうの飲み物を取り出して、横に立っている私に、私の顔も見ずに差し出してくれた。思わず受け取ってみるとキリンの缶ビールだった。

「どうぞ」と立ち上がった女が言った。「さっきまちがえてボタン押しちゃったの」

額に汗をかいた女は、ちらりと舌をだして見せた。私は相手の顔と二台の自動販売機とを見くらべて黙っていた。

村里悦子は当時まだ二十代の前半だったはずだが、その年代の女としてもまた娘の母親としても、一般とはいささか異質な印象を人にあたえたのは、その夏の日にかぎらず彼女が常に手ぶらで立っていたからだと思う。私の記憶の中では彼女はハンドバッグにかぎらず荷物を持っていたためしがなかった。外出するときにも財布すら持ち歩かなかった。夏場であればジーンズやポロシャツのポケットから、冬になるとスタジアムジャンパーのポケットから、丁寧に四つ折りにした紙幣を一枚ずつ、というよりも必要なときに必要な一枚だけを取り出して支払うのが彼女の癖だった。夫に内緒でときどきタバコを吸うことがあったが、皺になったセブンスターのパッケージと使い捨てのライターも同様にポケットに隠し持っていた。

「どうぞ、遠慮しないで」

ともういちど勧められたが、私はその場では缶ビールを開けなかった。勧めた女のほうは、横向きにした缶を額に押しあてて熱を冷ますような仕草をした。

道路ぞいの立木に一匹だけとまっていた蟬が突然けたたましく鳴き始め、そちらに気をとられた娘がジュース缶を取り落とした。幸いにも缶は娘の膝のうえに寝たかたちでとどまり、大騒ぎするほど中身もこぼれなかった。母親がハンカチで半ズボンの染みを押さえ、缶のふちをざっとぬぐってまた娘に持たせた。小休止していた立木の蟬が鳴き始めた。娘が母親にむかって何か喋ってみせたが、文字にすれば「ああああ」としか私には聞き取れなかった。

「そう蟬」と村里悦子は娘に言った。「クマゼミ」

「いくつ?」と私が娘に訊いた。

「四歳」と村里悦子が答えて、私にハンカチを返した。「どうもありがとう。もうじき四歳。ほんとは普通に喋れるんだけど、ときどき『宇宙語』を喋る。知らない人の前や、気に入らない事があったりするとわざとあんなふうに喋るの」

「意味がわかる？」

「うん。ちあき、おにいさんにハンカチ貸してくれてありがとうって、お礼言いなさい」

「ああああああ」

と娘がまた声をあげ、母親が真顔で通訳した。

「ありがとうって言ったのよ、いま」

それから村里悦子はさきほど買い直した缶ジュースを飲んだ。

左手の小指には包帯が巻かれ、まるで瓶の首をはめ込んだような太さになっているので、それを立てて残りの四本の指で缶を持ち、右手で飲み口のリングを起こすのにも手間がかかった。私は目の前に立ってその様子を見ていた。力の入れ具合で小指に痛みがはしるのか、ウィンクをくり返すように片目をつむっては開き、時間をかけてリングを起こすと缶を右手に持ち替え、顎をそらして、心ゆくまで喉を鳴らすさまを見守っていた。

「あら」と彼女はそのあとで私を不思議そうに見返した。「ビールは？　だめ？」

「いや。飲みたいんだけど、いまはちょっと」

左手の自由な指を使って彼女は唇をひと撫でした。

「その包帯は」と私は訊ねた。

「気づかなくてごめんなさい」彼女は質問には答えず笑顔になった。「急いでるんでしょ？」

「急いではいないけど」私は腕時計に目をやった。「出かけるところだから、このビールはあとで」

「ええ、飲んでください、あとで。ぬるくなったら冷やし直して」

「そうだね」

「ほら、ちあき、おにいさんにさよならって言いなさい」

「さよなら。またね」私は娘と目を合わせた。

「じゃあ、また」娘の母親がかわりに言った。

私はうなずいて背中を向けた。歩きだすとすぐに、ああ、古堀さん、と村里悦子が呼んだ。

「すいません、タバコあります？」

「いや」

「ちあき、古堀のおにいさんに行ってらっしゃいって」

私は娘に片手をあげて見せた。

いってらっしゃい、とかぼそい声が確かに聞こえて、そちらを見ると帽子のつばが下がって顔が隠れた。

ほらね？　と言いたげに母親が私に笑いかけた。

些細なこと。

本当に些細なことだが、私はその夏の日を思い出すたびにいまも後悔の念にかられる。

私は私のしなかったことを悔やみたくなる。

四十三年のこれまでの人生で数えきれるほどし残して来たこと、し残して来た些細な事柄のうちの一つとして悔やみ、昔の自分に舌打ちしたい思いがする。

私はあのとき、左手の小指が不自由な村里悦子から缶ジュースを取りあげて、なぜかわりにリングを起こしてやらなかったのだろう。それから私はあのときなぜ、彼女の好意にこたえて、その場で缶ビールを開けて一口でも飲まなかったのだろう。

結局、私は待ち合わせの場所に缶ビールを持ったまま出向き、千野美由起に出がけのいきさつを話すことになった。

千野美由起は話を聞いて眉をひそめた。当然だろう。昼間から娘を連れて道ばたの自動販売機で缶ビールを買って飲む女、というイメージを植えつけたのは私の責任である。そういう女として、そういう若い母親として、私の隣人は私の当時の恋人に最初に記憶されることになった。実際には、村里悦子は昼間から缶ビールなど飲まなかったのに。

それ以降、千野美由起は、私が隣の二〇二号室の話を持ち出すたびに、必ずといっていいくらいに顔を曇らせるようになった。なったという記憶があるし、そのことに気づいた私は、千野美由起の前では隣人の話を意識して控えるようにした。あるいは逆の場合もあったかもしれない。そのことに気づいた私は、千野美由起の態度に不満のあるときには、あえてその話をして彼女の機嫌の悪さをつのらせた。

私が千野美由起にした話の中には、たとえば村里悦子の「人生観」のようなものがあった。

彼女は私にこう語った。

世の中にはふたとおりの人間がいる。頭の良いひとと、そうでないひとと。そうでないひとは、なるべく慎重に、用心して生きてゆかなければならない。頭の良いひとは、何かトラブルが起こっても、自分で頭を働かせて対処できる。それができないひとは、最初から慎重に、用心して、事を起こさないように、あやまちそのものを犯さないようにしなければならない。慎重に、用心して生きていれば、大きなあやまちからは逃れられる。注意してまわりを見れば、いまあなたがやろうとしているあやまちを戒めて、阻もうとする力がはたらいていることがわかる。その戒めの力は必ずはたらく。もしそれがどこにもなければ、いまあなたがやろうとしていることは、あやまちではない。

この人生観は、前半は村里悦子の実の母親の口癖、後半は村里悦子の通った私立中学のシスターの持論に基づいていた。

私はこの話を千野美由起にした。娘を保育園にあずけて宗教家にでもなればいい、と千野美由起はにべもなかった。ちなみに村里悦子の母親は彼女が中学生のときに他界していたし、彼女の学歴はそのミッション系の中学で途切れていたのだが、その点を加味しても、千野美由起の同情はほとんど得られなかった。

私が千野美由起にしなかった話の中には、たとえば村里悦子の告白があった。それを告白というのは大仰すぎるかもしれない。単に愚痴とか、弱音とか呼ぶべきものだったかもしれない。しかしそう思うのはいちど離婚も経験したいまの私であり、当時の私の耳には、彼女のかいま見せた唯一の本心として届いた。だから当時の日記に私は「告白」という言葉を書き記したのに違いない。

そのときまで私は、村里悦子の口から愚痴や弱音が吐かれるのを聞いたことすらなかったと思う。彼女は千野美由起のように気分にむらのある女ではなかった。少なくとも私の前ではそうだった。彼女は常時、おだやかな態度で私に接した。表情の変化といえば、例の、母親には似つかわしくない若々しい笑みがこぼれるときくらいだった。娘のちあきをきつく叱るところなど見たことがないし、あの事件の夜を例外として、私は彼女の顔に暗い影がさすのを一度も見たおぼえがない。

彼女は私にこう語った。

自分はもう子供は産みたくない。なぜなら、あんなに痛い思いをするのは一度でたくさんだから。産んだ当人がそこまで言うのなら相当な痛みなのだろう。彼女の細い腰を見て若い私は同情した。それに、と彼女はすぐに付け加えた。愛してもいない男の子供を産むのはもういやだ。愛してもいない、という言葉を、その言葉に近いニュアンスではなく、彼女は文字通り口にした。むろんその男とは夫のことだった。

村里悦子が夫の暴力に無抵抗にさらされていると気づいたのはいつなのか、当時の日記を読み返しても判然としないのだが、その年の暑い夏が終わり、彼女の小指を厚く覆って手首で固定されていた包帯がはずれる頃には、おそらく私にもうすうすの見当はついていたと思う。

だが私はそれをさほど緊急な事態とは見なさなかった。暴力をふるう男を夫に持つ妻、父に持つ娘を気の毒に思いはしたけれど、その思い以上に私は立ち入るつもりはなかった。それは隣家の夫婦の問題、家庭内の問題だった。当時の私は配偶者の暴力というものに対して、もしそういう言葉を用いるのが許されるなら、いまより「寛容」だった。言い換えれば私には見て見ないふりができた。暴力にさらされている当人もまた、その被害を私に直接訴えることはしなかった。おそらく誰に訴えるすべもなかっただろう。ＤＶ防止法という法律が施行されるのはこれよりもっとずっと後の話だ。

その年の九月二十三日、好天の秋分の日。日記によれば午前中に村里ちあきが一人で私の部屋に遊びに来た。

ママは？　と訊ねると、すぐに電話のそばへ行き、自分で受話器をはずして、私が止めるひまもなく自宅の番号を押してみせた。

「おはよう」と村里悦子の声が言った。「ちあきでしょう？　迷惑よね」

「いや、それはかまわないんだけど」

「ごめんなさい、洗濯物ほしおわったら迎えに行くから」

その電話では訊けなかった「ご主人は？」という質問を、三十分ほどして現れた村里悦子にむけると、

「知らない。ゴルフか、パチンコか」

という投げやりな答えだった。私は当時、一年中テーブルに代用していたコタツの上に黙って灰皿を置いた。彼女がいわば娘をだしにして、うちに暇つぶしにあがり込

むのは初めてではなかったので、そのうちタバコを吸いたがるのはわかっていた。だいたい休日の午前中には、部屋の窓と玄関のドアまで開け放して掃除機をかけるのが私の習慣で、するとその最中に娘のほうが顔をのぞかせて、私が呼び入れるという手順が夏以降に何度かくり返されていた。

「コーヒーでもいれようか」

「どうも、いつもご丁寧に、なにからなにまで」

村里悦子は開いた窓のそばに灰皿を運び、そこで姿勢を崩して、娘に声をかけた。

「あんたは何を貰って飲んでるの」

「ココア」とコタツにむかって正座している娘が答えた。

「包帯やっと取れたね」と私が言った。

「そう、やっと。でもまだすこし、ほら、後遺症が」

台所から振り返ると、村里悦子が左手の小指を立てて見せた。たぶん思うように自由に曲げられないと言いたかったのだろう。

小指の怪我《けが》は本人の説明によれば突き指だった。いつ、どんな状況でそれが起きたかの説明は抜きで彼女はそう語った。こちらから積極的には訊ねるつもりもなかった。その時点で、私は彼女の夫の暴力をちらりとでも想像はしてみたはずだが、やはりそこから先へは目をふさいだのだと思う。

隣人がうけている暴力を緊急の事態とは見なさなかった理由、現に隣家で起きていることを見ないふりができた理由の一つは、いま思えば、村里悦子自身にある。

そもそも彼女のほうからは決して、言葉であろうと素振りであろうと、隣人である私に（あるいはほかの誰にも）家庭の内情を打ち明ける気などなかったのだ、という事実に思いあたる。彼女はみずから望んで現実を見えにくくしていた。他人に接するときの彼女の性質のなかにもともと、陽性で、楽観的な一面があったにしても。いまこの瞬間ここにないものはどこにも存在しないものとして自然に振る舞えるような、一時しのぎの習慣が身についていたのだとしても。

確かに彼女は小指に包帯を巻いて私の前に登場した。だが小指はあくまで小指だ。小指の第一関節の怪我こそが男の過激な暴力の象徴だと誰が思うだろう？　また彼女はスカートをはいた姿を人前では見せなかった。だが脚の打撲の青痣《あおあざ》がなくてもスカートをはかない女はいくらでもいるに違いない。ある日突然、彼女は髪を短くした。その前夜、壁越しに隣室から鈍い物音が響くのを私は聞いた。だがそれも想像に過ぎない。私は彼女があげる悲鳴を聞かなかった。私は夫の暴力を目にしたわけではない。村里賢一が鋏《はさみ》を手に妻のからだに馬乗りになった光景を、逃げる妻を追い回して足蹴にする光景を目撃したわけではない。

一方で、たとえば彼女の顔には最初から最後まで傷ひとつなかった。暴力の痕跡は何も見えなかった。彼女の顔からしいて感じ取れるのは、若いうちに恋愛と結婚と出産をすませてしまったひとの一般的な幸福、自信、余裕もしくは倦怠《けんたい》、そんなものでしかなかった。笑うと大きく広がる口と、厚い唇と、切れながの目が特徴だったが、あまりに肌が白いせいでその特徴も目立ちはしなかった。特に手入れはしていない、というのが本人も自慢の顔は光の加減でときに薔薇色《ばらいろ》に明るんで見えた。視線を受けとめると意味もなく笑顔をつくる癖があり、その靄《もや》がかかったような曖昧な笑顔のために、どんな形の目とも口とも思い出しにくい印象を初対面の人に与えた。記憶に残るのは唇のしたのホクロだけだった。

その日、彼女は小指の怪我の話をこんな台詞で当面の現実から遠ざけてみせた。

「ギプスが取れて楽にはなったけど、キャベツを切るときとかこまる」

「キャベツ？」と私は笑いながら、出来あがったコーヒーを二つコタツの上に置いた。

「キャベツ？」と娘が私の口真似《くちまね》をした。

「キャベツの千切り。左手で押さえて切らなきゃいけないでしょ、右手に包丁持って。そのときにこっちの小指に力が入らなくて切りにくい。あと、リンゴの皮むき」

「リンゴは皮をむかなくても食べられる」

「キャベツの千切りが大好物なの」村里悦子がタバコを消してコタツのほうへにじり寄った。「この子、エビフライでもハンバーグでも付け合わせは千切りキャベツ、千切りキャベツにマヨネーズ。そりゃリンゴはまるごと齧《かじ》ってもおいしいけど」

「果物ナイフもいらない」

「でも子供には無理よ、見てこの可愛い口、栗鼠《りす》みたい」

「じゃあ皮をむかずにスライスすればいい。できるだけ薄く、櫛形に」

「クシガタって？」

「兎《うさぎ》を作るときの形にナイフで切って、それをもっと薄くスライスする」

「兎の皮をむかずに」

「そう、皮の赤い色が見えたほうがきれいだし、それをトーストの上に並べて」

「聞いた？　ちあき。兎を皮ごと薄く切っちゃうんだって、残酷だねえ」

私は苦笑いしてコーヒーを飲み、皮ごとスライスしたリンゴを食パンまたは軽くトーストした食パンの上に敷き詰めて食べるという、私の母が昔よく作ってくれたシンプルなおやつの話をした。その話の流れで、村里悦子がわざわざ自宅の冷蔵庫のリンゴを取りに戻り、私は母直伝のレシピを実演することになった。試食した村里悦子がどんな感想を述べたかは憶えていないし、日記にも書いていない。でも娘のほうには好評だった。村里ちあきは母親が食べ残した半切れほどのパンをきれいにたいらげた。

そしてその様子を見守りながら、村里悦子は私の親兄弟についていくつか訊ね、次に自分の母親のことを話しはじめた。中学二年のときに病死した母親の、生前の口癖。

世の中にはふたとおりの人間がいる。頭の良いひとと、そうでないひとと。

母親に言わせれば、前者には村里悦子の姉と兄と父親が含まれていた。後者は母親似の村里悦子のみをさしていた。事実、姉と兄は「普通の」公立高校に通い、姉は就職試験に、兄は大学受験に受かった。村里悦子は「あまり賢いひとは行かない」私立の女子中学から、同じ敷地内にある高等部へトコロテン式に進む予定でいたが、おもに学費の都合で父親の反対にあい、最初から無理だとわかっている商業高校を受験して失敗した。その一度の失敗で進学には諦めをつけたので、結局、村里悦子の学歴は彼女の実の母親と同じになった。

それから例の、彼女独特の人生観の後半の部分もこの日に聞いた。村里悦子が唯一記憶にとどめている中学時代の厳格なシスターの教え。注意を怠らなければ、大きなあやまちはまぬがれる。まわりをよく見まわせば、あなたが犯そうとしているあやまちを戒める力が必ずはたらいている。

しかしシスターの教えはそこまでで、そこから彼女は独自の解釈を広げていた。少女時代、朝のお祈りの時間に聞いたというその話に、十年後の村里悦子は自分なりの考えを足して、いわば裏の真理を発見していた。思い出のシスターはおそらく実際にはこうは言わなかっただろう。

もし戒める力がどこにも見つからなければ、いまあなたがやろうとしていることは、あやまちではない。

私はこの話に興味を持った。頭の良い悪いのくだりは別にして、彼女がいつ頃この人生観をかためたのか、特に後半部分に手を入れて全体を完成させたのはいつなのか、つけ加えられた裏の真理に何かしらの深い事情があるのか、何か具体的なきっかけとなる出来事があったのかどうかを聞いてみたい気がした。しかし私が中学卒業後のことを訊ねると、彼女は、ウエイトレスをしていたのだと簡単に答えただけで、また窓際にすわり直してタバコに火を点けながら、私の仕事の話を聞きたがった。

それは私の仕事の内容についてではなくて、いつどうやって検察庁に就職したのかに重点の置かれた質問だった。そのことを説明するために私は「国家公務員Ⅱ種試験」という言葉を使わなければならなかった。彼女は私の興味とは逆に、自分で確立した人生観のうちの前半部分、人を頭の良い悪いで二分するほうに重きを置いていたと思う。少なくともこの時期まではそうだったと思う。

「聞いた？　ちあき」と村里悦子は言った。「古堀のおにいさんは頭いいんだねえ」

娘が大きくうなずいて、パパは？　と訊ねると、こんどは母親が黙ってうなずいてみせた。

「ちあきも頭いいから、古堀のおにいさんみたいに大学行って試験に受かるよ」

「自分で電話もかけられるしね」と私は言い添えた。

「ちあきも国家公務員になる？」

「なる」

「さっきの話だけど」と私は窓のほうを向いた。「あやまちを戒める力、というのは本当にはたらくんだろうか」

最初、村里悦子はぼんやりとした目つきで私を見た。

ママ、とすかさず娘のちあきが注意した。人差指と中指のあいだにタバコをはさみ、残りの指を内側へ曲げて、親指の先で薬指と小指の爪をひっかくようにいじるのが彼女の癖だったから、注意が散漫になるとたいてい灰がこぼれ落ちた。

「こないだ、もうだいぶ前だけど、憶えてる？」

と彼女が灰の始末をして言い、私が聞き返した。

「いつ？」

「自販機のビールをあげたでしょ」

「夏の話？」

「そう、あのとき、喉がかわいてむしょうにビールが飲みたかった。自販機見たとたんに飲みたくなった。でも、真っ昼間だし、道ばたでそんなもの飲めないよね。そうは思ったんだけど、ついお金入れてボタンを押してしまった、いいから飲んじゃえって。悪魔の囁き。だから本当は、あのときあたしがあのビール飲むはずだったのよ」

話の先は簡単に読めた。この話の落ちは退屈だった。つまりあのときそこへちょうど私が通りかかったわけだ。彼女のあやまちを戒める力として。

「やっぱりそういうことなのよ。どんな小さな事でも、しちゃいけないことをしようとすると、それを止める力がどこかから絶対来る、あたしの仕出かしそうなまちがいを何かのサインが教えてくれる。たとえば古堀さんが偶然歩いて来て、あたしを咎《とが》めるような目で見る。おかげであたしみたいな人間も道を踏みはずさないで普通に生きていける」

「咎めるような目でなんか見てないよ」

「あたしははっきりそう感じたの」

私はまた苦笑いを浮かべるしかなかった。

「だったら村里さんには特殊な感覚がそなわってるんだよ。道を踏みはずす人間は世の中に大勢いる。僕の働いている職場にはそういう人間が毎日送られてくる」

「気をつけてまわりを見ないからよ。そういう人たちはきっと注意が足りないのよ、簡単なことなのに」

自動販売機の缶ビールを道ばたで飲むことの善し悪《あ》しはともかくとして、彼女のこの説明には、私は肩すかしされたような気がした。私が（できれば）知りたいのはそんな話ではなくて、彼女の人生観と彼女の結婚との具体的なつながりだった。その人生観とその結婚との成立の順番、つまり人生観によって彼女の結婚は正しさをいまだに保証されているのか、それとも反対に、結婚によって彼女の人生観がかためられたのか、結婚前にはたらいたはずの力、戒めのサインを見逃したことを結婚後に彼女は教訓にしているのか、という点だった。だが私はそういう質問を一度も彼女にしなかったし、彼女も自分から語ることはなかった。

だから彼女が当時、村里賢一との結婚生活を自らの人生観に照らし合わせてどうとらえていたのか、いまも私にはわからない。

十月に入って、村里悦子のもとに父親の訃報が届いた。

正確な日付は十月十日、当時で言えば体育の日のことである。私は彼女の口からその話を聞き、日記に書き記している。簡潔に事実のみを——村里夫人の実父、病死。ただ、その日の日記には「再三、美由起から電話」という記述や、「夕方、美由起来る」という記述もあり、むしろそちらのほうをきっかけにして（鳴り続ける催促の電話の音がよみがえり記憶を刺激されるかのように）、当日起きたことのあらましを次のように組み立て直してみることが可能になる。

その日、私は午後から千野美由起と会う約束をしていた。ふたりで映画を見る、絵の展覧会に行く、景色のよい郊外までドライブする、おそらくそんなところだったろう。午前中、いつものように部屋の窓も玄関のドアも開け放って掃除機をかけていると、村里悦子が顔をのぞかせ、お願いがあるんだけど、と言った。娘をちょっとのあいだ見ててもらえないかしら？　父親が亡くなったことを聞かされたのはこのときである。しかも父親がこの街にではなく、ここから三〇〇キロほど離れた街に村里悦子の姉夫婦とともに住んでいた、という話を聞いたのもこのときだったと思う。頼み事の理由を彼女はこう説明した。ちあきを連れてすぐにも駆けつけなければならないところだが、夫がいない。

千野美由起から最初の電話がかかったとき、私はわけを話し、隣家の娘を預かっているからいまは出られない、少しだけ待ってくれないかと頼んだ。

「少しってどのくらい」無愛想な美由起の声が訊ねた。

「十五分か、三十分か、そのくらい」

だが三十分たっても村里悦子は娘を迎えにあらわれなかった。つまり行方知れずの夫を午前中から探しまわっていた。美由起から二回目の電話がかかった。まだまわりでは誰も携帯電話など持たない時代だったから、待ち合わせた場所の近くの公衆電話からかけてきたのだ。もう少しかかりそうだから、とりあえずうちへ来ないか、と私は誘った。

「どうやって」美由起が訊いた。「あなたが車で拾ってくれる約束でしょう?」

「じゃあどこかでお茶でも飲みながら待っててくれ、できるだけ早く行くから」

それからさらに二三度、千野美由起は喫茶店から電話をかけてきた。ひょっとしたらそのうち一度くらいは、こちらから店のほうへかけて呼び出してもらったのかもしれない。電話で話すたびに彼女の不機嫌はつのり、私は、村里悦子の父親が今朝亡くなったのだ、緊急の場合だからやむをえないだろうと同じ言い訳をくり返した。

結局、村里悦子が娘を迎えにあらわれたのは夜七時過ぎで、千野美由起はすでにうちへ(バスに乗って)来ていて、ちょうど洗面所でブラウスの染みをけんめいに落としている最中だった。

夕方うちに来た美由起は私に説得されて、休日の予定をすっかり諦め、子供のために夕食を作ることに同意して材料の買物に出た。買物は私が引き受けてもよかったのだが、美由起は自分が行くと言い張った。村里悦子の娘とふたりきりになるよりもよほどましと思ったのだろう。「何が食べたいのか聞いて」と美由起は私に言い、私は村里ちあきの希望を美由起に伝えた。それで彼女はキャベツの千切りをたっぷり添えたオムライスを作るのに必要なものを近所で買って来てそれを作った。

三人でコタツの食卓をかこんで同じものを食べることになった。食べている最中に、美由起は珍しく子供の機嫌をとるように話しかけた。おいしい？　とひとこと訊ねただけなのだが、あるいは本気で自分の料理の腕前が子供に通用するのかどうか確認したかったのかもしれない。

村里ちあきが一度だけうなずき、そのあと三人の食卓を長々と沈黙が支配した。ねえ、と千野美由起が私に話しかけた。

「人の顔をじろじろ見るのはやめるようにこの子に言って」

「オムライスおいしいな」と私は村里ちあきに言った。

「それからそのキャベツ」千野美由起が続けた。「マヨネーズをどれだけかければ気がすむの」

「うん、おいしい」と村里ちあきが答えた。

「おいしいそうだ。彼女はいまそう言った」と私は嫌みで千野美由起に通訳した。

村里ちあきの興味がまた千野美由起に向き、片手に握ったスプーンへの注意がおろそかになり、皿のふちに当たって音をたてた。どこかに垂れたケチャップを気にしていた千野美由起が子供のほうへ身をかがめ、いきなりで驚いたのか子供の腕が反応しさらにケチャップがはねた。今度は千野美由起のブラウスに赤い染みを付けた。彼女がその日身につけていたのは白だったのかクリーム色だったのか、とにかく点々と赤く散った跡が引き立つ色柄であることは確かだった。千野美由起は短い叫び声をあげた。

村里ちあきと私はさほどあわてなかった。

叫び声をあげると千野美由起はすぐさま洗面所へ立って行った。

「おかあさん遅いな」と私はまた村里ちあきに話しかけた。

「うん。これ、おいしくない」と村里ちあきが声を低めた。「ママのほうがおいしい」

「それはあのお姉さんに言っちゃだめだ、黙って残すのはいいけど。あのひとは根は悪い人じゃないんだ」

「ねはって何？」

「隠れて見えないけど、ほんとうは。今日はとくべつ機嫌が悪い。おかあさんがまだ遅くなるようだったら、あとでリンゴのトースト作ってやるから」

「ママもねはわるくない？」

「返事は？」

「ようかい」

ドアチャイムが鳴って村里悦子が戻って来たのはそんなときだった。

ちなみに当時、村里ちあきの使う「ようかい」という単語は了解という意味だった。

村里悦子は私への挨拶もそこそこに、「おいで、パパが急いでるから」娘のちあきをせかした。夫は下の駐車場で、すでに車の運転席にすわって待っていると言う。私は用意しておいた香典袋を渡した。一瞬、何のことか了解できないといった表情を彼女は浮かべ、それから我に返ったように丁寧に腰を折って礼を述べた。その場での彼女は普段着のままで、いささかやつれて見えた。しかも私の喋ることに対して上の空だった。これから父親の通夜に車で向かうとしても、むこうに着くのは真夜中になるだろう。そうね、今日はどうもありがとう、と彼女は答え、娘の手を引いた。

そのとき千野美由起が立っていた洗面所は玄関から見える位置にあったので、私は目配せで、出てきて挨拶するようにとうながした。うながしたつもりだったが千野美由起は従わなかったし、もし従ったとしても、脱いだブラウスを着なおしてボタンをとめている暇もなかっただろう。そのくらい慌ただしい印象を残して娘を迎えにあらわれた村里悦子は去った。

私が畳の上とコタツの天板に落ちたケチャップの跡を拭き取っていると、上半身はスリップ姿の千野美由起がそばに来て、せっかくの休日がだいなしになった、とあらためて私を責めはじめた。石鹸《せっけん》と水で洗ってもきれいには取れなかったブラウスの赤い染みを突きつけるように見せて、最低だ、これだから子供は嫌いなのだ、と言い放った。

何ということもない普通の、ごくあたりまえに流れているだけの時間が、きわだって快適に感じられることがある。

たとえば、ぶり返す歯痛と歯痛のあいだの、痛みから解放されている短い時間。体力や気力をふりしぼらなければならない労働と労働のあいだの休憩。それからむろん、耐え難い暴力と暴力のあいだの平穏な時間も。

歯痛や労働についてはともかく、間歇的《かんけってき》に、一定の時間を置いて噴き出す、噴き出し続ける熱湯のような暴力に身をさらした体験のない私には、こんな例えを持ち出す資格はないのかもしれない。だが想像してみることはできる。私がいま思い出しているのは、村里悦子にとっての、そのあいまの時間の出来事に過ぎないのかもしれない。TVドラマや映画の世界では、エピソードとエピソードのあいだの夜が抜け落ちることがある。前夜の出来事から、登場人物の眠る夜が省略されて、翌朝の出来事につながる。私はそれとは正反対に、村里悦子の物語の重要な出来事を見ず、出来事と出来事との中間、何事も起こらなかった、省略すべき時間にのみ目をつけているのかもしれない。夫による虐待と虐待とのあいまの時間。いわば時間の緩衝地帯。いまの私に見えるのはそれだけで、私はそれを書くことしかできない。だからこの物語のなかの村里悦子は常に穏やかな性格であり、常に愛嬌《あいきよう》のある、いかにも人生を快適に生きている女のような笑みを浮かべて登場する。

十一月、日記によれば飛び石連休のさなかの一日、私たちはたまたま外で会って言葉をかわした。このときの「私たち」には千野美由起もふくまれている。

その日、私は千野美由起とふたりで「蚤《のみ》の市」に出かけた。

私にはまったく縁のない市民グループのねばりづよい、時間をかけた働きかけで、市役所をはじめ地元企業、商店街、そして市民が力をあわせて開催にこぎつけたという名目のイベントで、およそ人の集まるところ、公園や、野球場や、川べりの散歩道や、街なかの石畳の広場や、何カ所もの場所を利用してそれは催された。関係者が二カ月も前から市内のいたるところに配布したポスターやチラシには「市民総参加のフリーマーケット」および「市民総参加の音楽フェスタ」といった文句が見えた。音楽フェスタというのは、アマチュアのロックやジャズやフォークや民謡やクラシックの音楽家たちが、各所に設けられた会場および路上で演奏して総参加の人々の耳を楽しませるという意味らしく、事実、私たちの訪れた市営野球場では、本来ならホームベースが埋め込まれているはずの一角にステージが設けられて、若者たちのバンドが数組、入れかわり立ちかわり演奏をくりひろげていた。

午後一時過ぎに私たちは昼食をすませて市営野球場に着き、千野美由起の友人が開いている古着屋の前に立った。仮設のテントで囲われた店や、屋根も仕切りの壁もなく地面に商品を並べた店、古着や使い古しの家具や電化製品や寝具や時計や装飾品や置物や骨董品《こっとうひん》や手作りのジャムやクッキーを売る店などが並んだ区画が、ホームベース付近から外野のほうまで広がっていて、なにしろ謳《うた》い文句が市民総参加だからかなりの賑《にぎ》わいである。めざす古着屋をつきとめるだけでもひと苦労だった。友人というのは美由起の高校時代の同級生の男女で、そのふたりはまだ婚姻届は提出していないし提出する予定もないが夫婦も同然のカップルとのことだった。初対面の私は、職場の親しい同僚、という月並みで無難な表現で彼らに紹介された。その場での会話を聞いていてわかったのだが、美由起はこの古着屋に自ら集めた衣料を相当の数（あたしの仕入れた商品の売れ行きはどう？　と冗談を言うくらいに）提供しているようだった。

ふたりのうち男のほうが、昼食がまだなのでと断って、ハンバーガーだかホットドッグだかの出店へ買い出しに行くために店を離れ、そのあいだ美由起が手伝いをすることになった。畳にすれば数枚分のビニールシートを敷いた上に、薄手の衣類は一枚一枚たたまれて並べられ、上着やコート類はまとめてハンガーにかけて展示してある。客が足を止め、商品の前にしゃがみ込み、シャツを一枚二枚と広げてみてたたみ直し、結局買わずに立ち去る。また客が来て、ハンガーに吊るされたジャケットにあまり気のなさそうな素振りで手をかける。同級生の女たちが私の知らない共通の友人の話を始めたので、じきに私は退屈した。

「ちょっとその辺を見てまわってくる」

と声をかけ、グラウンドのレフト側からライト側へ歩いた。左右に並んでいる店に目をやりながらゆっくり（一度も立ち止まらずに）歩き続けた。

ぶらぶら歩きまわったのは三十分程度だったと思う。バックネットのほうまで遠回りして、ステージの前にまばらな観客とともに立ち、十代の少年たちのバンドがどのような曲を演奏するのか試しに聞いてみた時間もふくめてそのくらいである。女の子のボーカルが歌っていたのは私の心にはまったく響かないメロディーとテンポの曲で、歌詞はほとんど聞き取れなかった。帰り道、道順を変えたせいで少し迷ってもとの場所にたどり着いた。するとそこに村里悦子とちあきの母娘がいた。

さきほどの千野美由起の友人の店で、村里悦子は古着を試着しているところだった。母親よりも先に娘のほうが私を見つけ、歩み寄ってきた。私は村里ちあきを抱きかかえ、千野美由起の横に立った。

「サイズはぴったり」

と村里悦子が言い、私を見て、あら、と声を出した。そのあといつもの人懐こい笑みを浮かべた。

「似合いますよ」と千野美由起の同級生が言った。

「いくら、これ」

「希望価格千円。でも五百円でいいです、とってもお似合いだから」

「五百円？」

と美由起が驚きの、というより異議ありげな声をあげ、そばにいる全員が美由起を見た。

「じゃあ、負けてもらうのは悪いから千円で、千円払います」

と村里悦子が言いながらジーンズのポケットを探った。例のごとく几帳面《きちょうめん》に四つ折りにした千円札を取り出すために。

「いいんですよ」同級生の男のほうがとりなすように答えた。「これは五百円でいいんです。目立つ傷もないし、品物もしっかりしてるけど、ただ、匂いがしみついてるんでね、気になる人はなるだろうし、もともと千円じゃどうかなと思ってたんです」

「あたしはぜんぜん気にならない」村里悦子が笑った。「すごくいい匂い」

「それはよかった。お買い上げありがとうございます、五百円いただきます」

折りたたまれた千円札が村里悦子から売り手に渡り、五百円の釣りが戻された。

いま買ったばかりの古着を着たまま村里悦子が私の前に立ち、私の腕に抱かれた娘に、からだを擦《こす》りつけるような動作をした。娘の鼻先に自分の着ているものをぎりぎり近寄せるためにそうしたのだが、当然、それは娘もろとも私を抱擁するかたちをとった。そのとき村里悦子が着ていたのはひとくちに言えば紺のスタジアムジャンパーである。胸から肩までの身ごろにあたる部分が濃紺のスエードで、両腕の部分は淡いクリーム色のなめらかな革だった。

「ね、ちあき、いい匂いでしょ」

「うん」

「悪くない」

と私も認め、いい買物をしたね、とひとこと添えたあとで、横に立っている千野美由起を紹介した。

「こんにちは、はじめまして。古堀さんにはいつも親切にしてもらってるんですよ」

村里悦子はそんなふうに挨拶したが、千野美由起のほうは口をきかず、お義理ていどに頭を下げたのみだった。

「ほら」と私は村里ちあきに言った。「オムライスを作ってくれたおねえさんだよ、おいしかったのおぼえてるだろ？」

「じゃあ、ちあき、縫いぐるみを探しにいこうか」

「縫いぐるみか」私は抱いていた娘をおろして芝の上に立たせ、しゃがんだ姿勢で向かい合った。

「クマさんの縫いぐるみを買うんだよね」と村里悦子が説明した。

「そうか。どっかで見つかるといいな」

「うん、どっかで見つかるといいな」村里ちあきが鸚鵡《おうむ》返《がえ》しに言った。

「ちあき、おにいさんにさよならって、おねえさんにも」

またね、と私が笑いかけると村里ちあきが耳もとに唇を寄せて囁いた。

「ねはね」

「うん？」

「ねはね、いいひとでもりょうりへただね。ママが、料理へたじゃ古堀のおにいさん、かあいそうって」

先に歩きだしていた母親に呼ばれて娘は駆けて行った。手をつないだ母娘の後姿が遠ざかるのを見送っていると、千野美由起がようやく口をひらいた。

「フリマで縫いぐるみなんて、気が知れない。縫いぐるみくらい新しいのを買ってやればいいのに」

「そろそろ出ようか、映画の時間に間に合わなくなる」

「母親が自分で古着を着るのはかまわないけど、子供にまで古い縫いぐるみなんて」

ここまでは聞き流した。私は何も言い返さず、彼女の同級生ふたりに挨拶をして、野球場の出口へ向かって歩いた。入場門のそばで待っていると、数分たって美由起はしかめ面でやって来てこう言った。

「何を怒ってるの」

「僕が怒ってる？　機嫌が悪いのはそっちのほうだろう」

「あなたの顔を見ればわかる。あたしに何か不満があるのならはっきり言えばいい」

「不満なんかないよ。急がないと映画が始まってしまう、その心配をしてるだけだ」

「じゃあ行きましょう」

千野美由起が背中を向け、駐車場をめざした。私は急がず、彼女との距離をたもったままあとを追った。軽自動車の運転席に私が、彼女が助手席にすわり、ともにシートベルトを締めたところで沈黙がとぎれた。

「やっぱりやめとけばよかった」と千野美由起がつぶやいた。

私はハンドルに手を置いて続きを待った。

「あんなとこで、自分の着たものを売ってもらうんじゃなかった。どこの誰が買って着るかもわからないのに」

「あれはきみのか？」私は確認のため訊ねた。「さっきの、村里さんが買ったスタジアムジャンパー」

「ううん、でもあれは、あたしの叔母が大事に着てたものなの。品数が足りないって友達に泣きつかれて、あたしもあるだけ提供したし、叔母にも頼んでわざわざ東京から送ってもらった。あのスタジャンは取っておけばよかった」

「何にしたって古着だろう。誰かが不要なものを、必要だと思う誰かが買う。あそこでやってるのはフリーマーケットだ。どこの誰が買って着るかわからないのは最初からわかりきったことだろう？」

「でもあの人はいや」

私はため息をこらえきれなかった。

「あたしの叔母が着てたものをあんな人が着るのはいや。それもたったの五百円なんて。馬鹿にしてる。やっぱりあれはフリマなんかに出すんじゃなかった」

「なぜだ」

「何？」

「なぜそんなにあの人のことを毛嫌いするんだ」

「だって」

千野美由起は理由にならない理由をつけた。

「自分の娘に、他人の手垢《てあか》のついた縫いぐるみを買い与えるような母親よ。あたしには理解できない。あたしなら絶対そんなことはしない。縫いぐるみならおもちゃ屋に行けばいくらだって売ってるのに」

「買い与えたんじゃない。娘が欲しがってるものを、もしあったらいいね、あるかどうか探しに行ってみよう、と言い聞かせてただけだ。天気のいい日に、娘を外につれだして遊ばせてやる。母親としてあたりまえのことを彼女はやっているだけだ。実際に他人の手垢のついた薄汚れた縫いぐるみを買うという話じゃない。自分の娘に、金を払ってまでそんなものを買ってやる母親がどこにいると思う。そのくらいは常識で考えればわかることだろう」

ハンドブレーキを戻す前にしばらく待ってみたが、千野美由起は黙りこくっていた。

私はかまわず車を出した。

駐車場から車道へ出て、最初の信号につかまるまで彼女は口をつぐみ、人差指と中指を交互に使って鼻筋を撫でるような仕草をくり返していた。

このままふたりで映画を見にゆき、酒も飲まずに晩飯を食い、車で彼女を自宅まで送り届ける、いつものように。だがいつもなら何ということもないそこまでの時間を私はとてつもなく長いものとして予感した。このままではだめだ。吐き出すものを吐き出してしまわないうちはこの女の機嫌は直らない。

「なぜだ」と私はさっきと同じ質問をした。

助手席から千野美由起が振り向き、質問に答える前に、青よ、と信号が変わったことを教えた。それから私がフロントガラスに向き直り、車を進めるまで待ってから、あなたのあの女を見る目つきがいやだと答えた。

「目つき。どんな目つき」

「自分でわかってるでしょう」

スタジアムジャンパーにジーンズ。短く切り揃えられた髪。別れぎわの村里悦子の後姿を私は思い浮かべた。後姿だけとれば私服の高校生とも（それも女とも男とも）

見分けのつきがたい体型のように見えた。私は苦笑いをするしかなかった。確かにそのとき、私は千野美由起の心配、または取り越し苦労を苦笑いで打ち消し、誤解という言葉を用いてなだめた。なだめたはずだ。だが、いまの私はまた別の疑問にとらえられている。これも些細なこと。もしかしたらあのとき、千野美由起は本当はこう言いたかったのではないだろうか？　あなたを見るあの女の目つきがいやだ。もしくは、あの女の、男を見る目つきがいやだ。

「誤解だよ、とんでもない誤解だ。あの人には夫も子供もいる。だいいち僕には婚約者がいる。そのことはあの人も知っている。僕は自分が国家公務員だという立場もわきまえている。きみとふたりの、将来の設計図も頭に描いている。村里さんとはただ単に隣どうしの近所づきあいをしているだけだ」

「夫がいるというけど、あなたの話には一回も旦那さんが出てきたためしはないじゃないの」

「少し事情があるんだ、たぶん、こみいった事情があるんだろう。よその夫婦の問題だからね、踏み込んだ話を聞くわけにもいかないし、僕は何も知らないけど」

「よその夫婦の子供をむやみに抱っこしたりするのも、あたしはやめたほうがいいと思う。子供といっても女の子なんだから。ねえ、そっちへ曲がると遠回りになるんじゃない？」

「映画はやめよう」

私はハンドルを切り、バイパスのほうへ車を進めた。

「もっと婚約者らしいことをしよう」

「何のこと？」

何のことかわかっていて千野美由起が無邪気を装っているのを感じたので、私は返事をしなかった。小一時間走り、車が県境を越えてからも私たちは「何のこと」についての話はしなかったと思う。たとえば仕事の話、職場の上司や同僚の話、たがいの身内の話、特に彼女の愛する叔母の話、そしてそう遠くないふたりだけの未来の話。彼女の機嫌が直りさえすれば当時の私たちには話題がいくらでもあった。

日記によればその晩、私が帰宅したのは十時である。隣県までの往復の時間を差し引いても数時間をふたりきりで婚約者らしく過ごした計算になる。日記には詳細が書かれていないが、その数時間を過ごした部屋のことは憶えている。四十歳を過ぎたいまも、月に一度は同じホテルを利用することがあるから、名前も場所も正確にわかっている。

その年のクリスマスイブに千野美由起は私の部屋に泊まった。

彼女の買ってきたローストチキンとフランスパンと、彼女の作ったマカロニのサラダとセロリの入った野菜スープで夕食をとり、食前にも食後にもワインを飲んだ。私は彼女に指輪を贈り、彼女は私に彼女の言い方で言えばローズピンクの、しなやかな生地の、聞いて驚くほど値の張るシャツをくれた。セロリの苦みと同様に、どうしても私はその種の色合いにはなじめなかった。それはいまだに変わらないし、おそらくいまだに千野美由起は(ピンクのシャツのほうはまだしも)私がその後の人生でセロリを敬遠しつづけていることを知らないままだろう。彼女が深皿によそってくれたスープを、私はその日だけは揉め事を避けるために我慢して口に入れた。野菜のひとかけらも残さなかった。

隣室から壁越しに大きな物音が聞こえたのは九時過ぎで、千野美由起は流しに立って洗い物をしていた。その手を休めてこちらを振り返ったのは急に室内が静まり返ったからだった。私がテレビのボリュームを下げたのだ。耳をすますと壁のむこう側で音は続いていた。重たいものを叩《たた》きつけるような音が何度か響き、そのたびに壁が震えるようだった。男の怒鳴り声も女の悲鳴も伝わりはしなかったが、いちどだけ、子供の叫ぶ声が聞き取れたような気がした。千野美由起が足音を立てて私のそばへ歩み寄った。テレビのリモコンを取りあげてボリュームをもとに戻した。

「よその夫婦の問題よ」と彼女が苛立たしげな声をあげた。

「わかってる」

「わかってるなら、お隣を盗み聞きするようなまねはやめて」

だが本当のところは、何もわかってはいなかったのかもしれない。

十二月二十四日の日記を読み返しながら、私は、やはり千野美由起の当時の観察は正しかったのかもしれないとも思う。

なおも些細なことにこだわり、こう思い直してみる。村里悦子を見る私の目つきはただ単に隣家の主婦を見る目つきとは違っていたのかもしれない。このときから十六年後に私の家を訪れた彼女の娘、大学生になった村里ちあきは当初、千野美由起と、私と、自分の母親との三角関係を想像していたと思う。そういう言葉を直接使ったわけではなかったが、話し方や表情に疑いがにじんでいるのが私にははっきりと感じ取れた。十五年前の一月、東京で自分たち母娘のそばにいたのが仮に千野美由起だとすれば、それは母親と千野美由起が「古堀のおにいさん」をめぐる関係について話し合うためだったのではないか、そこまで想像をふくらませての訪問だったに違いない。当時四歳だった娘の目にも、たとえそれが不確かな記憶をもとに再構成された光景であったとしても、私たち三人の関係はそう映っていたのだ。

男物とも女物ともつかないスタジアムジャンパーにジーンズ。短髪。隣家の主婦。確かにそれは客観的な事実だが、そう書いてしまえば、当時の私の目に見えていた村里悦子の実像は消えてしまう。着る物も、言動も、中性的に見えてその実、村里悦子には女として異性を強く魅《ひ》きつける何かが備わっていた。もっと遠慮なしに言えば(いまの私にはもう遠慮すべき相手などいないのだが)、彼女は大半の男の情欲をそそる独自のなまめかしさを持っていた。誰彼かまわず、視線のまじわった相手には惜しみなくふりまかれる笑顔にも、また薄着を好むせいで、ふとしたはずみにくっきり見てとれるしなやかでバランスのとれた肢体にも。私はあの頃、スタジアムジャンパーやジーンズを透かして彼女を見るときがあったと思う。千野美由起が咎めたのはそういうときの私の目つきではなかったかと思う。

現実には見えないものを、想像力がまざまざと見せてくれる。

じかに見るすべのないものを当時の私は透視して見ていた。だが想像力とか透視とか言うのなら、それはむろん、村里悦子の身にまとっていたもの、特にあの日以降、彼女のお気に入りとなったスタジアムジャンパーを透かして見るような好色のためにではなく、もっと別の使い道があったはずだ。私は想像の目で隣家の壁をつらぬき、彼女の肉体が受けている暴力こそを見るべきだった、といまになって思う。

第7章　推　理

月に一度か二度、特に給料が振り込まれたあとの土曜日にはかならず、私は駅へ行く。ＪＲの駅構内にあるＡＴＭで必要な金を引き出し、給料日直後の土曜であればその金の大半を別れた妻の口座へ（娘の養育費として）振り込みの手続きをすませ、その足で電車に乗る。それが毎月の習慣になっている。

五月下旬、つまり村里ちあきが私の家を訪ねて来てからほぼ一カ月半が過ぎた頃にも、私はその習慣を、といえば体裁がいいが常習を、または悪癖を重ねていた。

電車に乗って一時間ほどで県境を越え、ある駅に降り立つと、迎えの車が来ている。車は駅のそばの駐車場の片隅にひっそりと停まっている。車体の色がグレイの、ひと目で洗車の必要があるとわかる埃まみれのセダン。もしくは車体後部が箱型になった白い軽乗用車。いずれにしても私は左側のドアに歩み寄り、自分でそのドアを開けて乗り込む。私たちは目と目でなじみの挨拶をかわす。言葉はない。相手にも私にも、これといった変化はひとつもない。前回と同じ。前々回とも同じ。表情にとぼしい顔つき、地味めの服装、髪の長さや分けかたも変わらない。目と目を合わせる以外にどのような挨拶のしようもない。

私がシートベルトを装着するまで待ち、運転席の女は車を出す。まだ言葉はない。彼女が言葉を口にするのは、目的地へむかって車を走らせてから数分経った頃だ。

「いつものとおりね」

と彼女が言い、

「うん」

と私がうなずく。

「今日は暖かいよね」

と彼女が言うこともあり、

「うん」

とやはり私は答える。目的地までは十分とかからない。その間、私はまるで不動産屋の車で物件を見せてもらいに行く客のような気分になるときがある。あるいはまた、駅まで娘に迎えにきてもらった父親のような気分になるときもたまにある。

土曜日の正午前、いつものホテルのいつもの部屋に入ると（たいがいその部屋は空いているのだが）、彼女は作り笑顔を浮かべる。ベッドの端に腰かけて笑い、床から十センチも浮いた両足を軽く前後に揺らしてみせる。小柄な女なのだ。気づまりな空気をときほぐそうという意図なのだろうか、自分で気づいているのかどうか知らないが必ずそれをやる。何度会っても同じことをやる。それが合図になる。

私はいつものとおりの金額の札をテーブルに置き、重しとしてガラスの灰皿をその上に載せる。まだ上着を着たまま女のそばに寄り、ひざまずいて、まずソックスを（彼女が穿《は》いていれば）脱がせにかかる。むきだしになった素足よりも、脱がせて床に落としたソックスに目をとめ、いつもその小ささに意表をつかれる思いがしたあとで相手の両脚をすくいあげ、ベッドに持ちあげ、子供を寝かせるように横たえて、ジーンズのベルトを緩めにかかる。ベルトのバックルをはずし、小型の銅貨のような感触の前ボタンをひとつはずし、ほんの数センチあるかないかの長さのファスナーをおろす。これでするりと尻のほうからベルトのついたままの状態で脱がせることができれば一連の流れは止まらないのだが、そうはならないし、ジーンズはまだ彼女の腰まわりにぴったりとはりついている。いったいこの種のジーンズの前ボタンや短いファスナーは何のために付いているのだろう。私のこれまでの対女性経験のうちで、何が最も面倒かといって、若い女のはいている細みのジーンズを脱がせることほど面倒な行為はない。だが彼女は常に、会うたびにジーンズをはいて私のまえに現れる。

妻と正式に離婚したあとに出会ったのがはじまりだから、もう足かけ三年になるが、私はこのひと回り以上も年の離れた若い女とのつきあいでいわば中年の「好色」を学習したように思う。性急にならないこと。ベルトの付いたままのジーンズを女の両膝までおろす。女の身につけている下着の色や形がどうであろうと、膝から上の腿《もも》の付け根までの白さが際立って見える。急ぐ理由などないこと。ジーンズの裾を踵から爪先までたぐりよせ、両手で左右の裾を握って引きずる。そこにいたるまでに必要な時間を必要なだけかけること。あるいは時間という概念を頭のなかから消し去ること。するとと面倒という言葉の意味じたいもなくなること。

私はベッドの上でごく自然に、普段の仕事帰りに自宅でそうするように上着を脱ぎ捨てることができる。下半身だけが裸でベッドに横たわる女を見おろしながら。上着を脱ぎ捨て、ワイシャツのボタンをひとつひとつ必要な時間をかけてはずしてゆくことができる。途中で女の腕が動き、寝そべったまま肩の位置をずらして自分で、焦茶色の薄手のセーターを脱ごうとする素振りを見せる。セーターの首もとはVよりももっと大きな角度で開いていて、純白の襟の幅の広いシャツが覗いている。私はそれをやめさせる。やめさせたあとで、ワイシャツのボタンをはずし終わり、次にズボンのベルトに手をかける。その様子を、自分で自分の衣服を脱ぐことを諦めた女が見守っている。下半身裸のままで。ベッドに仰向けになった女が見守る視線、これが仕事だから、いくらでもあなたの好きなように時間をかけろと突き放しているのか、いまから始まることにさらに要する時間を気にかけてもっとてきぱきしろとせかしているのか、どちらとも見きわめのつかない乾いた視線にも私は耐えることができる。

いつも通りに一時間が過ぎ、束《つか》の間の倦怠が来て、それを乗り越えてたがいに身支度を終えると、私たちはようやく話しはじめる。

部屋の片隅、壁際に華奢《きゃしゃ》な、というよりも薄っぺらな作りの白塗りの丸テーブルと椅子が二脚置いてあり、どちらかがその椅子にかけ、どちらかがベッドの端に腰をすえて三十分ほど私たちは会話する。どちらがどちらにすわろうと両者のあいだは二メートルも離れていないし、当然、事が始まる前に灰皿を重しにして置いていたテーブルの紙幣はもうそこにはない。

この三十分の延長時間も最初に会った頃から二年以上にわたって毎回くり返されている。最初に会ったとき彼女は「サオリA」と名乗った。事務所に同じ名前の女がいて（あとから来たにもかかわらず同じ名前に執着する女がいて）、そちらは「サオリB」と呼ばれているのだと冗談まじりの口調で説明した。そしてそれは一年ほど過ぎるうちに単に「サオリ」に変わった。あとから来たBが先に事務所を去ったのだろう。

一方、私は最初はむろん偽名を使い、当時勤務していた支所の上司の名字を名乗った。そしていつの間にか、この三十分の延長時間を毎月持つうちに私は彼女から「古堀さん」と呼ばれるようになっていた。いまさら後悔してもはじまらないことだが、私はいつか、どこかの時点でよほど捨て鉢になったか、もしくはサオリAではなくサオリという名前に定まった若い女に対して気を許したのだ。

五月のその日も私たちは先月の続きを話した。話すあいだにサオリはメンソールのタバコを何本か吸い、私は気まぐれに一本貰って吸った。そのときだけはベッドから離れて彼女の隣の椅子に腰をおろした。

話題は二つあった。

ランタナ、と、みつ。花と犬の名前の話だ。ランタナに関しては彼女がインターネットで検索して写真付きの資料をプリントアウトして持参していた。飼い犬のみつについては、私が携帯電話で写真を三枚撮り、それを保存して持っていた。彼女の資料によると、ランタナという花は和名を「七変化」ともいうらしい。いったん咲いた花が時とともに色を変えてゆく。なかに淡い黄色から次第にピンクに変化していく品種があり、四月に村里ちあきが土産にくれた花はこれだったのかもしれない。

ところがこのランタナは私の家の周辺にも自生している。玄関脇の狭くるしい庭には、観音竹《かんのんちく》、梅、ボケ、ツツジ、椿《つばき》、楓《かえで》、紫陽花《あじさい》、沈丁花《じんちょうげ》、といった樹木や花が「景観」などにはおよそ無頓着に植わっているのだが、その庭にではなく、玄関から傾斜の急な石段を降りきって左へ折れ、坂道へ出るとすぐ左手にわが家の庭までの高さの石垣がそびえ、その石垣の下半分に這うようにしてこの花が咲いている。密生という咲き方ではなく、石垣を覆った緑の葉むらのなかに点々と散らばって小さな花弁が見える。私は先月までそのことに気づかなかった。離婚して以来だから借家住まいも三四年になるのに、自分が住んでいる家の石垣に咲く花の名前もその花の色の変化すらも知らなかった。五月のこの日、出がけに観察してみると、確かに花弁の色は先週よりも（もしかしたら昨日よりも）ピンクの色を濃くしているように思えた。私はこの発見を誰かに伝えたかった。村里ちあきが十五年ぶりに私に会いに来たとき手渡してくれた花と、私の借家の石垣に咲く花が同じものだったという偶然の一致。

しかし私にはそのような私的な日常の出来事を伝える相手がいない。妻も、娘も、親しい友人もそばにはいない。もし聞いてくれるとすれば、どこの何者であるか正体の知れない月に一二度の話し相手、サオリという名前の女しかいない。私はカラー写真入りの資料に対して彼女に礼を言った。今日出がけに見た現実の花と写真の花の様子はひと目見てまったく同じもののようだ。

「古堀さんの家にはランタナが咲いてる」

「そのようだ。家といっても借家だし、庭に咲いてるわけじゃないけど」

「家賃が三万七千円の二階建ての家のまわりの石垣に」

家賃の三万七千円については、私がいつか自分から語ったのだが、サオリは印象にとどめて事あるごとにその金額を持ち出す。彼女に会うたび私がテーブルの上に置く紙幣とさほど差のない金額である。なぜそんなに安い家賃で二階建ての一軒家に住めるかといえば、私のいま住む家は長い坂の行き止まり、天辺《てっぺん》にあり、そこまではもちろんだが、途中までも車の入ることのできない細く曲がりくねった坂道を歩かなければならず、仲介に立った不動産屋の率直な発言によれば「いまどき物好きな借り手を見つけることは難しい」からである。

「いちどこの目で見てみたい」とサオリが言う。以前にも何度か言ったことがあるのだが今月も同じことを言う。「実物がいったいどんなふうか」

「ランタナを?」

「ううん、違う」サオリが冷静に応酬した。「古堀さんの別れた奥さんを、それと給料明細もよ」

「わかった、いまのは失言だった。まじめに話そう」

「古堀さんの住んでる家を。それと飼い犬のみつも」

それで私は携帯電話を開き、自分で撮影した犬の写真を見せた。サオリは唇のほぼ真ん中にタバコをくわえたまま、犬の顔を正面からアップで撮ったものと、前脚をのばしてすわりこんだ姿勢をやはり正面から撮ったものと、あとは右斜めから俯瞰《ふかん》気味に顔と胴と脚と尻尾までの全体を撮影したものの三種類の写真をくり返し点検した。そのあいだ私は黙ってサオリの顔を見ていた。

彼女の顔の特徴は目にある。近ごろになってようやく気づいたことだが、彼女の目はほぼ完璧に左右対称で、ともに目尻の位置は目頭よりも(吊り上がっているとは言わないまでも)明らかに高いところにある。そのせいで顔つきには常にきりっとした印象があるし、決して細くはない目をしているので、たとえば私の顔をじっと見るときなどには、その瞳に何かしらの強い意志がこもっているように感じられる。彼女は苦笑や冷笑を浮かべることはあるが、笑い崩れるということがない。すくなくとも私のまえでは一度もない。もし人があっと驚くような、常人には真似のできない難事をやり遂げてみせる女がいるとすれば、それはこういう目をした女に違いない。私はそう考え、考えると同時に、いまから十五年前に最後に会ったきりの村里悦子の顔、その目のかたちを思い描く。彼女の目尻はサオリとは正反対に、目頭よりもやや低く位置していた。そのせいで顔つきには常にやわらかな人懐こい印象があったし、村里悦子はかつて私の接した女のなかで最も笑顔の似合う女だった。

「ねえ古堀さん」

携帯電話を私に返すとサオリが改まった口調になった。

「たしか前に住んでた人は外国人だったのよね？」

「大家から聞いた話では、ひとりはそうだったらしい。若い男のアメリカ人と、もっと若い女の日本人がふたりで住んでいた。そのふたりが近所の野良犬を手なずけて家のなかで飼うようになった。ほんの何カ月かのあいだだったらしいけど。それでふたりが引っ越すときに、ひょっとしたら男のほうの都合でアメリカに帰ることになったのかもしれないけど、みつは置き去りにされた。もともと野良犬なんだから心配は要らない、ひとりでも生きていけると彼らは思ったんだろう。でもみつは野良犬には戻らなかった。いまの家に住みついて飼い主が帰ってくるのを待ち続けた。自由に出入りできるように、もとの飼い主が網戸に細工して犬専用の抜け穴をつくっていたから、みつは住人のいない家で、自分の寝室を好きに選んで眠ることができた」

「そこへ新しい住人として古堀さんがやってきた」

「大家のばあさんが動物愛護の精神を持っていたのが幸いした。本来の家賃は四万円だけど、犬を引き受けて一緒に住んでくれるのなら三千円値引きすると条件を出してきた」

「交渉成立」

「犬用にひと部屋あてても部屋数はじゅうぶん足りるし、問題はない。みつの餌代は値引きしてもらった三千円で解決できる」

サオリがうなずいてタバコを消した。私のぶんも含めて灰皿に四本吸殻がたまった。そのあと彼女はこう質問した。

「で、そのときから犬の名前はみつだったのよね？」

「大家のばあさんによれば、みつはもとの飼い主からみつと呼ばれてたんだ。大家のばあさんも初めて会ったときからみつのことはみつと呼んでた」

「名づけ親は古堀さんではない」

「違う。何が言いたいんだ？」

「あのね、みつは雑種の雌犬でしょ？　雑種でなくても、血統書つきの犬でも同じことだけど、雌犬でも牡犬《おすいぬ》でも、いまどきみつって名前をつける物好きはいないでしょ。でもいつだったか、あたしがみつの名前の由来を訊いたら、古堀さんは最初からみつだからみつだとか無関心に答えた」

「無関心てことはないけど」

「ううん、そんなふうに聞き取れた。まったく無関心」サオリがテーブルに頬杖《ほおづえ》をついて私の目を見た。「要するに、名づけ親は古堀さんじゃない。前の飼い主のカップルがみつと名づけたのよね？」

「たぶんね」

「たぶんじゃないでしょ。もともと野良犬だったんだから、拾ってきた人たちがみつと名前をつけてやったのよ。いい？ ここまではまちがいないよね？」

「何が言いたいんだ」

「あたしが言いたいのは名前の由来よ。古堀さんはどう考えてる？ ていうか、いままで考えてみたことがある？」

私は椅子の背にもたれてしばらく記憶をたどり、正直に答えた。

「いや、大家のばあさんに一回だけ訊ねてみて、それ以上は考えなかった」

「大家のおばあさんは何て答えたの？ もとの飼い主の女の人のほうの名前がみつだった？ あり得ないよね？」

「そうだな、この犬はもとの飼い主からみつと呼ばれてたからみつ、そんな感じの答え方だったと思う。でもいま改めて考えてみると、もとの飼い主の名前がみつ、じゃなくて、みつこだったというのはどうだろう？ あくまで推測だけど」

「そんな推測は馬鹿げてる」サオリが頰杖をはずして首を振り、冷笑と見分けのつかない微笑を浮かべた。「みつでも、みつこでも同じよ。自分の名前を飼い犬につける物好きがいる？」

「そうか」私は自分の考えの浅はかさを認めた。「言われてみればそうだ。自分の名前を飼い犬につける人はいない」

「もう一回その写真を見てみてよ」サオリが顎をしゃくった。「毛並みの色に注意して」

「写真を見なくてもわかってるよ、一緒に暮らしてるんだから」

「前に聞いたとき、古堀さんはみつの毛の色は茶色だって答えたじゃない」

「茶色はいくらなんでも大ざっぱすぎる。たぶん僕は琥珀色と言ったはずだ」

「そうだったかも。でももう一回よく見て」

私は言われた通り三つの写真を数秒ずつ見た。前向きにぴんと立った三角形の両耳のふちと外側、それに逆三角形の顔の全体は（私に言わせれば）琥珀色で、両目と丸い鼻先だけ黒みがかった茶色に見える。耳の内側と、首もとから二本の前脚にかけては白っぽい毛に覆われ、ただ前脚の付け根あたりの部分はやはり琥珀色である。胴体の前半分も同じ色、尻尾に近い後ろ半分はそれよりもずっと濃い茶色。前方に巻きこむように持ち上がったふさふさした尻尾は首もとの毛と同じ白で、尻に近いところからまた濃い茶色になり、後ろ脚にいたっている。後ろ脚は右側の一本だけをはっきり写真で見ることができるが内側が白で外側の毛は琥珀色。

「見たよ」私は顔をあげてサオリをうながした。「琥珀色でほぼまちがいない。茶色、焦茶、チョコレート、キャメル、ベージュ、細かいことを言えばきりがないけど、みつの色は何色かと訊かれて、ひとことで答えるとすれば琥珀色、それでまちがいだとは言えない」

「ひとことで答えるとすれば、みつの色はみつの色じゃないの？」

「何だ？」

「みつという名前の犬の色は、はちみつの色じゃないの？」

「蜂蜜」

「うん」

「蜂蜜のみつ」

「うん、最初の飼い主のアメリカ人の若い男は、拾ってきた野良犬に名前をつけようとして毛の色に注目したの。この犬は、細かいことを言えばきりがないけど、ひとことで言えば蜂蜜の色をしている、だから名前はそれに決めよう。たぶん日本人の若い女も賛成した。あたしの推理はこうよ。最初、アメリカ人の若い男は蜂蜜を意味する英語で犬の名前を呼んだ。でもちょっと待て、ここは日本だ、この犬は日本で生まれて育った日本の犬だ、英語は通じないだろう、日本の犬にも通じる適切な日本語は何だ？　日本語ではこの毛並みの色の犬を何と呼べばいい？　すると日本人の若い女が答えた」

「はちみつ」

「ハ・チ・ミ・ツ？」

「略してみつでもいい」

「OK、じゃあそれで行こう、みつに決めよう。蜂蜜色の美しい野良犬よ、きみの名前は今日からみつだ」

このやりとりのあいだにひとつ思い出したことがあった。むろんそれは十五年前の出来事にかかわる思い出だった。それ以外に、いまの私に思い出すべきことなどない。

サオリが犬の名前の由来についての推理をこうしめくくった。

「ずっと考えてたの。どこの誰が聞いても、みつ、という名前はおかしい。常識的に考えて、飼い犬にみつなんて名前をつける人はいまどきいそうにない。これにはきっと何かいわくがある。いわくがなければ誰もそんなおかしな名前はつけない。でも今日、写真を見せてもらって確信した。古堀さんはどう思うか知らないけど、あたしはあたしの推理が正しいと思う。みつという名前は蜂蜜に由来してる」

「血のめぐりが悪い」

「はい？」

「僕のことだ」

私はこの場所でこの相手に喋るべきでないことを喋った。

「昔、ある人からそう言われたことがある。いまふとそのときのことを思い出した」

「ある人って？」

「前からわかってたけど、きみは頭がいい。きみの推理は正しいと思う。何か理由がなければ、人は飼い犬にみつなんて名前はつけない。いや、どんな名前であろうと、名前をつけるにはそれなりの理由があるはずだ。僕はみつと一緒に暮らしているのにそんなことは考えもしなかった。血のめぐりが悪いという表現は当たっている。僕のことだ。昔も今も」

テーブルの上の腕時計をサオリはつかみ、時刻を読んでから左手首に巻いた。そのあとタバコの箱とライターをバッグのなかにしまいこんだ。

「そうじゃないんじゃない?」彼女は椅子を立つまえに私をなぐさめた。おそらくなぐさめてくれたのだと思う。「血のめぐりが悪いというのは頭の働きが鈍いってことでしょ? その表現が当たってるとはあたしは思わない。古堀さんが犬の名前の由来を考えもしなかったのは、きっといままで関心がなかったからよ。単に、無関心だったからよ。関心を持てば人はどんなことだって自分の頭で考えはじめる。古堀さんにだってこのくらいの推理はできる。だいいちあたしは血のめぐりの悪い男とは毎回こんな話はしない。血のめぐりの悪い男とセックスはしても、時間を延長してまで話はしない」

「できれば、今日はもう三十分延ばせないか」

「ごめんなさい」

彼女はまた腕時計に目をやった。

私たちは椅子を立ち、部屋の出口へ歩いた。

「それにね」

とホテルのスリッパを靴に履きかえるときに彼女が言ったが、こちらに背中をむけていたので表情までは読み取れなかった。

「国家公務員のなかにもし血のめぐりの悪い男がいたら、あたしたち国民が迷惑する」

彼女のあとから私は靴を履き、ドアを開けて廊下に出るまで無言を通した。

「そんな顔しないで。だいじょうぶよ。あたしのコメントを記事にする新聞記者なんかいるはずないから。安心して」

「どうやって職業まで調べたんだ」

ちょっとした間があった。そのあいだに私の頭に浮かんだのは、この女とのこういったつきあいを私個人の悪癖と呼んで済ませるのは、あまりにも軽率で、思慮に欠けているということだった。これは悪癖であるばかりではなくそもそも違法行為だ。

彼女は例の目で私の顔を正面から見つめただけで答えを教えてはくれなかった。駅まで車で送る、といつも通りの台詞を口にするとエレベーターにむかって先に歩き出し、それから私が追いつくのを待ち構えて、今度は明らかに冷笑とは区別のつく（さやかだが）親密な微笑を浮かべて見せた。

「さっき言ったばかりでしょ？　きみは頭がいい」

十五年前。

正確には十六年前の暮れのこと。

千野美由起が私の部屋に泊まったクリスマスイブから一日置いた二十六日、私は初めて彼女のお気に入りの叔母に紹介された。

その日の夜、勤務時間が終わったあと、私は私の軽自動車で千野美由起とともに空港まで彼女の叔母を迎えに出向いた。帰り道、私たちは三人でコーヒーを飲み、ほんの二十分か三十分程度話をした。どんな話をしたかはまったく記憶にない。そのあと私はふたりを千野美由起の家まで送り届け、ひとり自宅に帰って日記をつけた。その記述によれば、叔母の名前は旭真理子《あさひまりこ》。三十代後半の小柄な女だったが実際の年齢よりも十歳も若く見えた。

だからその日ではない。血のめぐりの悪い男、という表現で旭真理子が私を（直接、私にむかって）評したのは年が明けてからのことだ。年末に私は実家のある街へ帰郷し、一月三日に当時住んでいたマンションに戻った。その日の夕刻、千野美由起から電話がかかり、私たちは彼女の叔母をまじえてまた三人で会うことになった。鶏の水炊きを出す店で落ち合うという話だったから、私は最初から車を使うつもりはなかったし、ふたりがタクシーで迎えに現れたとき私がちょうどマンションの駐車場にいたのは、そこに別の用事があったからである。タクシーを降りて私を見つけた千野美由起は、早めに支度して家を出たから予定を変えてあなたを拾いにきたのだというようなことを言いかけて、私のそばにうずくまっている女の姿に気づいた。そして露骨に顔をしかめた。

村里悦子がものうげな動作で立ち上がり、千野美由起を見て、

「ごめんなさい」

と謝る必要のないことを謝り、次に私の顔を見て笑顔になった。

「もうだいじょうぶ。行って」

「ちあきちゃんは」

「部屋にいる」

「わかった、僕が見ているから、村里さんは病院に行ったほうがいい。いや、僕がちあきちゃんを連れてくる。一緒に病院に行こう」

「何なの」千野美由起が訊いた。

「この人は怪我をしてるんだ」

「ううん、だいじょうぶ。怪我なんかしてない」

「でも念のため病院で診てもらったほうがいい」

「何があったの」

私はこの質問には答えなかった。村里悦子が駐車場の奥の二階へ通じる階段のほうへむかうのを腕をつかんで引きとめた。村里悦子は私の手を振り払いはしなかった。私に腕を取られたまま再度、笑顔をつくり、だいじょうぶだから、とくり返しただけだった。千野美由起が早くも癇癪《かんしゃく》を起こしかけた。

「何なの、ねえ、何があったのってあたしは訊いてるのよ」

「どうしたのよ」

いつのまにか旭真理子がそばにやって来て同じ意味の質問をした。千野美由起の尖《とが》った声を聞かされたあとだったので、旭真理子の物柔らかな態度と口調、低い、深みのある声質が耳に残った。彼女がひとこと喋っただけで村里悦子の全身の緊張がとけたようで、私はつかんでいた腕から手を離した。

「ほんとうにだいじょうぶだから」と村里悦子が私に言った。

「あら」

という穏やかな声が耳もと近くで聞こえ、そのときにはもう旭真理子が村里悦子のそばに歩み寄っていた。彼女は年下の女の肩を抱くような素振りを見せた。一瞬そう見えたのだが、彼女は村里悦子の着ていたスタジアムジャンパーの汚れを手のひらで払った。二度、三度、優しく手のひらを使い、それから村里悦子の片手を、指先をそっとつまむようにして握り、擦りむいて血が滲《にじ》んでいる、と指摘した。

「たいしたことないんです」村里悦子はちらりと私を見て、旭真理子に嘘をついた。

「ちょっと転んだだけだから」

「そう」と旭真理子がうなずいて見せた。

「行きましょう、タクシー待たせてるんだから」と数メートル離れたところから千野美由起が呼んだ。

「うちの隣に住んでる村里さんです」

「そう」

「この人は彼女の叔母さんなんだ、東京から来てる。叔母さんじゃなくてお姉さんみたいに若く見えるけど」

「ひとこと余計よ、古堀くん」

「村里です」

「ほんとにひとりでだいじょうぶなの？　古堀くんが言うように一緒に行って病院で診てもらったほうがよくない？」

「いいえ」村里悦子はお辞儀をした。「ご親切に、どうもありがとう」

「そう」

それだけだった。私の記憶、日記とつきあわせてみても私の記憶ではこの日、このふたりが交わした会話はそれだけに過ぎなかった。むろん村里悦子が着ているスタジアムジャンパーに旭真理子は気づいていたはずだが、彼女はそのことには触れなかった。そのスタジアムジャンパーのスエードの生地に染みついている匂いについても触れなかった。

その場で匂いに気づいていたのは私だけだったのだろうか。私は旭真理子に二度目に会ったこのとき初めて、彼女の身につけている香水の匂いと、村里悦子のスタジアムジャンパーから嗅ぎ取れる匂い(前にいちどフリーマーケットの古着屋の前でそうしたように、鼻を近づければ嗅ぎ取れる匂い)とが同じだということを記憶にとどめた。そしてのちに、村里悦子がその匂いを好み、自ら同じ香水を買い求めて使用していたことを知り、さらにこのときの記憶は補強された。

だが血のめぐりの悪い私には、ふたりの女に共通する匂いには気づくことができても、それが本質的に意味することには考えがおよばなかった。私は当時、自分本位に、つまり女たちの輪の中心に自分を置いて、こう考えていたはずだ。自分の婚約者の身内が着ていたスタジアムジャンパーが偶然にも隣家の主婦の手に渡ることになった。この偶然は千野美由起と、私と、村里悦子とを何らかのかたちでつなげる縁のために働いたのだ。

いま思えば事の本質はまったく違っていた。偶然は千野美由起の叔母と村里悦子のふたりを直接につなぐ縁のために働いたのだ。言うまでもないことだが、村里悦子の娘、村里ちあきが四歳のときに旅行先の東京で、ある女のひとから嗅ぎ取ったと主張している、懐かしい、親しみのもてる匂い、それはこの香水のことである。

第8章　旭真理子

日記によると一月三日からいちにち置いて五日の夜、自宅に電話がかかっている。八時過ぎ。私は風呂からあがってひとりで缶ビールを飲んでいるところだった。出てみると、相手は千野美由起の叔母で、どこか静かに酒を飲める店を知らないかと訊いた。

どこかでひとりで静かに飲みたいのか、静かに話をする必要のある特別な客でもあるのか、私はそのくらいの血のめぐりの悪いことを考えて、心当たりの店を紹介した。JRの駅を基点に場所を説明し、そのあと、ありがとう、とでも言って電話が切れるのかと思ったら、そうではなかった。じゃあそこにしましょう、九時に、と電話の声は言った。

「古堀くん、もう晩御飯はすんでるよね？」

九時五分前に着いて、エレベーターの前で待っていると、五分後に旭真理子はやってきた。連れはなく、ひとりだった。

私たちはビルのなかほどの階まで上った。壁際の席に案内され、たがいにコートを脱ぎ、テーブルをはさんで向かい合った。しんと静まり返っているわけではむろんないが、たとえば若者の団体客や、中年の団体客や、とにかく声高に喋る酔っ払いの集まらない店である。旭真理子と私が案内されたのは四人がけの席だった。椅子もテーブルも据え付け、椅子は長椅子、背もたれは下半分にクッションの張られた分厚い板で、背もたれというより両隣の席との仕切りの役割をおもに果たしていた。高さは旭真理子の頭上三十センチのあたりまであった。
・私と同年配の若いバーテンダーが灰皿と店のマッチを手に現れて、注文を取るとバーのほうへ去った。旭真理子が何の用事で私を呼んだのかは皆目わからなかった。千野美由起が同席しない理由もまだわからなかった。
「タバコ持ってる？」

「セブンスターでよければ」

旭真理子はうなずいて私のタバコを手もとに引き寄せると、店のマッチを一枚むしり取って火を点けた。

「べつにこれといった用事はないのよ。ただ、ちょっとお酒を飲みたい気分なだけ。でも美由起は仕事で忙しそうにしてる。今夜はつきあう気はなさそうだし、この街にほかにあたしの知り合いはいないし」

「そうですか」

正方形の厚紙のコースターが目の前に置かれ、その上に私の注文した黒ビールのグラスが載った。旭真理子のほうには、ふちにライムの切身をはさんだ小ぶりのグラスが運ばれてきた。

「落ち着いたお店ね。かかってる音楽も気に入った。いま聞こえてるこの曲」

「ええ」と答えて私は耳を傾けた。

「歌ってるのは誰？」と旭真理子が訊ねた。

「さあ」

「古堀くんはよくここでひとりで飲むの？」

「いや、ひとりではめったに飲みませんね」

「美由起と一緒に」

「ええ、美由起さんと一緒に何度か来たことはあります」

「じゃあいつもの店で待ってるからって呼び出してみる？」

「おといの話をなさりたいんですか」

私の口から、自分でも意外な質問がとびだした。

「例の、駐車場での村里さんの一件をお聞きになりたいんですか」

「誰?」

「お隣の村里さん。おとといの晩、マンションの駐車場で」

「ああ、あのひとね」

と旭真理子はやっと思い出した。

やっと思い出したふりをしてみせたのかもしれない。どちらにしても私は、当時の私は、そのときの彼女の態度に何の違和感も持たなかった。

「そのことで美由起さんが、何か?」

「何かって?」

「何か気にしてるんですか。おとといの晩のことで、彼女が何かあなたに言いましたか」

「ううん別に」

旭真理子はいちど首を振り、冷えたジンを口にふくむと、今度はいちどうなずいて見せた。

「そうね。あの子は何か、気にしてるみたいね」

まず、ここだ。いまの私はこのひとことを疑っている。疑おうと思えば、記憶の中のどんなに小さなひっかかりでも、たったひとことの抑揚についても疑いの種になる。このあと（十五年前のこのあと）私は自らすすんで村里悦子の話をすることになるのだが、それは旭真理子が私にそう仕向けたからではなかっただろうか。姪《めい》の心配にかこつけて、私から村里悦子の話を詳しく聞き出そうという意図が、そもそも旭真理子にはあったのではないだろうか。

「いったい、何が起こったの、あの晩、あたしたちがあそこへ行く前」

「僕にもよくわからないんです」

と断ってから私は話した。

あの晩、いつものように階段を使って二階から駐車場まで降りていると男の怒声が聞こえた。

私は階段の途中でほんの一秒か二秒、足を止めて迷い、それから急がずに、普段の足取りで下へ降りた。駐車場には一台の見覚えのある車が、本来の駐車スペースにではなく走路にヘッドライトを出口へ向けたかたちで停まっていて、後部トランクと、運転席側のドアが大きく開いていた。人影がひとつ動いた。なおもそちらのほうへ歩いて行くと、ドアが閉まり、車は外へ走り去った。その車がいままで停まっていたすぐ脇の地面に、トランクに積み残した荷物のようなものが一つ置き去りにされた。

早足で歩み寄ると、村里悦子が横向きに倒れていた。右の手のひらは腹部をかばうようにスタジアムジャンパーに強く押しつけられ、左腕は頭の上で鉤形《かぎがた》に曲がっていた。村里悦子の両目に焦点が戻るにはやや時間がかかった。彼女は私に気づくまで身動きひとつしなかった。左の頬をコンクリートの地面にじかにつけて寝ているので顔の半分がつぶれて見え、右目の目頭に涙がたまっていて溢《あふ》れ出そうだった。すでに溢れ出た涙が埃とまじって目のまわりで乾いたあとがあった。

私は二度ほど村里悦子に呼びかけたと思う。ようやく彼女が身体を起こし、そこに座り込んだまま両手の手のひらの汚れを気にした。片方の手のひらの先で、もう一方の手のひらの先を払うような仕草をくり返し、何度か首を振り、両手でジーンズについた埃を払い、後頭部の髪の乱れをととのえ、猫が毛繕いするようにたっぷり時間をかけて、もとの自分を取り戻した。私は村里悦子の名を二度呼んだあとは終始無言だった。彼女のほうもひとことも喋らなかった。タクシーが駐車場の出口のあたりに停まり、中から千野美由起が降りてくるのが見えた。

そのあとのことは、と私は旭真理子に言った。

「おとといの晩、自分でご覧になりましたよね」

「駐車場から走り去ったという車は、その村里さんの夫の車？」

「村里さんの夫が運転して、ひとりで駐車場を出ていった」

「そうです」

「ええ」

「顔を見たの?」

「ええ」

「運転席にいる夫の顔が見えたの?」

「駐車場に降りたとき、最初、むこうが振り向いて目と目が合ったんです。そのときはまだ車に乗りこむ前で、夫は妻のそばに立っていたんです、妻の髪の毛をわしづかみにして」

「車のトランクが開いていた、そう言ったけど、何か意味があるの?」

「さあ」

「何かを入れるつもりだったの、それともおろしたあとだったの?」

「わかりません」

いま思えばということだが、この日、私が何をどう喋っても旭真理子は動じなかった。例の女性にしては低く、太い声で、常に冷静な口調で、私に質問を投げつけ、どんな答えを聞いてもたじろがなかった。眉をひそめることすらしなかった。

「それで、その奥さんはどうなったの」

「どうなったと言われても。たぶんどうにもなりませんよ。いつもの通りでしょう。いつも曖昧なままなんです。もちろん、曖昧なままが悪いという意味じゃありません。僕は誰かを責めてるわけじゃない。僕の立ち入る問題じゃないですからね。美由起さんがはっきり言うのを聞いたでしょう？　おとといの晩、水炊き屋に行く途中のタクシーの中で。あなたが口出しすることじゃない。何があったとしても、他所の家の、夫婦の問題だから」

「でも娘がいるじゃない」

「ええ」

「だいじょうぶなの？」

「何がですか」

「娘は被害にあってないの？」

私はこの質問に答えなかった。

ひとつはおそらく確信がなかったからだ。村里悦子に対してもそうだが、四歳の村里ちあきにも、面と向かって、いま家庭内で何が起きているのか訊ねることが私にはできなかった。曖昧な状況を多少ともはっきりさせるための質問を、子供にぶつけてみる勇気すら、私にはなかった。だから私には答えられなかった。答えられない自分に苛立つことしかできなかったと思う。

そしてもうひとつは、そのとき旭真理子の口にした「被害」という言葉に真実味を感じたからだ。その言葉がリアルに私に迫り、不意を突かれたような思いがあったからだ。数カ月のあいだ、隣家の村里母娘とのつきあいのなかで、私が目をそむけつづけていた現実がその一語、村里悦子も娘のちあきも実は犯罪の「被害者」も同然だ、という認定に立つ一語によっていとも簡単に表現されているように感じたからだ。

返事ができないでいる私を旭真理子は責めはしなかった。かわりにカウンターのほうへ合図を送り、そばに来たバーテンダーに空のグラスを示して、もう一杯同じものを頼んだあとで、彼女は口をひらいた。私のほうのグラスは中身が半分も減っていなかった。

「あたしの知り合いに、その人と同じ悩みを抱えている奥さんがいる。いちど話を聞いてみて、あまりのむごさに驚いたんだけど、でもむごい話よりも、あたしがもっと驚いたのはね、その奥さんが言うには、結婚前から夫は変わらないそうよ。つまり」

「結婚する前からずっとつづいている」

「そう」

「むごいことが」

「そう」

「その奥さんはなぜ結婚したんでしょう」

「謎ね。生きていればいつかいいこともある。なんて言う人がいるけど、嘘かもしれないね。いいことも何もなくて死んでいく不幸な人間もいるかもしれない」

「村里さんの母娘のことをおっしゃってるのなら」

それは言い過ぎだ、と言いかけて私は黙った。

「その母娘のことを言ってるんじゃないの。あたしは、古堀くんやあたしを含めた人間のことを喋ってるの。ただ受け身で時間をつぶして、生きていさえすればそのうちいいことがあるなんて、楽観的すぎる」

「僕のことをおっしゃってるんですか」

私が愚鈍にそう聞き返したので、旭真理子は視線をよそに逸《そ》らし、堪えきれず、といった感じの短い吐息をついてみせた。バーテンダーが飲み物を運んできた。旭真理子は二杯目のジンをひとくち飲み、紙ナプキンを唇にあててから先を喋った。

「美由起が気にしているのはこういうことじゃないかしら。お隣の奥さんと娘さんがいまとても困ったことになっている。古堀くんは、助けられるものなら助けてあげたいと願っている。そういう気持があるのはわかる。人間としてあたりまえの気持だから誰にでもわかる。でも、もし、そういう気持があったとしても、口で慰めるだけならやめたほうがいい。口でいくら優しく被害者を慰めても、加害者のおこないがやむわけじゃない。かえって問題をこじらせて長びかせるだけ。現実的に、有効な対策がないかぎり、余計な口をはさんでも無駄でしょう。古堀くんは、ただ偶然、隣に住んでいるというだけで、その無駄なことをいまにもやらかそうとしている。あたしたちがむしろやるべきことは、もしやれるのなら、被害者を慰めることではなくて加害者のほうを排除することなのに」

「排除する」

「その母娘の悩みの種を排除するという意味よ」

「暴力を、ですか」

「暴力的なものを残らず排除する」

暴力的なものを残らず排除する。頭の中で何回もその言い方をなぞってみて、どうしても、暴力をふるう人間を抹殺する、と似た意味に解釈できたので私は異論をとなえた。

「でも、それでは犯罪になりますね」

「そうなることを美由起は気にしてるのかもしれない」

「まさか」としか私には答えられなかった。

「古堀くん」旭真理子が間を置かずにつづけた。「自分の立場をもう少し考えたほうがいいと思うの。美由起もあなたも国家公務員として検察庁で働いている。美由起に言わせれば、毎日いやというほど犯罪の実例を、犯罪に手をそめた人間を、つまりは不幸な人間を見慣れている。それなのにあなたには免疫がなさすぎる。検察庁に勤める人間が犯罪に巻き込まれるようじゃ笑い話にもならないでしょう」

「いったい僕がどんな犯罪に巻き込まれるんです」

「人と人が出会うところに犯罪がある。新しい出会いのたびに、かならず不幸の種がひとつ蒔かれる」

「意味がよくわかりませんが」

「たとえばいまこの国で、年に千二、三百件の殺人事件が起きている。知ってるでしょう？　平均すれば一日に三人も四人もの人が、誰かに出会ったせいで殺されている。殺人だけじゃない、強姦《ごうかん》は殺人の倍近く起きている。強盗は殺人の四倍も起きている。暴行や、傷害や、恐喝や、詐欺や、強制わいせつの事件はもっと頻繁に起きている。毎日、何件も何十件も起きている。そういう犯罪はみんな、人と人とが出会ったところから始まる。そうじゃない？　犯罪をおかしてしまう不幸も、犯罪に巻き込まれる不幸も。人が人と出会わなければもともとどんな事件も発生しない。若い人はよく、これからたくさんの人たちと出会いたいと言う、人生の出会いを大切にしたいなんて希望を語る。馬鹿げてる。そんなのは自分から好んで犯罪の危険のなかに足を踏み入れるようなものよ。人が、人と、なるべく出会わないように注意して生きていけば、不幸に見舞われる確率もぐっと下がる。あたしはごくまともなことを喋っている。検察庁で働いている人間に、意味がよくわからないなんて言わせない」

「僕と村里さんのことをおっしゃってるんでしょう。要するによその夫婦の問題に口出しするな、見ないふりをしろ、美由起さんと同じことをおっしゃってる」

「よそ見をするなと言ってるのよ」

そのとき一度だけ、旭真理子は怒ったように見えた。いままで少量ずつすすっていたジンを一気にあおるような飲み方をしたのでそう見えたのかもしれない。ふたたび彼女が合図をすると、バーテンダーが待ち構えたように三杯目を運んできた。そのあいだに私は黒ビールを飲み、やっと半分くらいまでグラスの中身を減らした。

「古堀くん、あなたに二つ、いいことを教えてあげる」

「二つも」

「そう」旭真理子はもう冷静だった。「二つもある。よそ見なんかしないでいま見るべきことが。それをいまから教えてあげる。だからここのお勘定は払いなさい。一つは、美由起はあなたが期待してる以上に、あなたのことを深刻に考えている。あなたのことで悩んでいる」

「心配いりません。僕たちは結婚します」

「それはおめでとう」

と言ってから、旭真理子は首をねじっていったん通路側へ目をそらし、またすぐに向き直って私を見た。

「美由起は悩んでいる、と言ったのよ」

「ご心配なく」

「なぜ」

「僕たちはいずれ結婚します。結婚後も彼女が仕事をつづけるつもりなら、そうすればいい。僕は邪魔するつもりはありません」

「呆《あき》れた」旭真理子が笑顔になった。「そんなことで美由起が悩んでいると思うの？結婚後に仕事をつづけるか、つづけないか？」

「違うんですか」

「結婚後も彼女が仕事をつづけるつもりなら、そうすればいい？　そんなのあたりまえでしょう。あの美由起がそんなあたりまえのことで悩むわけがない。美由起はあなたと結婚するべきかどうかで悩んでいるのよ。あなたのような男と、つまり、国家公務員試験に受かってそれで満足して一生を終えるような男と」

　私は動揺しなかった。このとき、冷めた頭で、旭真理子の言いたいことは理解できる、と考えていた。千野美由起は誰かと結婚して子供を産んで家事や育児に専念する女ではないだろう。たとえば村里悦子のような女ではないだろう。と同時に、一介の検察事務官の妻におさまって一生を終えるような女でもないだろう。まして、その一介の検察事務官は仕事がらもわきまえず隣家の主婦によそ見をしている。千野美由起と私との結婚はこのままでは、釣り合わない、とこの女は言いたいのだ。私はそう考えていた。だが、いまの私は、まったく別のことを考えている。

「あたしの言うことがわかる？」

「おおよそ」

「美由起はいまこう思っているかもしれない。古堀徹となんか出会わなければよかった」

「もう一つは何です」私はこの話題をわきへ置いた。「二つあったはずでしょう、いいことが」

旭真理子はもう一本、紙マッチでタバコに火を点けてから答えた。

「美由起には昔から癖がある。何か大事な考えが頭の中にあるのに、言葉にするのをためらって、自分をおさえようとするときの癖」

「鼻筋を人差指と中指で撫でる」

「それはただ機嫌が悪いとき。あの子が本気で考えて悩んでいるときには左手でこぶしを作る。親指を内側に曲げてほかの四本の指で握りこむ。こんどから美由起と会ったら左手に注意しなさい」

「注意してどうなるんです」

「もし左手がそうなってたら、古堀くんのほうで察して質問してあげるべきね。いまかかってるこの曲、聞きおぼえがあるんだけど、バンドの名前がわかる？」

「わかりません」

「このタバコの煙の色はいま、あたしには光の具合で濃い青に見えるけど、古堀くんにはどう？」

「青く見えますよ」

「夜明け前の空の色のように見える？」

「ええ、まあ」

「夕暮れどきの空の色ではなくて？」

「ええ」

「質問したときに、もし美由起から、ＹＥＳでもＮＯでも答えが返ってきたとしたら、それは真剣に考えたあげくの結論だと見なしていい。いまの古堀くんみたいな、おざなりの返事じゃない」

「そうなんですか」私は驚いた素振りをした。

「言っておくけど、あの子が握りこぶしを作ってるときには皮肉も冗談も通じない。あの子の出した結論はもう誰にも変えられない。古堀くんはいさぎよく諦めるしかない。ある意味、簡単よね？」

「便利ですね。正式なプロポーズのとき注意してみますよ」

「もうわかったでしょう」旭真理子はなおも冷静だった。「あなたにはいまよそ見なんかしてる暇はないの。自分の足もとに火がついてるんだから、お隣の心配をするまえにこっちの始末をつけないと」

そして、ここだ。私は記憶の頁をめくる手を止めて、ここにしるしをつけたくなる。お隣の心配をするまえにこっちの始末をつけないと。このひとことには旭真理子のどのような意図がにじんでいたのだろうか？

「どうすればいいんですか」

「何？」

「僕たちの結婚は釣り合わない、そうおっしゃりたいんでしょう？」

「そんなことあたしは言ったおぼえはない。何の話をしてるの。美由起とあなたの何が釣り合わないというの？」

旭真理子がどう否定しようと、私はこのとき彼女の言わんとすること、言葉の裏にこめられた意味を理解している、と考えていた。

だが、いまの私は、まったく別のことを考えている。意図的な誘導、ということを疑っている。手品師が片手にコインを持って注意をそこに引きつけ、もう片方の手でひそかに上着の裏をさぐる。私の注意が千野美由起の左手に向いたとき、私の見ないところで、旭真理子は村里悦子のほうへ一歩接近できたかもしれない。一月三日の駐車場での出来事から一日置いて、五日に私は旭真理子に電話で呼び出されて会ったのだが、そのあいだの一日に、私の知らないところで彼女が村里悦子と接触していたとは考えられないだろうか？　あるいはこの晩から一日置いて、七日の朝、私は唐突に村里悦子から東京行きの話を聞かされることになるのだが、そのあいだの一日に、私の知らないところでふたりが接触を持っていたとは考えられないだろうか。村里母娘の突然の旅行に、陰で、旭真理子のなにがしかの操作が働いていたと考えてみる余地はないのだろうか。それとも、七日の午後の同じ飛行機に旭真理子と村里母娘が乗り合わせることになったのは（乗り合わせたと私は信じているのだが）、やはりスタジアムジャンパーの件と同様に彼女たちを結びつける縁、もしくは単なる偶然がもたらしたものに過ぎないのだろうか。

いずれにしても旭真理子の狙いは、この時点ですでに、釣り合いのとれない結婚に頭を悩ましている姪っ子とその恋人との関係修復などにではなく、私の隣人である村里悦子への接触に定められていたのではないか。旭真理子の荒唐無稽な計画の第一歩は、この晩にはすでに始まっていたのではないか。誤った方向への、意図的な誘導。旭真理子の思惑としては、私から村里悦子の話を聞けるだけ聞き出して、あとは私の注意をほかへそらせばそれでよかったのではないだろうか。

事実、このあとした私の質問に、旭真理子はまったく予想外の、あけすけな回答を用意して私を煙《けむ》にまいた。

「美由起さんの頭の中にある結婚相手の像と、現実の僕とが釣り合わない、そう言えばいいんですか？」

「何と何がどうでも、釣り合わないなんて言葉を使ったおぼえはない。誰かの理想と現実が食い違うのはあたりまえでしょう？」

「でも美由起さんはそのあたりまえのことで悩んでいる」

「あなたがよそ見をするからよ」

「どうすればいいんですか」

また？　と言いたげに旭真理子は首を振った。

「何かヒントをください」

「セックスのあとで寝ないことね」

「はい？」

「美由起とセックスしたあとで自分だけ鼾《いびき》をかいたりしない」

「しません。そんなことしたおぼえはない」

「じゃあ、そっちのほうは問題はない。あとは古堀くんのほうからさっさと動いて始末をつけてしまえばいい。美由起の考えが煮詰まらないうちに」

「まだ煮詰まってはいないんですか」

「セックスのあとで男が寝ちゃわないうちはね」

私たちは顔を見合わせてたがいの表情を読んだ。私はこのとき初めて、目の前にすわっている年上の女に身内のような親しみがわくのをおぼえた。

「自分の体験で話してるんですか」

「そうよ」

「失礼ですが、結婚は？」

「いちどもしたことがない」

「セックスのあとで男が寝てしまうから」

「そうよ」

「美由起さんは何をそんなに悩む必要があるんでしょう？　僕がよそ見をしてるといっても、村里さんのことは、ただの同情にすぎないことがわかってるはずなのに」

「最初はただの同情にすぎなかったのに、ってよくある話じゃない？　とにかくいまの時期によそ見をするのは致命的よ。その奥さんにだけじゃなくて、娘に、リンゴをのせたトーストを食べさせたりするのもだめ」

「リンゴをのせたトースト。そんなことまで美由起さんは気にしてるんですか」

「そうよ」

「娘はまだ四歳ですよ」

「まだ四歳だから心配するのよ」

旭真理子がどこまで本気でこの台詞と、次の台詞を口にしたのか、いまの私にはわからない。

「古堀くんのことをパパと呼びだしたら取り返しがつかないでしょう」

「あり得ませんよ。あり得ないのはわかってるはずなのに、なぜ彼女はあの母娘を毛嫌いするんだろう」

「血のめぐりの悪い男ね、ほんとうに。美由起はあなたに惚《ほ》れてるのよ。それだけの話よ。若い女が悩むのにほかに何か理由があると思う?」

確かなのは単純な事実だけだ。

およそ一カ月後、あの忌まわしい事件が起きる。それからまたひと月が過ぎ、人事異動の季節をむかえ、私の転任が決まった。当時住んでいたマンションを引き払う前に、私は千野美由起に会って自分の決心を伝えた。彼女の返事は短いNOで、むろんそのとき私は彼女の左手に注目するのを忘れてはいなかったのだが、それはコートのポケットに隠れて見ることができなかった。

三月末、私はひとりで転勤先の街へむかった。そしてそれ以降、村里悦子とも娘のちあきとも、また千野美由起との連絡も途絶えた。だから詳しい事情は知る由もないが、のちに村里悦子は娘を夫の実家に託し、再婚した。千野美由起は検察事務官から検察官への転身の道を選ぶことになる。

第9章　事件発生前

村里悦子が娘のちあきとともに東京から戻ったのは日記によれば、一月九日の夜だった。ふたりがこちらを発ったのが一月七日、だから事実としては、わずか二泊の旅行だったことになる。

これを私はもっと長い旅行として記憶にとどめていた。なぜそんな思い違いが生じたのか、原因についてはいま、すでに解決がついている。村里母娘の不在を、十日、または二週間ほどと見積もって記憶していたのは、ひとつには実際にその年の一月、彼女たちの顔を見ない空白の日数がそれくらいあったからである。

もうひとつ、私は彼女たちの旅行を、単なる旅行としてとらえていなかったからである。七日朝の旅立ちを思いつくまでの経緯を聞かされたわけではなかったから、独り合点《がてん》ということにもなるだろうが、私はよほどの切迫した事情があると判断した。その切迫したものから彼女たちを逃がす手伝いをした、とまでは言わない。が、ほぼ、それに近い（千野美由起に知られたらまた軽率と責められるような）まねをしたと、その朝、自分では悔やまないでもなかった。

七日の朝、東京へ発つ前の村里悦子に私は会っている。普段着のスタジアムジャンパーを着て、荷物といえば化粧道具とあとはタバコくらいしか入らない大きさのポーチを持ち、これから娘をディズニーランドへ連れてゆくと言う。真顔に、いつもの愛嬌をまじえて言う母親、母親に手をひかれてはりきっている娘と部屋の前の廊下で出くわし、いっしょに一階まで階段を降りた。そのあとさらに私は村里母娘をタクシーに乗せて、空港行きのシャトルバスの出ているターミナルまで送った。何がきっかけで、いつこの旅行を思い立ったのか、なぜ荷物ひとつ持たずに家を出ようとしているのか、村里悦子の夫がこのことを承知しているのかどうか、私は立ち入るつもりはなく、立ち入る勇気がなく、と言ったほうがはやいかもしれないが、ひとことの疑問も差し挟まなかった。

私はただ、彼女たちをターミナルまで送り届けたあと、まるで「逃がす手伝い」をしたような共犯者的な気分に悩まされながら、そのままタクシーで勤務先へむかい、途中、村里悦子が娘と待合所でバスを待ちながら考えているはずのことを想像してみただけだった。もしこれが、自分がいまやろうとしていることがあやまちであるなら、どこかできっと戒める力がはたらくに違いないと。

ところが九日の夜、彼女たちは戻ってきた。

その九日の夜には私は村里悦子の顔も、娘のちあきの顔も見ていない。もし会って言葉をかわしたのなら、その場所なり、かわした言葉の内容の一部なり、心覚えになるものをかならず当時の私は日記に記録しているはずだからだ。でもそれがない。私は九日の夜、おそらく壁越しに伝わる隣家の物音から(それがどのような物音だったかはもう知る由もないが)、はっきりと村里母娘の帰宅の事実を知ったのだと思う。そうとしか考えられないし、その考えを訂正する必要を認めないのは、のちの日記に書いていることとそう考えればぴったり辻褄《つじつま》が合うからである。いま日記を読み、自分が書き記した一行、一語をもとに記憶を掘りおこしてみる。するとあの年の一月、村里悦子にはちょっとした変化が起きていた、という仮説にたどり着く。

彼女の口にした言葉、として私が記録している言葉、そのいくつかに違和感が感じ取れる。旅行に出る前の彼女と、帰ってきて十日ほどの空白をはさみ、しばらくぶりに会った彼女とのあいだに、微妙だが別人のような距離が生じていたという意味だ。私は当時、村里悦子には何か心に決めかねたことがあり、むろん家庭に関することだろうが、迷いを断ち切るために、頼る相手もなくたったひとりであがいている、そのため混乱もしている、というふうに同情的に見ていた。だが私はいまは、彼女はただ東京から他人の言葉をいくつか持ち帰っただけではなかったのか、と疑っている。

日記を読むと、一月七日からあの事件が発生するまでの六週間ほどのあいだに、二度、村里悦子を私の部屋に迎え入れて話している。一度目は彼女が旅行から戻って十二日後の一月二十一日夜、二度目は二月十七日、つまり事件当日。

一月二十一日は雨の日曜日で、私は朝からどこへも出かけず部屋にいた。普段よりもずっと遅く十時に目覚め、トーストと卵を焼いて朝昼兼用の食事をとり、いつものように掃除機をかけた。窓を開け放つと冷たい風といっしょに雨が降りこむので、玄関のドアだけを開けて手ばやくすませた。そのあとコタツに入り、温風ヒーターまで点けてテレビを見た。見飽きると、コタツに入ったまま窓にあたる雨風の音を聴き、両手で頬づえをついて電話を眺めながら意味のない長い時間を過ごした。その日は千野美由起からの電話は鳴らなかった。こちらからかける気にもなれなかった。

午後四時過ぎ、チャイムが鳴って、出てみると村里悦子が立っていた。色の褪《あ》せた青のジーンズに、長袖で厚手の、濁った色のラグビー用のシャツのようなものを着込んでいた。前年の夏に最初に会ったときにはそれほど注意を引かれなかった髪のかたちも、いまは痛々しいという表現を思いつくほど短く刈られていて、隣家の事情にまったく目をつぶって言うなら、この人妻は一般の日常からしだいにはみだして、何か特異な、宗教的なしかも禁欲的な方面に深く嵌《は》まり込もうとしている若い女のようにも見えた。挨拶といえば、ひさしぶり、と例の一視同仁の笑顔で笑っただけだった。

元気そうだね、と私は答えた。ちあきちゃんは？　元気よ、相変わらず。

ほんとうは、右目のふちからこめかみにかけての皮膚に消え残った淡い痣があるのに気づいたのだが、私は見ないふりをした。見ないふりをしていることにむこうも気づいていたと思う。

「ひとり？」とすぐに村里悦子が訊いた。

「ひとりだよ。あがる？」

「ううん。ちあきが晩ごはんにコロッケを食べたがってるから、よかったら古堀さんのぶんもと思って」

「ありがたいね」

「じゃあ材料の買い出しに行ってくるから、ちあきを頼まれてくれる？」

雨のなかを買物に出た母親と入れ替わりに、ちあきは絵本とクレヨンとスケッチブックを両腕に抱えてやって来た。しばらく会わなかったせいで以前よりも（おたがいに、という意味だが）よそよそしかった。四歳の娘は玄関口で私の顔をまぶしげに片目をすがめるようにして見上げただけで、あとは口数が少なかった。ディズニーランドは楽しかったかと訊ねても、ほとんど無反応だった。コタツにむかって絵本を開いてまもなく、ひとこと、どこで聞き覚えたのか、「きょうは寒いですね」と大人びた挨拶をしただけだ。私は手持ちぶさたなのでこの日も彼女にココアを作って与えた。

村里悦子の料理は夜八時までかかった。彼女の揚げたコロッケに山盛りの千切りキャベツを添えたものを、私は私の部屋のコタツでちあきとふたりで食べた。母親のほうはあちらとこちらを行ったり来たりしてコロッケ用のソースや味噌汁《みそしる》やご飯を運び、そのあいまに缶ビールをちびちび飲んでいた。九時半を過ぎて村里母娘は自宅に引きあげた。私はまたひとりになった。明日の仕事に必要な書類と、着ていくスーツにあわせたネクタイの準備をしてあとは寝るだけだと思っているとまたチャイムが鳴り、こんどは村里悦子が赤ワインのボトルを握りしめて現れた。お絵かきの道具を忘れてたでしょう？　取りにきたんだけど、ついでに、と彼女は言った。ちあきがもう寝てしまって暇だからちょっとだけつきあってくれない？　それで赤ワインを一本だけ空けるまでの時間、私はひさしぶりに彼女と話をした。

「ディズニーランドはどうだった」と私は無難な話から始めた。「ちあきちゃんは楽しんだ？」

「そうね」と村里悦子は答えた。

「帰りは早かったね。僕はもっと、むこうでゆっくりしてくるのかと思ってた」

私はコタツにいて、片手でワイングラスの脚をいじっていた。村里悦子は窓のそばにあぐらをかいてすわり、カーペットの上に灰皿と飲みかけのグラスと、娘の忘れていったスケッチブックを置き、自分で持ってきたセブンスターに火を点けた。私のほうへは顔を向けずに、こう言ってみせた。

「ひょっとしたら、もう帰ってこないと思ってた？　旅行じゃなくて、家出だと思ってた？」

「そんなことは思わないけど」

「ごめんなさい、古堀さんにも誰にもお土産を買う時間がなくて」

彼女がアルミサッシの窓を開けると雨音はすっかり弱まっていて、網戸越しに風が入り込み、ヒーターで暖まりすぎた部屋の温度をまだらに冷やした。彼女は風の通り道から灰皿をずらし、スケッチブックの表紙を開いて覗きこんだ。

「今夜は旦那さんは」と私が訊き、

「さあ」

と村里悦子がいつも通り投げやりに答え、答えてすぐに鼻を鳴らした。自嘲の意味でそうしたのか、夫に対してなのか、それとも毎度毎度おざなりの、何の足しにもならない質問をする私に鼻を鳴らしたのか見分けがつかなかった。むろん彼女はいつも通り、夫の居場所には触れなかった。それ以上は夫のどんな具体的な話にも触れなかった。

「とにかく一回ちあきをディズニーランドに連れていってやりたかったの。そのうちにと思ってても、いま行かないと、時間がずるずる過ぎてしまうでしょ。そのうちに、なんてときは来ないかもしれないし。いつ、何が起きないともかぎらない」

「どこか身体の調子でも悪い？」

「べつに。深い意味はないの。古堀さんには、ホテルのことでアドバイスしてもらって助かった。東京に発つ日の朝、タクシーのなかで言ってくれたでしょ？　古堀さんの言った通り、羽田空港にね、モノレールの駅だったかな、ホテルの看板があった。ディズニーランド直行バス運行のホテル。だからそこに電話をかけて泊まることができた」

「それはよかった。でも、これから旅行に出るときはホテルを予約して、そのうえで飛行機に乗ったほうがいいと思うな」

「きょうはあのひとは？」村里悦子がまたスケッチブックを一枚めくった。「日曜日なのにあのひととはデートしないの？　名前はよく憶えてないけど、背の高い女のひと」

「彼女は休日出勤の当番だったんだ」

「そう」

娘の描いた絵から目をあげずに村里悦子がうなずいた。私が下手な嘘をついていることにも気づいていたと思う。

「あの子、どうして空の色をこんなに濃い青で塗りつぶすのかしら。もっと明るい空を描けばいいのに」

「それは夜の空なんだよ。絵本の中の挿絵の真似をして何枚も同じ絵を描いたんだ。夜というよりも、空が真っ黒になるまえの夕暮れどきの空。村里さんがいま吸ってるタバコの煙の色に似てる」

いつもの癖で、彼女はタバコのフィルター部分を人差指と中指のあいだにはさみ、内側へ折りたたんだ薬指と小指の爪の表面を、親指で交互にひっかくような仕草をしていた。その親指でフィルターを下から弾いて灰を落としたあと、彼女はこう答えた。

「タバコの煙は、光の加減でときどき夜明け前の空の色のように見える」

「まあどちらでもいいけど」

「明け方の空をずっと見てたの。東京のホテルで。ソファにすわって窓の外を。そのとき吸ったタバコの煙は空の色とそっくりだった」

「徹夜したということ？」

「いろいろ考え事をして眠れなかったから」

「二晩とも」

「ねえ、古堀さん」村里悦子がいきなり話題を変えた。「婚姻件数と離婚件数ってあるでしょ」

「統計の数字の話？　一年間に婚姻届と離婚届の受理される件数？」

「そう、一日にね、だいたいだけど二千組近い男女が結婚してる、いま日本で。でも同じ一日に、およそ七百組の夫婦が離婚している、一日によ」

「そんな数字は知らなかったな。誰に聞いたの」と私は言い、村里悦子がタバコをひとくち吸い、また親指で弾いて灰を落とした。

「誰に聞いたってわけじゃないけど。あたしが言いたいのは、さっきの、いつ何が起きないともかぎらないって、ただそのくらいの意味だってこと」

「世間では毎日、不幸が生まれている？　どんな夫婦にも不幸になる確率はそのくらいあるということ？」

「ううん、そうじゃない、そんなこと言ってるんじゃないんだけど」彼女はそこで言葉に詰まり、ワインを飲んだ。「むかし見た映画でね、テレビドラマだったかもしれないけど、結婚して二三年の若い夫婦が小さなアパートを借りて暮らしてるの。ある夜、そこへ夫の友人が、夫の留守に訪ねてきて、お金を借りたいって言う。いくらか忘れたけど、かなり大金。事情があってどうしても街を出なければならないって、その男は言う。でも電車賃もないから貸してほしい。ひとりでですか？って妻はその男に訊ねる。ひとりだ、と男は答える。僕には身寄りがない、友達もいない、ひとりだ。そのあと何がどうなったのかはよく憶えてないけど、結局、妻はその男といっしょに行くことに決める。夫の友人と駆け落ちして街を出てしまう。たったの一晩でそんなことになってしまう。馬鹿ばかしいと思うでしょ？あたしもその映画を見たときはそう思った。残された夫はどうなるのよ？でも、いまのあたしの考えは少し違う。人生の行きづまりをどうにかして突き破るには、他人のことなんかかまっていられない。自分の人生なんだから。世間の目にどんなに突飛にうつることでも、自分で血路をひらく、そうしなきゃいけないときがある」

血路、という言葉をこのとき私は確かに聞いた。そしてそれを日記に書き写した。以前の村里悦子の口からは絶対に聞かれなかったであろう言葉を。

「その映画の奥さんは人生に行きづまってたわけだね。旦那さんとはどううまくいってなかったんだろう？」

「言ってたでしょう、よく憶えてないって」彼女はそこでまた言葉に詰まった。すでに赤ワインをグラスにたっぷり二杯は飲みほしていたと思う。「映画の話はもうどうでもいいの。現実の話。いまのあたしには、自分の手で血路を切りひらくという道もあるんじゃないかということ。先の人生で何かが起きるのをじっと待つより。自分がお婆《ばあ》さんになるまでじっと待ちつづけるより」

「いつもそうしてきたんじゃなかったのか」

「あたしが？」

「もしどこからもそれを戒める力がはたらかなければ、いま自分のしていることはあやまちではない」

「そうね」村里悦子がやっと、うっすらとだが笑顔になった。

「でも子供は？　映画の中ではどうだったか知らないけど、村里さんにはちあきちゃんがいるだろう。自分の手で血路を切りひらくと言っても、自分のことだけ考えるわけにはいかないんじゃないかな」

「ああ、そうね」

と彼女は同じ呟きをくり返したが、こんどはその微笑には余裕がなかった。アルコールのせいで頰のあたりの皮膚が赤みがかって、まだらに染まっていて、目の表情がうつろになったこともあり、村里悦子の笑顔がそのときだけは醜くも、凡庸にも、やや滑稽にも見えた。

「すっかり忘れてた。あたしの都合だけで人生を変えてしまうわけにはいかないね。あたしは娘のことも考えてあげないと」

私はコタツを出て、窓のほう、村里悦子の近くまでにじり寄った。私をむかえる女の顔に、私がしようとしているのとはまったく別のことを待っている、もしくは怖れている表情が浮き出たように思った。彼女の肩から腕にすばやく緊張が走り、焦点の合った両目に光が宿ったように見えた。むろん一瞬といえるくらい短いあいだのことで、私の見間違いだったかもしれない。彼女はただ酔っていただけなのかもしれない。

私は右手に握ったボトルから彼女のグラスに慎重にワインを注ぎ入れた。それからコタツに戻り、自分のグラスに残りを注ぎ終わり、ボトルを空にした。私たちは最後の一杯のワインをおのおの口にふくんだ。

「同じ香水」と私は指摘した。「いまそばに寄ったとき匂いがした。スタジアムジャンパーに染みついてるのと同じ匂い」

「せっかく一瓶買ったから、使い切るまではつけようと思って。きつすぎる?」

「いや、いい匂いだよ。ところで血路って何」

「え?」

「村里さんの言う、血路をひらくって具体的にどういうこと」

「血路って? 私がそんな言葉を使った?」

「数分前に」

「古堀さんがそう言ったんじゃないの」

「いや、きみが言った。自分の手で血路を切りひらく」

「よくわからない」

この返事を聞いて、ためらったが、私は一歩だけ踏み込むことにした。

「現実の話。旦那さんとの結婚生活に行きづまりを感じているということだね」

その晩、村里悦子の右目のふちからこめかみにかけて消え残っていた、薄く、青みがかった痣。前年の夏に会ったとき左手の小指を覆っていたギプス。そんなものを思い出すまでもなく、このときの私の台詞は無神経で、傍観者的だったと思う。壁ひとつへだてた隣家に住み、聞くものを聞き、いままでさんざん見るものを見てきたあげくに口にする台詞にしては、あまりにも非情だったと思う。旦那さんとの結婚生活に行きづまりを感じているということだね？　馬鹿げた台詞だ。むろん村里悦子はどんな言葉も返さなかった。娘のスケッチブックから顔もあげなかった。

「どうしたいの」と私はあとに退けなくなって訊ねた。「何か、具体的に考えていることがある？」

「たとえば？」と村里悦子が聞き返した。

「たとえば、第一に、離婚」

「無理よ」

「どうして」と私はまた無神経で傍観者的で非情な質問をした。

「お父さんのあれが始まったら隠れなさいと、娘に一生言いつづけて暮らしていくつもり？　そう言われたの」

「誰に」

「できるものならそんな一生は送りたくない。娘のためにも。あたりまえよね。あたしはそう答えた」

「誰に」

村里悦子が顔をあげて私を見た。その顔には例の、東京へ発つ日の朝にも私にむけられた笑顔が浮かんでいた。彼女が普段の自分を取り戻し、第三者にむけて開きかけた門がふたたび閉ざされた証拠だった。

「古堀さん、どうしたらいいと思う？」

「自分ではどうしたい？」

「そうね」村里悦子はまたスケッチブックに目を落としてページを繰った。

「そんな一生を送らないために、どうしたいと思う？」

と私は重ねて訊ねた。訊ねるというよりもむしろ問い詰めている、という思いにとらえられた。自分が、被疑者に質問をあびせて回答を引き出そうとする検事の真似をしているようにも思えた。結局、私は彼女にこう自白させたがっているのではないのか？　そんな一生を送らないために、離婚が無理なら（無理だからこそ、彼女は血路などということばを持ち出して心を決めようとしているに違いないのだが）、離婚の障害になるものをどうにか排除したい。そのとき黙りこんだ私にむかって、村里悦子はさりげなく、ジョークをひとつ披露するような自然な感じで、私の期待にかなう返事をした。

「夫を殺すのはどう？」

「重い犯罪だ」

「そうね。でも死んでくれたらいいのに」

「少し酔ったんじゃないか。水を持ってこようか？」

「古堀さんは仕事で犯罪者を取り調べたりするんでしょう？」

「被疑者を調べるのは検事の仕事だよ。立会といって、僕はそばにいて話を聞くだけ。検事の話すことを、口述《くじゅ》と呼ぶんだけど調書に書いたりもする」

「犯罪者はなぜつかまるのかわかる？」

「警察が優秀だからだよ」

「そうかもしれないけど、逃げ道はないの？」

「逃げ道？」

「つかまってしまう犯罪者の側に落ち度はないの？」

「どんな落ち度。……そうか、またあの話をしてるのか。注意散漫ということだね？

村里さんの持論で言えば、犯行後に、戒めの力、というかサインがあるのを見逃した犯罪者だけが警察につかまる。彼はまず犯罪をおかす、そのあとサインを無視して軽率なあやまちを仕出かすからつかまってしまう。サインを無視せずに、注意してあやまちを避けていれば、誰も彼に気づかない。誰も彼を罰しない」

「違う？」

「違うのはわかるだろう。犯罪は犯罪だよ。仮に警察につかまらなかったとしても、それが正しい犯罪だとは……正しい犯罪？　もしかして、村里さんは正しい犯罪があるとでも言いたいの」

「それはあたしじゃない、古堀さんがいま自分で言ったのよ」

「用意周到に、人が犯罪をおかせば、警察には気づかれない。するとその犯罪は正しいことになり、誰にも咎められない」

「ううん、そんなこと考えてない。古堀さんがぜんぶ自分で考えて喋ってる。あたしは、そろそろ部屋に戻らないと」

しかし村里悦子はすぐには腰をあげなかった。ワイングラスの中身は、彼女のものも私のものもすでに空に近かった。

「そんな考えは間違ってる」

私は誰もが口にできるありきたりの意見をくり返した。彼女がいまどのような考えを持っているのか、完全には把握できないまま続けた。

「人殺しは犯罪だ。どんな人殺しでも」

「そうね」

「人殺しなんて考えちゃだめだ」

「だいじょうぶよ、人を殺すときは自分でやる。古堀さんに、夫を殺してと頼んだりはしないから」

「冗談でもそんなことを言ってはだめだ」

　村里悦子はここではっきりと、今夜酔いにまかせて喋ったことのすべてに、もしくはこの晩の私に、見切りをつけて立ち上がった。私にはそう感じ取れた。空のグラスを持って彼女は台所の流しへ行き、水ですすぎ、グラスに溜めた水を飲んだ。それから笑顔で振り返って、心配しないで、と言った。

「僕以外の誰に頼むのもだめだ」

「わかってる。そんな軽率なことをしたら、あたしはその誰かに一方的に弱みを握られることになるものね。古堀さんに頼めば古堀さんに、一生、弱みにつけこまれるはめになる。相手と対等の立場なら別だけど」

「対等の立場って何だ」

「ほんとうにもう帰らないと」

　彼女はさきほどまですわっていた場所へ歩き、娘の忘れ物を拾いあげると玄関へむかった。私はコタツを出てそのあとを追い、相手がドアノブに手をかけたところで声をかけた。

「待って。僕もちょっと酔ってるみたいだ。村里さんの言ってることが完全には理解できない。失礼なことを言って気を悪くさせたのなら謝るよ」

「ううん、そんなことない。古堀さんはいつも優しいし、よくしてくれる。あたしにも、ちあきにも。ほんとうに感謝してます」

村里悦子の顔からは赤みが消えていた。血の気が一斉に引いてしまったように白さが際立っていた。絵本とクレヨンとスケッチブックを胸に抱えたまま軽くお辞儀をして、それからドアを開けて廊下へ出る前に、彼女は私にこう言った。それはいままでの会話とはまったく脈絡のない、にわかには意味の取りづらい質問だった。

「ねえ、妙なこと訊いてもいい？」

彼女の声は掠れていた。早口で、平板な抑揚だった。質問の内容とは裏腹に、切実な響きがあり、酔いが醒《さ》めてしらふに戻ったことをいまは悔やんでいるような、頼りなげな顔つきだった。

「セックスをすると、したあとだけど、男のひとはすぐに眠くなるもの？」

村里悦子は私にそう訊いた。

いや、現実には、別れ際にドアのそばで、村里悦子は私にこんな質問はしなかっただろう。すくなくとも一月二十一日の日記からは確かな事実を読み取ることはできない。だがそんなことを言えば、日記の記述からは、記述以外のどんな事実も読み取ることはできなくなる。私がやろうとしているのは日記を読み、読むことで遠い記憶をできるかぎり手繰《たぐ》り寄せ、十五年前に起きた出来事を真実により近いものとして再現してみることだ。彼女は帰り際に、そんな馬鹿げた質問はしなかったかもしれない。あるいはワインを飲みながらの会話のどこかで、唐突に、彼女がその質問をした、それがいま時間の順番を入れ替えてよみがえっているのかもしれない。あるいは彼女がその質問を口にした、口にしたときの声、抑揚、顔つき、それらをいまも私は忘れられず、質問とそのあとに続く短いやりとりまで含めて、この場面にぜひとも嵌め込もうと無理をしているのかもしれない。

「セックスをすると、したあとだけど、男のひとはすぐに眠くなるもの？」

「どういうこと」

「ただの質問」

「人によるんじゃないか」

「そうね。くだらない質問よね。ごめんなさい」

だがこの質問は重要なのだ。質問に対して私がどう答えたかなどは問題ではなく、村里悦子がその晩、もしくはその晩ではなくてもいつか、どこかの時点で実際に質問を口にした事実、それを私が思い出している、日記に書き記した事実以上にまざまざと、いま記憶によみがえらせている、その点が重要なのだ。彼女の質問は、十五年前の出来事を再現する際に真実にいちばん近い材料になる。

村里悦子はある決心の一歩手前にいたと思う。私にむかってこの質問をしたとき、した瞬間に、自分が将来、人殺しの犯罪に手を染める可能性を知っていたと思う。いま私はそう信じている。十五年前の一月、そして二月、あの事件の前夜まで、彼女はある男を殺すための決意を固めようとひとりであがいていた。だがそのある男とは、彼女の夫のことではなかった。

第10章　事件当夜

二月十七日土曜日。

夕方六時頃、村里悦子は玄関のチャイムを鳴らした。

私は役所から帰宅したばかりで、コートを脱ぎ、ネクタイをはずして着替えようとしているところだった。村里悦子のほうは、外出の支度をととのえたうえでちょっと立ち寄った、というふうに見えた。紫がかった赤と深緑の縞《しま》のマフラーを巻いていたのでそんな印象をひとめで受けた。よく見ると、色の褪せたいつものジーンズに見慣れないコーデュロイの焦茶のジャケットをはおっていて、相変わらずハンドバッグのようなものは持たず、両手ともにジャケットのポケットに差し入れて立っていた。

「週末なのに、お仕事だったのね」

と玄関口で村里悦子は言い、笑顔を作った。

「あがっていい？」

「いいけど。どうしたの」

「ちあきを預かってもらえないかな、と思って」

すぐあとから考えれば、娘を預かってほしいという頼み事はこれが初めてでもなく、あがって話さなければならないほどのことではなかったわけだし、彼女はただ、私の部屋で油を売る、つまりタバコを一服する、つもりだったのかもしれない。あるいは、普段とは違う恰好の自分を見てもらいたかったのかもしれないとも、当時の私は考えてみた。いまの私は、村里悦子はまだ、その夜のことでぎりぎり迷っていたのではないかと考えている。考えているというよりも、その夜、何時間か後に起きる事件のことを村里悦子はあらかじめ知っていたのではないかと疑っている。

奥の部屋にとりあえず鞄とコートだけ置いて戻ると、彼女は窓際に立って外を見ていた。また上着のポケットに両手を入れていて、何かぼんやり考え事をしているふうに見えたので私は訊ねた。

「どうしたの」

「ちあきのこと、だいじょうぶ？　七時から、三時間くらい」

「うん」

「いまちょっと考えてたんだけど、古堀さん、土曜日だし何か用事があるんじゃない？」

「いや、特にはない。三時間って、村里さんはどんな用事？」

こんな立ち入った質問はするべきではないし、返事はもらえないだろう。少なくとも正直な、包み隠さぬ返事はもらえないだろうと私は思った。村里悦子は窓際に立ったままポケットからタバコとライターを取り出して火を点けた。

「学校のときの友達と会うの」

「そう。たまには友達と会って息抜きしないとね」

「そうね」

「親友？」

それまで窓の前に立ち、横顔を見せて喋っていた村里悦子が私を振り向いた。このひとはなんて愚かな質問をするのだろう。とでも言いたげな目つきで私の顔を見て、そしてまた笑顔になった。彼女のその直前の目つきから、私は「学校のときの友達」というのは男かもしれないと感じ取った。

「親友なんかじゃなくて、たまたま連絡が取れたから会うだけよ。会ってご飯食べて、たぶん、また十年くらい会わない」

「そう」

「親友なんて」村里悦子は笑いをすっかりおさめきれないまま、また窓のほうに顔をむけた。「そんなひと、ひとりもいない」

　私は彼女の左手の指にはさまれているタバコに目をやり、次にコタツの上に洗って置いてある灰皿に視線を移した。

「古堀さんにはいるの。親友と呼べるひと」

「どうだろう。そんなふうに改めて訊かれるとね。だいいち、親友って言葉の定義からしてあやふやだし」

「だって古堀さんがいまその言葉を使ったのよ。その友達は親友？　ってあたしに訊いたでしょ」

「そうだね。ごめん、余計なことを喋った」

「信頼できるひとか、そうじゃないか、という意味で訊いたの？」

「灰が落ちそうだ」

　と私が言うと、村里悦子は窓を開け放ち、外へ左腕を伸ばしてタバコのフィルター部分を指で弾いた。

「そういう意味で訊いたの？」

「いや、たいした意味はない。ただ口がすべっただけだよ」

「信頼できるひとも、知り合いのなかにはいない。誰ひとり。家族だって信頼できない」

「旦那さんのこと？」

「違う。去年死んだ父のこと。それから兄も、姉も」

「信頼できる、というのはどういうこと。たとえば」

「たとえばね」

と考えるふうを装いながら村里悦子はもう一度タバコを弾いて灰を落とした。回答はすでに彼女の頭の中に用意されていたのだと思う。

「たとえば、言ったことを言ったとおりにきちんとやれるひと」

「有言実行？」

「そうね、たぶんそういうこと」

「じゃあそんなに難しいことじゃないね」

窓が閉まり、レースのカーテンが引き直された。村里悦子はコタツの上の灰皿には見向きもせずに台所の流しまで歩き、水道の栓をひねった。ほとばしる水でタバコの火を消して、吸殻は無造作にシンクの中に捨てた。

「そう思う？」と彼女は身体ごと私を振り返って言った。

「何が」

「言ったことを言ったとおりにやること。約束を実行すること。それはそんなに難しいことじゃない？」

「それは」私には彼女の発言の意図がつかめなかった。「約束の種類にもよるね。たとえば長期的な約束。政治家が未来の公約をかかげる。有権者に大きな約束をする。でもその約束を果たすには時間がかかるし簡単にはいかない。有権者だってそのうち忘れてしまうかもしれない」

流しのふちに寄りかかったまま彼女が顔を伏せたので、私は自分がまるきり見当はずれなことを喋っているのがわかった。彼女がまた訊ねた。

「じゃあ、どんな約束なら果たすのは難しくないの、たとえば？」

「たとえば」私は適当な答えを思いつかなかった。

「今夜三時間、ちあきを預かると古堀さんは約束する」と村里悦子が代わりに言った。「そしてその約束を果たす」

「そうだね。それなら難しくない」

「だから古堀さんのこと、あたしは信頼できる。でもそういうのは親友とは呼ばないでしょう。友達とも言わないかもしれない」

「ベビーシッター？」

「ご近所づきあい」

と言ったあと、村里悦子は左手首を裏返して腕時計を読んだ。彼女が金属のベルト付きの腕時計を持っていたことじたい、そしてそれをはめていることじたいが、私には物珍しかった。

　この夜、ほんの数時間後にあの忌まわしい事件が起きる。その直後から、彼女のまわりだけ時間が異常に速やかに流れているように思え、何度か見かけたり話しかけたりすることはあっても、彼女がそこに立って話している言葉、見ている光景が、私の耳に聞こえ目に見えているものと時間的にわずかだが食い違いがあるような気がして、どうしても自分が追いつけない、同じ立場、同じ時間の流れで生きていないようなもどかしさを感じた覚えがあるのだが、そのもどかしさは、もうこのときから始まっていたのかもしれない。理由はわからないが、彼女はどこかへひとりで急ごうとしている。私はとにかく彼女のペースにあわせて喋らなければならないと焦った。

「呼び方は何でもいいよ。とにかくちあきちゃんは僕に任せて、息抜きに出かけてくればいい。僕もちょうど人と会う約束があるからちあきちゃんも一緒に連れて行って晩ご飯を食べよう」

「やっぱりね。あの女のひとと会うんでしょう？　迷惑なら迷惑だって言ってくればいいのに」

「迷惑じゃないさ。ただ一カ月ぶりくらいに、外で晩ご飯でも食べようと約束しているだけ。簡単に果たせる約束。会って重要な話し合いをするわけじゃない。食事をする人数が二人から三人に増えるだけだよ」

私は腕時計に目を落とした。

「これから僕は着替えるから、そのあいだにちあきちゃんを連れてくるといい。お子様ランチが食べられるとわかったら、気に入らないお姉さんと一緒でも少しは喜ぶんじゃないか?」

そして村里悦子は自宅へ戻り、七時きっかりに娘のちあきを連れて現れた。待つあいだに私は通勤用のスーツを私服に着替えただけで他には何もしなかった。千野美由起にまえもって電話で連絡しておくことも思いつきはしたが、実行はしなかった。いずれにしてもその夜、千野美由起が村里ちあきを連れた私を見て不機嫌になるのはもうわかりきったことだった。

この夜の出来事は私はほとんど日記に書いていない。真夜中まで警察に事情を聴かれたせいで日記などつける時間がなかったということもあるだろうし、話すべきことは話してしまったから改めて文章にする動機が薄れたという理由もあるだろう。香水の件を別にすれば、私はただ起きた事実のみを簡潔に日記に書き残している。夜七時半頃から九時頃まで千野美由起と村里ちあきと三人でファミリーレストランにいたこと。千野美由起を自宅に送り届け、九時過ぎにはマンションに戻って来たこと。約一時間後に村里悦子の夫の死体を発見したこと。私自身の手で一一〇番したこと。

そのかわり私は日記に書かなかったこの夜のことを憶えている。戸井直子の協力を得て、検察庁で読むことのできた十五年前の調書をもとによみがえらせた記憶も多々ある。たとえばひとつ、村里悦子がその晩会いに行った「学校のときの友達」は男性だと思い込んでいたこと。調書によれば、彼女が実際に会っているのはふたりの女性で、ふたりとも中学時代の同級生だったのだが、十五年前のその晩の私は、彼女は男に会いに行くのだと考えていた。流しのシンクに落ちていた湿った吸殻をゴミ箱に捨てながら、私は村里悦子の言う「信頼できるひと」のことを考えていた。彼女はその男に信頼を求めているのだろうか。その男に限らず、彼女は信頼できる誰かを、できれば親友と呼べる誰かを求めているのではないだろうか？

だが私は十五年後のいまはまったく別のことを疑っている。

いちばんの問題は、村里悦子が、その夜に発生する事件をあらかじめ知っていたのではないか、知っていて、殺人の起きる現場からできるだけ身を遠ざける意図があったのではないか、そのためのいわばアリバイ作りに私も一役買わされたのではないか、ということだ。

仮に彼女が知っていたとする。

その夜、発生するはずの事件のことを村里悦子が知り得る立場にあったとして、では、私が七時から十時まで娘のちあきを預からなければどうするつもりだったのだろう？

二月十七日土曜日、身柄当番で休日出勤していた私が午後六時を、もしくは七時を過ぎても帰宅していなければ、いったい彼女はどうするつもりだったのだろう。中学時代の友人と会う予定をキャンセルして、娘を別の場所に連れて行き別のアリバイを作るつもりでいたのだろうか。それともどこへも行かず娘とともに部屋で過ごすつもりでいたのだろうか。娘に夕食を作ってやり、風呂に入れてやり、歯を磨かせ寝かせつけながら、まもなく起きる出来事を静かに待つつもりでいたのだろうか。

ところが私は六時にはすでに帰宅していて、村里悦子の頼みを聞き入れることができた。このときもやはり、彼女にとって都合のよい偶然が働いたのだろうか。彼女は最初からどんなつもりも持たず、ただ例の、中学時代のシスターの教えをもとに自分で解釈を広げた「真理」に従って行動したのだろうか。いま自分がやろうとしていることに重大なあやまちが含まれているなら、それを戒める力が生じるだろう。たとえば娘を預かってくれる人間は見つからないだろう。そのため自分はアリバイ作りにどこへも出かけることができなくなるだろう。しかし私がいた。ご近所づきあいの頼み事なら簡単に引き受けてくれる男が隣に住んでいて、嫌な顔ひとつせずに「ちあきちゃんは僕に任せて、息抜きに出かけてくれればいい」と言ってくれた。普段は着ることのないコーデュロイのジャケットに、あとはマフラーを首に巻いただけの軽装で、ひとりで一階の駐車場への階段を降りながら、両手をポケットに入れて駐車場を通り抜けマンションの外の道へ出ながら、彼女はこれから何時間かのあいだに起きることは正しいことなのだと自分で自分を勇気づけていたのだろうか。「もし戒める力がどこにも見つからなければ、いまあなたがやろうとしていることは、あやまちではない」という村里悦子が自分で考え見いだしていた人生観。その夜、約束通り、おそらく約束通りに起きるはずだった出来事。そして現実に起きてしまっている殺人事件。事件当夜、彼女が信頼していたのは、自分自身の頭の中にあるひとつの人生観だったのか、それとも果たすのが困難な約束をし、実行してくれたひとりの人間のほうだったのか。私はいまそんなことを考えている。

前にも述べたように事件の夜、千野美由起の機嫌は悪かった。久しぶりに職場以外の場所で顔を合わせたというのに、私たちのあいだには会話らしい会話も成立しなかった。村里ちあきのお子様ランチの食べ方、デザートのプリンを食べる順番、要は食事のしつけということで彼女がその場にいない娘の母親に難癖をつけ、私が、四歳の娘が何をどんな食べ方をしようと目くじらをたてるほど重大ではないだろうし、しかもそのしつけは「よその家庭の問題」のはずだと言い返したくらいのものだった。

先に千野美由起を自宅に送ってゆく途中、後ろの座席にひとりでいた村里ちあきが寝息をたてはじめたので、たいした時間ではなかったが私たちはようやく恋人どうしの話ができた。口火を切ったのは彼女のほうで、正月に、あたしの叔母とお酒を飲んだことをあたしに隠す理由が何かあるのか？　というひねくれた質問から始めた。むろん隠す理由など私にはなかった。

「その話なら叔母さんから聞いてるんだろう」

「でもあなたからは聞いてない」

「職場でする話じゃないから」

「職場でなくても話そうと思えば話せたでしょう」

後ろの娘を起こさないように私たちは小声で話していた。

「先月」と私は指摘した。「話す機会はあったけど、きみが僕の誘いを断った」

「一回だけね」千野美由起が用意していたかのように答えた。「たったの一回だけ。しかもあたしの仕事の都合でね。親戚に不幸があったひとがいたから、日曜の身柄当番を代わってあげただけじゃないの。叔母とはどんな話をしたの？」

「おもにセックスのあとの話。終わったあとすぐに寝てしまう男がいるという話」

「何よそれ」

「おもにきみの話だ。ほかにどんな話をすると思う。言わなくてもわかってるだろう」

「叔母はなんて？」

「きみは僕との結婚を迷っている」

私は実をいえばこのときも千野美由起の左手に注意を向けていた。だが運転中ではあるし、車内は暗く、じっくり観察することはできなかった。

「迷ってるもなにも」と千野美由起は軽くいなすように答えたと思う。「正式にプロポーズされたおぼえはないし」

「職場でしか会えないのにプロポーズなんてできるわけがない」

「今夜だってね、あなたが」千野美由起の口調から軽快さが消え、さらに声が低まった。「この子を連れてくるからこんなことになる。今夜は、あたしはふたりきりで会いたかったのに」

「仕方がないだろ。急に村里さんに頼まれたんだから」

「仕方がない仕方がない。村里さん村里さん村里さん。去年からずっとそう。ずっと続いてる。仕方がないだろ仕方がないだろって、お隣の夫婦喧嘩《ふうふげんか》のせいであたしたちは邪魔ばかりされてる」

「本当にふたりきりで会いたかったのか」

「何？」

「いま今夜はふたりきりで会いたかったたって言ったろ」

「さっきの叔母の話だけど、あたしも口癖みたいに聞かされてる。セックスしたあと、相手の男がすぐに寝ちゃうって話。精も根も尽き果てて」

「僕だって本当はふたりで会いたかったんだ」

「でも、いつもお隣の邪魔が入るのね」

車はすでに千野美由起の自宅の近くに来ていたのでゆっくり考えている暇はなかった。

「十時過ぎに迎えに来たら、もう一回外に出れるか？」

「無理よ。一回帰ってまた出かけるなんて」

「じゃあこのままうちへ行こう。あとでホテルへ行ってもいい」

千野美由起は後ろの座席を振り返って、少しだけ迷う表情を見せ、それから首を振った。

「だめ。どこに行ったたって良い事は起こらない。今夜はそんな気がする。あたしが行けば母親の帰りは絶対遅くなるし、真夜中までこの子のお守りをさせられることになる。またブラウスを汚されるかもしれない」

「あとで迎えに来るよ。門の前に車を停めてクラクションを二回鳴らす」

「馬鹿なことやめて。明日ふたりでゆっくり話しましょう。明日の午前中、待ってるから、電話して。もしお隣の邪魔が入らなければ」

「邪魔邪魔邪魔」彼女の意図的にくり返す言葉づかいに私はうんざりした。「そんなにこの子が邪魔か？」

「ただ不吉な予感がするの。昔々、あたしたちがうまくいってた頃には、どんな邪魔も入らなかったでしょう。去年まで、あなたの部屋の隣にあの家族が引っ越してくるまでは。憶えてる？」

「叔母さんは結局、その男とは別れたのか？」

「何の話よ」

「さっきの続きだよ、叔母さんのセックスの相手、終わったあと必ずひと眠りする男の話」

「ううん、まだ続いてるみたい」

千野美由起は意外にもすらすらと答えた。

「その気になれば眠ってるあいだにいつでも絞め殺せる、なんて言いながら何年も続いてる。相手には奥さんもいるらしいんだけど」

「セックスのあとで、絞め殺す？」

「簡単そうでしょ？　でも冗談よ」

「わかってる」

車を千野美由起の家の前に停め、私は後ろで眠っている村里ちあきを揺り起こした。千野美由起が黙って降りてゆき、村里ちあきを助手席に移してから私は車を出した。車を出す前に恋人にむけて片手をあげて見せた。明日ふたりでゆっくり話しましょう、という千野美由起の提案に応じたつもりだった。

二月十九日月曜日、私は検察庁へ出勤した。

出勤してみてすぐに、当然だが、土曜日に起こった事件が庁舎内に知れ渡っていることがわかった。

検察事務官としての直属の上司から具体的にどんな言葉をかけられたのか、もうはっきりとは憶えていない。「調べ室」と職員のあいだで呼ばれる部屋があり、そこに当時の私はある検事とふたりでデスクを並べ、いわば執務室として使っていたのだが、その同部屋の検事からも事件についてくどくどと訊かれることはなかったと思う。私は図らずも事件にかかわってしまった人間として、要は死体の第一発見者として、多少の好奇の目を集めはしたはずだが、それでも役所に勤務する大半の仲間たちからは放って置かれた。彼らは事件にかかわりのある人間など見慣れているのだ。もし必要なときが来れば、事件を担当する検事が本気を出し、調べるべきことをきっちり調べあげるだろう。それまで私はさらのまま放って置かれるのだ。一般の参考人と同じように、自分の仕事場で普段の月曜日の仕事を続けることが許されるのだ。

しかし千野美由起は例外で、私の顔を見れば事件のことにも触れないわけにいかなかった。調べ室のドアが左右両側に並んだ廊下の途中で、私たちは午前中と午後と一回ずつすれ違い、二回とも言葉をかわした。午前中に会ったとき、千野美由起は「おはようございます」と他人行儀な挨拶を私にした。私はひとこと謝った。日曜日の朝、電話をしなかったこと、ふたりでゆっくり話す時間を持てなかったことについて謝ったつもりだった。

午後に廊下ですれ違ったときには私のほうから彼女の背中に呼びかけて、振り向かせた。

「今夜、会えないか」

すると千野美由起は廊下の端から端まで見渡し（声の届く距離に人がいないことを確認したかったのだろう）、こう答えた。

「仕事が終わったら警察に呼ばれてるのよ」

「わかってる。土曜の夜のことを形式的に聞かれるだけだよ。僕はきみと村里さんの娘と三人で食事をした。事実を話したからその確認を取りたいだけだ」

片手に抱えていた書類ファイルを千野美由起はもう一方の手に持ち替えた。それからひとつ深いため息を私に聞かせた。

「そうじゃないの。その話はもうきのう聞かれた」

「じゃあ何だろう。警察は何の話をきみから聞きたいんだろう」

「知らないわよ」

「じゃあその話が終わったあとで。そんなに長く時間はかからないだろうし、ふたりで晩ご飯でも食べよう」

「ごめんなさい。そんな気になれない。ふたりで晩ご飯なんて。土曜日に人がひとり殺されてるのよ。それもあなたのよく知ってるひとの夫が。あたしたちはもう、しばらく会わずにいるほうがいいと思う」

「どうして」

調べ室のドアがひとつ開き、同僚の検察事務官が出てきて軽く頭を下げて私たちのそばを通り過ぎた。私はかまわずに千野美由起の答えを待った。

「だって殺人事件のあとで晩ご飯なんて」

「だったらお茶でも飲もう」

「同じことよ。当分、会わないほうがいいと言ってるの」

「だからどうしてだ」

「言ったでしょう、もう何べんも。邪魔が入るのよ、あなたと一緒にいようとすると邪魔が入って苛々する。あの家族がお隣に引っ越して来てから、頻繁に。それがあたしには、あたしたちの未来にとって、不吉に思える。ずいぶん我慢してみたけど、どうしても、最初の頃のようにはうまくいかない。うまくいかないのは、あたしたちが会うのが間違っているのかもしれない。あたしたちが会うことじたいが、もしかしたら不吉なのかもしれない」

私にはこのとき自分の恋人が何を語ろうとしているのか理解不能だった。私には、ただ彼女がジンクスとか験かつぎとかについて冗談を喋っているとしか思えなかった。つまりこういうことだ。私たちが一緒にいようとするとたいてい邪魔が入る。一緒にいようとするたびに邪魔が入るのは、もともと一緒にいようとすることじたいが間違っているのだ。それは自然の成り行きに反した行為なのだ。

私の目に突然、千野美由起が迷信深い、愚かな女として映った。なぜ国家公務員としてまともに仕事をこなしている女が、私たちふたりの将来の問題になるとこんなふうに始末におえない考え方をするのだろうか。それはまるで、千野美由起が毛嫌いしている村里悦子の考え方と双子のようだった。大きなあやまちを犯そうとしている人間がいる。すると必ずどこかから戒めのサインが送られて来る。

なぜ彼女たちは揃いも揃ってそういう考え方を採ったのだろう。普段から信仰心があついわけでもないのに、熱心に宗教にかかわっているわけでもないのに、神の存在など信じているふうでもないのに、なぜ、自分の意志よりも、理屈では説明できない別の何かに信を置いたのだろう。その存在すら証明できない何かの、意志のようなものに頼りたがったのだろう。私にはわからない。当時もいまも、よくわからない。もしかしたらそれは彼女たちの、自分自身に対する、世間に対する、あるいは単にこの私に対する、自分のおこないを正当化するための言い逃れに過ぎなかったのだろうか？

二月十七日、事件当夜。

日記には詳しく書かなかった事実の断片が記憶として保存されている。

私は村里悦子の蒼白な、表情にとぼしい顔を憶えている。駐車場の隅に打ち捨てられていた夫の死体を彼女が確認したあとだったろうか、それとも、予定の十時よりも遅れてマンションに帰り着き、すでに駆けつけていた警察や集まった野次馬に驚きながら事件を知った直後、まだ夫の撲殺死体を目にする前だったろうか、私は一度だけ村里悦子と顔を見合わせ、視線を絡ませた。表情に変化らしいものが見えたのはそのときだけだ。私のそばには娘のちあきがいて、村里悦子は娘の身体に触れるため、そして自分のマフラーを娘の首もとに巻いてやるために歩み寄ったのだが、そばへ来て身をかがめる寸前に、彼女は私の目をとらえ微かにうなずいて見せた。

それから彼女は警察の人間にともなわれて、娘とともに駐車場から階段を使って二階の部屋へ上っていった。私はそのときこう考えていたと思う。階段を上っていく途中で、さきほど私が嗅ぎ取った匂いに気づく者は誰もいないだろう。なぜなら村里悦子はそれと同じ匂いを身にまとっているから、一時間前にそこに残り香がただよっていたとしても、たとえいまも同じ匂いがそこにただよっているにしても、もう誰にも嗅ぎ分けることはできない。それから警察の人間が私の横に立ち、一一〇番に通報したのはあなたですねと言った。よろしければ詳しくお話をうかがいたい。

私はかまわないと答え、二階の自分の部屋へ案内するために、さきほど村里悦子がむかった階段のほうへ歩いた。古堀さん、古堀徹さん？　と刑事の声が言った。いちど検察庁で会ったことありますね。私はろくに返事をしなかった。私はただ村里悦子の香水の匂いのことを考えていた。それとただ一度、村里悦子の無表情な目に光が宿った瞬間、私にむかって微かにうなずいて見せたときの顔つきの意味を考えていた。古堀さん、あなたにはわかるでしょう？　彼女はそう語っているようだった。悲嘆にくれる演技などあたしはしない。もともと死んでくれたらいいと思っていた、この男の死を悲しみなどしない。彼女はまるで私に、私にだけそう伝えたがっているようだった。これでいい、と彼女は私にうなずいて見せた。なるべくしてこうなったのだから。今夜ここで起きたことはぜんぶ正しく、ぜんぶあたしが望んだことだ。その一瞬の目つきは私に、先月、彼女が口にした血路という言葉を連想させた。

第11章　事件の核心

四月にはじめて携帯電話を買ってからも私の生活にさして変化はなかった。私の番号を知っているのは同じ職場の戸井直子と、あとは村里ちあきだけである。電話番号を教えあう新しい相手も現れないので、かかってくるあてもない。朝、出勤のときに持って出るのは出るけれど、鞄に入れっぱなしで、ときには帰宅してもそのまま二三日過ぎてしまうこともある。必要なとき以外は開いて見ることもなかった。

必要なときというのは、買ってすぐに一度だけ村里ちあきにこちらの番号とアドレスを知らせるためのメールを送信したときと、五月に飼い犬のみつの写真を撮影したとき、思い出してみてもそのくらいしかなかった。村里ちあきからはその後、「登録しておきますね」という短い挨拶の返信が届いてそれっきりだった。

だから六月のなかばを過ぎて、ある日必要があって携帯を開けたとき、留守番電話にメッセージが入っていることを知らせるアイコンを見つけて大いに驚くことになった。戸井直子なら職場で私をつかまえて話せばすむことなので、きっとメッセージを録音したのは村里ちあきのほうだろう、と私は想像をつけ、ちょうどちあきに連絡を取る必要があって携帯を手にしたところだったのでタイミングがいいと思い、そのメッセージを再生してみて、さらに驚いた。

……サオリです。突然すいません。そろそろお会いできる頃じゃないかな、と思ってかけていますが、この電話、もしかしてご迷惑だったでしょうか。今月もお会いできるのなら、いつもの番号ではなくて、着信表示に残っているこの番号に連絡をください。

サオリの声に違いなかった。

私はこれを金曜の夜に自宅で聞いた。メッセージが録音されたのはその日の昼間のようだった。役所の給料日が十六日で、その週か翌週の土曜日に会いに出かけるのが決まりのようになっていたから、録音にある「そろそろ」という言葉づかいは私の気持にそくしても適切だった。五月に会ったとき、彼女がホテルを出がけに冗談めかして口にした台詞を、というより彼女が知るはずのない私の職業を知っているという事実を、まったく気にかけないではなかったが、それでも私はこの違法行為からいますぐ足を洗うことはできないだろうと自分でわかっていた。すでに常習犯なのだ。

サオリからの電話は少しも迷惑ではなかった。ただ、なぜ私にわざわざ電話をかけてきたのか、なぜいつもと違う番号に連絡をくれと頼むのか、それともう一点、当然だがなぜサオリが私の携帯電話の番号を知っているのかという疑問にひっかかりを覚えただけだった。あるいは、彼女は私以上に先月の件を気にかけているのかもしれなかった。先月の例の冗談めかした台詞を、聞かされた私よりも口にした本人のほうが、いまになってよほど繊細に気にかけているのかもしれず、そう考えれば、私の覚えたひっかかりのはじめの二つは解消するのかもしれなかった。サオリは私の迷いを見越して電話をかけ、留守電に特別扱いのメッセージを吹き込んだのかもしれない。もしサオリから電話がかかっていなければ、私は本当は迷っていたのかもしれない。この違法行為をいつまで続けるつもりなのか？　と自分に問いかけて、深く迷って、いつもの場所へは結局、行きそびれていたかもしれない。

金曜の夜、私は自宅から留守電の指示通りに電話をかけた。そして翌日の昼間、いつもより二つ手前の駅でサオリと落ち合う約束をした。常習犯としていまさらの話ではあるが、いつもの手順に少しでも変化をつけることは、そのほうが人の目をくらませるし、人の記憶に残りにくいという意味で私にはむしろ好都合だった。

金曜の夜、サオリに電話をかけるより先に、村里ちあきにメールを送信した。お母さんと連絡をつけてもらえないだろうか、できれば、短い時間でいいから会って話をしたいのだが、それが可能かどうか訊ねてみてもらえないだろうか、といった内容だった。それとは別に直接、電話で村里ちあきに、十五年前の事件当夜のことをどれくらい詳細に憶えているか訊いてみたい衝動にもかられたが、冷静に考え直して、無駄だと自分に言い聞かせた。彼女は四月に私の家に泊まったとき、憶えていることは洗いざらい私に喋ったに違いなかった。当時四歳だった娘から聞き出せる新事実はもう残っていないだろう。

メールの返事は翌日の午後、台所でみつと一緒に昼食をとっているときに届いた。「母と話してみるので少し待ってください」と村里ちあきは書いていた。あれから母親の村里悦子は再婚して、名前も九木悦子と変わり、ちあきの異父妹にあたる子供を産んでいる。十五年の歳月が流れているのだ。私という人間は九木悦子にとっては大昔、たまたま同じマンションの隣人であったという遠い存在に過ぎない。私のことを説明するにも村里ちあきには時間が必要だろう。母と話してみるので待ってください、ではなくて、母を説得してみるので待ってくださいと書かれているような、困難な感触を私はそのメールから受け取った。

土曜日、昼食後に私は駅へ行き、いつもの電車に乗った。降りる駅が手前になっただけで、降りたあとの手順は変わらなかった。サオリの運転する迎えの車が来ていて、私は助手席に乗りこんだ。車中は会話らしい会話もなく、梅雨入りしたばかりの曇天の空のしたを数分走って初めて見るホテルへ連れていかれた。

部屋に入ると、サオリは例によって演技とも本気で照れているとも見分けのつかない曖昧な笑顔になった。ベッドの隅っこに腰かけて、ジーンズから覗いた小さな足を交互に揺らしてみせた。左右の踵でしっかりと架空の水面をたたいているような揺らし方で。私はいつもと同額の紙幣を用意し、置ける場所を探して置いて灰皿を重しに載せ、腕時計をはずしてその横に置き、ベッドの彼女の前にひざまずいた。両足の揺れがやんだので、足首をつかみ、ジーンズの裾をたくし上げてソックスから脱がせにかかった。そしてその後、一時間ほど、村里母娘のことも十五年前の殺人事件のこともすべて忘れて常習にふけった。

終わったあと、これもいつも通り、ようやく私たちは言葉をかわしはじめた。最初から延長分こみの金額を渡すようにしているので、すぐに背を向け合って着替える必要もない。飼い犬のみつに変わりはないか？　特にない、という話や、借家の石垣に咲く花の季節は終わったのか？　いやまだ色を変えずに咲いているという話。そういった先月からの続編という感じの短い質問と回答のやりとりが続き、そのあたりでサオリがタバコを吸うためにベッドを離れた。

裸足《はだし》でカーペットの上を歩きまわる音、冷蔵庫を開け閉めする音が聞こえ、浴室のわきの洗面所で、備え付けのドライヤーのスイッチがONになった突風の音がほんの一二秒で消えた。私はそちらを見ずに、ところでどうやって携帯電話の番号を知ったのか？　という質問をした。答えはよく聞き取れなかった。その話の真っ最中に、サオリの声も気配もふっとかき消えてしまい、私が頼りなくベッドの上で身を起こすと、浴室からシャワーを使う音が聞こえてきた。仕方なく私はまたベッドに身体を沈めて待つことにした。これまで、終わったあとでサオリがゆっくりシャワーを浴びる時間などあっただろうか、と過去の一場面一場面を思い出しながら待ちつづけた。そのうちに私はうとうとしたのだと思う。

石鹸の香料の匂いが鼻先に来るのと一緒に、ねっとりとなま温かい手のひらが頬に触れたので意識が戻った。古堀さん？　とサオリの声が言った。寝てたの？

「どうやって僕の携帯の番号を調べたんだ？」

「まだ言ってる」

「ずっと答えを考えてたんだ」

「嘘ばっかり、寝てたくせに。ベッドで寝てしまうなんて、気を許しすぎよ。もしあたしが悪人だったら寝首をかかれてるとこよ。寝てるまに、命はうばわれないまでも、財布盗まれてホテルを出るに出られなくなってるかも」

「きみを信頼しているんだよ」と私が何げなく言い、

「信頼って？」とテレビのリモコンをいじっていたサオリがすかさず聞き返した。

信頼。たとえば、言ったことを言ったとおりにきちんとやれるひと。私は十五年前の、村里悦子の言葉を頭の中でなぞった。いったい、あのとき彼女の胸のうちにあった、信頼できるひと、とは具体的に誰のことだったのだろうか。

「寝ぼけてるの？」サオリが私の目を覗いて表情を読もうとした。

「相手がきみだから安心したんだよ」

「信頼って言ったでしょ。信頼って何？　友達どうしみたいにつきあえること？」

「きみには信頼できる友達がいるのか」

「いま古堀さんとあたしの話をしてるのよ」

「そう大げさな話じゃない。シャワーが終わったら、きみはきっと起こしてくれる。僕の命をうばうとか残酷なことはしないし、ひとりで帰ったりもしない。長いつきあいだからきみのことはよくわかっている」

「おたがいに相手の秘密も握ってるしね」

私は苦笑いをして話を戻した。

「どうやったんだ？」

「電話番号のこと？　先月、飼い犬の写真を見せてもらったでしょ、携帯で。そのときにちょこちょこっとキーをいじって電話番号を見せてもらった。それをその場で記憶しただけ、種も仕掛けもない」

「きみは頭がいい」

「ぜんぜん気づかなかったの？」サオリはまた浴室と洗面所のあるほうへ歩いて行った。

「ああ。でも、考えてみればそれしか方法はないな」

「そう思うなら古堀さんだって頭は悪くない」

「いや、僕は血のめぐりが悪い。いまにはじまったことじゃないけど。対等の立場、ってどういう意味だと思う？」

「こんどは何の話をしてるの」

「まだ信頼の話。殺したいほど憎い人間がいると仮定する。でも自分で人殺しはできない。第三者に殺人を依頼するのも大きな危険がともなう。依頼して、仮に実行されたとしても、そいつとの危うい信頼関係に一生しがみつかなければならない。へたをすれば一生、相手に弱みを握られることになる。だから誰かに人殺しを頼むのも怖い。ただし、例外があって、その誰かが自分と対等の立場にある人間なら、話は別になる。そういう人間になら殺人の依頼も可能になる。つまり信頼しあえる。この場合、対等な立場ってどういうことだろう」

「そのまえに、殺したいほど憎い理由は何なの？」洗面所での動きがやみ、サオリがこちらに注意を向ける気配があった。

「そうだな。うん、きみの言いたいことはわかる。殺したいほど憎い理由があるのなら、人は自分の手でその相手を殺すだろうな。理由は忘れてくれ。理由は何であれ、邪魔なんだ。邪魔だから始末したい人間がいる。でも自分では手をくだせない。これは現実の話じゃない。そういう設定の物語」

返事がないので、私はシャツとトランクスを探して身につけ、ベッドを降りる前に腰かける姿勢になった。足もとに揃えてあるビニールのスリッパを履こうかどうか迷っていると、裸足のサオリが戻ってきた。ここへ来たときの服にはまだ着替えずに、くすんだピンクの、タオル地の、膝丈のローブ姿のままだ。ただし膝丈は平均的な体格ならという意味で、サオリの背の低いぶん、ローブの裾は臑《すね》にかなり近いあたりまで垂れている。

「そういう設定の物語？　ゲームみたいなもの？」

「ゲームでもいいよ。答えはどうなると思う」

「古堀さんも帰るまえにシャワー浴びたら？」

「ちなみに主人公は女性だ。殺さなければならない人間がいるのに、自分では殺せなくて困っているのは若い女性。きみよりもっと若い」

「その若い女性が、対等の立場の相手を求めているわけね？」

「そうとも言える」

「殺人の依頼ができて、信頼もできる相手を」

「そう」

「まったく対等でしょ？　それは、こうじゃない？　その相手のひとは、やっぱり若い女性で、殺さなければならない人間がいるのに、自分では殺せなくて困っているの。それで、そのひとも殺人の依頼をする相手を求めているんじゃない？」

もう一度シャワーを勧められて、入れ替わりに私は浴室のほうへ歩いて行き、身につけたばかりのシャツを磨《す》りガラスのドアの前の狭いスペースで脱ぎかけたところで、さらに質問を一つした。

「人を殺したいと思っている女がふたりいればいいわけだね」

「若い女がふたり」

「年齢は対等の条件からはずそう」

「どうして」

「別に理由はない。そういう思考ゲームなんだ。ひとりは男じゃだめかな」

「性別は対等の条件からはずせないんじゃない？　相手が男だとね、やっぱりふたりの立場は対等にはならないと思う、体力や腕力の差もあるし。おたがいのために殺人を犯して、その後も強い信頼関係で結ばれるわけでしょ？　もしかしたらそこに恋愛感情だって絡んでくるかもしれない。感情には強弱があるかもしれない。対等な恋愛関係なんてあり得ないよね？」

「そうだな」

浴室内へ足を踏み入れてドアを閉め、シャワーの栓をひねった。温度が上がって一定になるまで時間のかかりそうな冷水を手のひらの先で受け、勢いだけは充分にほとばしって床のタイルを打って流れ続ける水音を聞きながら私はしばらく考え事をしていた。ひとことで言えばそれは、十五年前に村里悦子が殺人を犯した可能性、しかも「死んでくれたらいい」とまで当時思っていた自分の夫をではなく、見ず知らずの誰かをかわりに殺した可能性についてだった。これまでにも何度か自分で追究してみた可能性だったので、ある程度までの筋道は容易にたどることができた。

石鹸を使ったかどうかも思い出せないままシャワーを止めて私は浴室を出た。脱衣籠に用意されたバスタオルで水気をふきとり、ローブをはおり、ベッドのある部屋に戻った。サオリはすでにここへ来たときのジーンズをはきなおして身支度を終えていた。

「つまりこういうことだね」と私は頭の中を整理するためにサオリに言った。「誰かに殺人を依頼すれば、依頼者と実行者という危うい関係が一生残る。そのことで相手からは一方的に、弱みを握られる危険性もある。ところが、一方的にではなくて、もし両方がたがいに殺人を依頼しあえば、そしてそれが実行されれば、同じ弱みを持つことになる。それは対等の立場ということになる」

「同じ弱みを握りあう。そうなれば相手を信頼するしか方法はなくなる」

「わかってる。もうきみの言いたいことはわかってるんだ」

「一蓮托生《いちれんたくしょう》になるのよ」

「自分だけ手を汚さないわけにはいかないからな」

「うん、裏切りはあり得ない」

「ふたりとも、それぞれ殺さなければならない人間がいる。で、たがいが、たがいに殺人を依頼することで、そしてたがいに実行することで、相手の信頼を勝ち得る。でも、何のためにそんなことをする？」

「自分では殺せない、そういう設定だからでしょ？」

「殺しても自分が警察につかまらないためだ」

「殺人が起きても自分が警察に疑われないようにするため」

「そう。同時に殺すのか？」

「ふたりとも警察に疑われないようにするためなら、同時には殺せないでしょ。時期をずらして、殺人の日時を教え合うことで、おたがいのアリバイを成立させなくちゃいけないから」

「うん」

「あたしは殺人事件の晩、そこにはいませんでした。あたしはその時刻、別の場所で別のひとと会っていました。そのひとに聞いてもらえばわかります」

「仮に、殺人の対象が一方の女性の夫だとする。夫が殺された場合、警察は夫婦関係を調べて真っ先に妻を疑うだろう。でも、そういうアリバイがあれば警察は見逃してくれるかもしれない。いや、警察は、彼女が誰か第三者に頼んで夫を殺させたとは疑わないのか？」

「もちろん疑うと思う。だから、彼女とその第三者、もうひとりの女性とのつながりが見えないようにしないといけないのよ。殺人を依頼しあったふたりは、世間的には見ず知らずの他人のほうがいい。古堀さんもそろそろ着替えたら？」

ベッドの上にざっと畳まれてあったズボンと開襟シャツをつかみ、夏物の上着だけは気まぐれにハンガーに吊るしてあるのを横目で見て、私はまた洗面所のほうへ戻った。

「見ず知らずの他人って、具体的にはどういうことだろう？」

「たぶん同じ街の住人じゃないよね」

「別々の街に住んでいる他人なのに、どうやって殺人の相談をする？　だいたい見ず知らずの他人どうしがどこで出会うんだ」

「たとえば旅行中の電車の中とか。同じコンパートメントに乗り合わせて、自然に言葉をかわすの。言葉をかわすうちにおたがいの身の上話になる。ふたりとも、身近な人間のなかに殺してしまいたいと思うくらいの邪魔者がいる。でも、殺してしまいたい、と思うのはよくある言葉のあやで、もちろん自分の手で本当に殺せるわけじゃない。じゃあ、試しに、こういうアイデアはどうだろう、とひとりが提案する。この私があなたにとっての邪魔者を始末するから、かわりにあなたは私にとっての邪魔者を始末してくれませんか。あなたと私は電車に乗り合わせただけの他人どうしだから、つながりは皆無だし、あなたの身近な人間が殺されても私に疑いがかかる恐れはありません、だって私にはそのひとを殺す動機がないんだから。あなたのほうも、当日のアリバイさえ用意できれば疑われない。逆のケースもまったく同じで、私の身近な人間が殺されたとしても、あなたに容疑がかかる心配はない。私の家族も友人たちも、全員が誰もあなたの存在じたい知らないんだから。わかる？」

「理屈はよくわかる」

「いまのは映画の中の話だけど、うまく考えたものよね」

「そんな映画をどこで見つけてきたんだ」

「ヒチコックよ」

着替えを終え、洗面台の鏡にむかって後頭部の寝癖を撫でつけてから部屋へ戻り、ハンガーの上着をはずして腕を通した。サオリは消音にしたテレビの画面に目をやっている。

「交換殺人ということだね」

「なんだ、知ってるじゃない」

「ヒチコックは検察事務官の試験にも出題されるのでね」と私はジョークのつもりで言い、こう話をつづけた。

「でもその計画には、うまいこと考えたように見えても、落とし穴がある。邪魔者を始末するって言葉では簡単に言えるけど、現実の問題として考えると、決してひと殺しは簡単じゃないだろう。自分では殺せないというときの意味は、自分で手をくだすと警察に真っ先に疑われる危険という以前に、ひとを殺す、その行為じたいの難しさを指してるんじゃないのか。一対一で向かい合ったときに、人間の命をうばう、息の根を止める、いったいどうやってそれができると思う。すくなくとも僕には、どうやればできるか、やってみせる自信がない。しかもさっきから僕が話しているのは主人公が女性の物語だし、現実の問題として、かよわい女がどんな方法で男を殺す？」

するとサオリはテレビの前で立ったままタバコを吸っていたのだが、両手でリモコンを扱うためにいったんくわえタバコになり、電源を落としたあとで煙に顔をしかめて私を振り返った。

「現実の問題として？」とサオリは聞き返した。「だったら、ひと殺しの行為じたいが難しいとかいう以前に、ひとを殺そうと決心することにためらいはないの？　ひととしての」

「うん、ためらいはない。その人間を殺そうと行動をおこしたときに、最後まで何も妨害が入らなければ、もともとその人間は殺される運命にある。彼女はそういう考え方をする。でもひとを殺すのは決して簡単ではない」

私たちはしばし顔を見合わせて黙った。

「さっき言ったでしょ？　気を許してたら寝首をかかれるかもって」

「ああ」

「半分はまじなのよ。古堀さんは無防備すぎるって思った。はっきり言うけどね、もしその必要があれば、セックスのあとベッドで眠ってる男はわりあいあっさり殺せると思う。そりゃ言うほど簡単じゃないかもしれないけど、ためらいさえなければ、起きている人間よりはずっと殺しやすいはずでしょ、無抵抗なんだから。たとえばの話、殺す相手の顔が見えるのがいやならシーツをかぶせて、ナイフで胸を」

「どこにナイフがある」

「バッグの中。最初から殺すつもりならね」

「つまり、最初から殺すつもりの男とセックスをするのか？」

「する。そうすれば男は気を許すだろうし、セックスのあとでさっきの古堀さんみたいに眠ってくれるかもしれない。最初から殺すつもりならそれがいちばんじゃない？あたしならそのくらいやる」

「そうか」

「そうよ」

村里悦子もそうだったのだろうか？

私は腕時計を手首に巻きながら考えてみた。十五年前の村里悦子にもこれと同じ発想があったのだろうか。あるいはその発想は、もうひとりの、彼女と対等の立場にあった女性によって植え付けられたのだろうか。「セックスをすると、したあとだけど、男のひとはすぐに眠くなるもの？」と村里悦子が私に馬鹿げた質問をしたときにはすでに、ふたりの女によるふたとおりの、本物の殺人計画が進行していたのだろうか。最初から殺すつもりでバッグの中に凶器を忍ばせ、見ず知らずの男に近づき、男の意のままになってみせる。ただその男を眠らせて殺すという目的のために。そんな荒唐無稽な筋書きを現実に彼女たちは書いたのだろうか。「そうよ」とサオリは言う。だがサオリは金を貰って男と寝ることを常習にしている女だ。サオリなら思考ゲームとしてではなく現実にもそのくらいやってみせるかもしれない。が、当時四歳の娘の母親であり専業主婦でしかなかった村里悦子にそんなまねができただろうか。

私は腕時計に目をやった。

「延長の時間を過ぎてる。変な話につきあわせて悪かったね」

「ううん」と首を振って、サオリがこう言った。「今日は平気、最初からまたやりなおしても今日はかまわないのよ、部屋に入ってきたとこから」

私はまた苦笑いをして、ベッドの枕もとの電話をフロントにつないでチェックアウトを言いつけた。そのあとで、サオリに余計な質問をした。自分では冷静なつもりでいても、十五年前の事件の謎について考えをめぐらせるうちに心の波の高まりがあったのかもしれない。受話器を戻したあとでふいに思いついて訊ねた。

「おたがいの秘密を握ってる、きみはさっきそう言ったけど」

「ええ」

「僕の職業以外に何か知ってる？」

「何も」

「じゃあ、きみのほうの秘密というのは……」

「今日のこのこと。車で駅まで送っていくね」

「いつかお金を貯めて、花屋か何か、自分の店を持つ夢を語っていたんじゃなかったか。僕の記憶では、会ったばかりの頃」

サオリは眉をひそめてみせた。

「古堀さんと将来の夢の話を？　そんな話をした憶えはぜんぜんない。あたしが花屋さん？」

「いま将来の夢がある？」

と訊いてすぐに、自分がこの女の将来の夢になど少しも関心を持っていないことに気づいた。むろん訊かれたサオリのほうも気づいたからおざなりに答えたのだと思う。

「その質問は冗談よね？」

「どんな夢」

「将来はね、あたしは小さな可愛いおばあさんになる」

それだけ言い、灰皿を私の手に押しつけて、部屋の出口へ歩いていった。

そのとき私は旭真理子のことを考えていた。サオリのおざなりな返事を聞き、自分の軽率が原因で白けた気分を味わいながら、しかし何十年か後、彼女は現実に小さな可愛いおばあさんになるかもしれない、長生きさえできれば、昔、金を受け取って男と寝ることを常習にしていた、そのことを誰も知る者のいない、小柄な老婆になるだろう、と私は冷酷に思い、それから次にもうひとり、私の知っている小柄な女である旭真理子のことを考えていた。

四月に村里ちあきから聞かされた十五年前の記憶。

すべてはそこから始まっている。

当時東京で、村里ちあきと母親の悦子のそばにいた女性は誰なのか？　大雪で立ち往生した電車に乗り合わせて母娘の面倒を見た女性、真冬の洗足池公園で話し相手になってくれた女性、ふたりは同一人物だったに違いないのだが、いったい誰だったのか？　そのことを私はずっと考えつづけてきた。自分じしんの十五年前の記憶とつきあわせながら。

もう一つ、十五年前の、私たちのマンションで起きた殺人事件の当日に、村里悦子が口にした「信頼できるひと」、それは具体的に誰だったのか。当時の私はその相手が男とばかり思い込んでいたのだが、あらためて記憶とつきあわせると女性であった可能性が浮上してくる。しかもその女性と、東京で村里母娘を親身になって世話した女性とは同じ人物である可能性が高い。なぜなら当時の村里悦子の周辺には、どんなに丹念に記憶をたどってみても、「信頼できるひと」と呼ぶにふさわしい人物は、特に男は私をのぞいてほかに見当たらないからである。

当時の村里悦子には、わずか二泊の東京旅行から持ち帰った言葉の土産がいくつかあった。それはたとえば血路、また対等の立場という言葉であり、信頼、というありきたりの言葉もその中にふくまれていた。いまの私には想像できる。寒空のした、洗足池公園のベンチに腰かけてふたりの女性が話しあっている。少し離れたところでミトンの手袋をはめて雪遊びをしている少女を目のはしにとらえながら。その話しあいは大雪に降りこめられて大森海岸駅近くのホテルに泊まった前夜からの続きだ。その女性はもの静かな語り口で、ゆっくりと言葉を選んで、村里悦子に話している。話しているというよりも、血路や、対等の立場や、信頼といった単語を用いて辛抱強く説得にあたっている。

「お父さんのあれが始まったら隠れなさいと、娘に一生言いつづけて暮らしていくつもり?」

村里悦子は強く首を振る。

「できるものならそんな一生は送りたくない。娘のためにも」

「だったら、やるしかない。自分で血路をひらくしかないのよ。ゆうべも言ったように、あたしが協力する。邪魔者を排除しましょう。信頼して任せて」

「でも、あたしは言われた通りのことができるかどうか」

「だいじょうぶ」その女性は村里悦子を追いつめ、説得の仕上げにかかる。「心配するほど難しいことじゃないから。あなたの場合は、あなたのやるべきことは、ただベッドで眠っている男を二度と目覚めさせないようにすること」

一晩、たった一度だけ、男に身をまかせる覚悟ができれば、そして眠った男の胸にナイフを突きたてることができれば、それですべてが終わる。

村里悦子は自分に言い聞かせたかもしれない。もしそのたった一度のことが大きなあやまちであれば、自分がこれからやろうとすることには、かならずどこかで歯止めがかかるだろう。もうひとりの女性は、それは旭真理子に違いないのだが、村里悦子にこう言い聞かせたはずだ。すべてが終わったら、普通の生活に戻って、あたしたちは何事もなかったように年を取ってゆける。昔、ひとを殺したことがあるとは誰にも知られず、穏やかで幸福な余生を送ることができる。だいじょうぶ、あたしの言う通りにすれば、なにもかもうまくいくし、あなたもあたしもきっと可愛いおばあさんになるまで長生きできる。

第12章　現　実

「千野検事の？」

と電話のむこうで、さも意外そうな声があがったので、

「そんなに大げさなことじゃないんだ」私はあらかじめ考えていた通りに喋ってみた。

「ごく私的な用件があるだけだし、別に、誰かに迷惑のかかる話でもない。国家公務員の名にかけて約束できる」

「あいかわらずですね」

「うん」

「それはあの件と何か関係のあることでしょうか」

と次にまともに問いかけられて、私は返す言葉につまった。

電話の相手は戸井直子で、あの件、と彼女が口にしたとたん、その言葉はいま私がこだわっている十五年前の殺人事件、二つ連動して起こったのかもしれない殺人事件、また事件の背後に隠れているもの、というより私の頭に居すわっている現実離れした筋書きそのものを指しているように聞き取れたからだ。

（それはあの、古堀さんがふたりの女性によって実行されたと信じている、交換殺人と何か関係のあることでしょうか？）

しかしあの件とは、四月に私が持ちかけた無理な頼み事（警察の調書を読みたい）にあのとき不本意ながらも手を貸してしまったこと（記録倉庫からファイルを持ち出した）を単に意味しているはずだし、心なしか彼女の声からわずらわしげな色がにじんでいるように感じるのは、あの件に巻き込まれて、検察事務官としてやってはいけない行為に手を染めてしまったという悔いがいまだに残っているのだろう。それとも、あんなことに巻き込んだ私に対しての恨みが、厚かましくもかかってきたこの電話によってよみがえったのかもしれない。

失敗してもともとのつもりで私は戸井直子に電話をかけた。私的な用件で千野美由起に連絡を取りたいので助けてもらえないだろうかと。検察庁の廊下で呼びとめて話しかけるのは見るひとが見れば誤解を招くおそれもあるし、今回はハンバーガーの店でじかに話すほどこみいった用事でもないので、自宅から携帯電話で連絡を取ることを思いついたのだが、やはりそうするのが慎重で正しかったのだ、と私は思い、近頃、職場でまれにだが戸井直子を見かけたとき、廊下ですれ違ったときの彼女の態度、挨拶時の目つきなどを、四月以前と比較して思い出そうとしてみた。しかしとっさにどんな映像も浮かばなかった。

「古堀さん？　聞こえてますか」

「うん」

「ごめんなさい。余計な詮索でしたね」

「そんなことはないよ。また頼み事をしているのはこちらのほうなんだし、戸井さんにはあるていど質問する権利がある」

「では、やっぱりあの件と関係があるんですね」

最初から戸井直子が千野美由起のプライベートの電話番号を知っているという前提で私は喋っていた。ただの勘だが、彼女の受け答えからすると、どうやら的はずれではなさそうだった。

「そうだね、まったくないとはいえない。昔の記録を読ませてもらってとても参考になった。ただ、僕個人の記憶だけでは心もとないところもあって、できれば当時を知っている千野検事の話を聞いてみたい。プライベートで、もし連絡がつくなら、というくらいのこと。以前、戸井さんは千野検事の立会をやっていた時期があると言ったよね。だから、もしかしたら携帯電話の番号やメールのアドレスを知ってるんじゃないかと思って訊いてるんだけど。知らなければ仕方がない」

こんどは戸井直子のほうが黙りこんだので私は諦める用意をした。知らない、ともし彼女が答えればそれまでだし、では千野検事の勤務先へ電話をおかけになったらどうです？　という返事なら、実際そうするしかなかった。千野美由起の所属している支部へ電話をかけて、堂々と古堀と名乗って取り次いでもらうまでだ。検事と大昔にわけありでいまは庶務係長をしている男が仕事場に電話をかけてきた、とまたあちこちの支部で噂になるだろう。

「以前といっても、もうまる二年も前の話ですから」

と戸井直子の声が戻ってきた。

もうまる二年も前の話だからどうだというのか、私はその説明を聞くつもりで電話を耳に押しあてたのだが、彼女はあまりつながりのないことを答えただけだった。

「でも、ちょっとあてがあるので調べてみます。もしかしたらわかるかもしれません」

「あて」

「むこうの支部に同期の友人がいるんです」

「そう」

「いや急ぐ用事ではない。調べるために無理する必要もないよ」

その電話をかけたのが六月の下旬で、戸井直子から返事をもらうまでに一週間ほど日にちが必要だった。

七月に入った月曜日、昼休みあとの午後、いつものように机について仕事をしていると、課内の若い職員がそばに来て、ドアの外で戸井さんが呼んでいますと言う。そう、とつぶやいて私は席を立った。廊下に出てみると戸井直子がいつものように背筋を伸ばして立っていて、二つ折りにしたメモ用紙をあっさり手渡してくれた。ひらくとそれに千野美由起の携帯の番号らしきものが書き留めてあったのだが、私はそのことよりもむしろ、総務課のドアの前まで来てメモを手渡すというような、もし誰かが見ればいわくありげに映るかもしれない彼女の軽率なふるまいのほうが気になった。あるいは気にしているのは私だけだとすれば、庁舎内でさっさと戸井直子をつかまえて話をすればすむところを、用心して自宅から電話をかけたりした気遣いのほうが、よほどいわくありげだったようにも思えた。ありがとう、と割り切れない気分で礼を述べて、そのまま引き返すつもりでいると、

「あの」

と戸井直子が声を低めて呼びとめたので、私はドアノブから手を離してまた向かい

「お急ぎですか」

合った。目と目をあわせて立つとこちらのほうでこころもち見上げるような姿勢になる。

「係長の番号もむこうに伝えてあります」

「千野検事に？」

「はい。係長におことわりしてからのほうがいいかと思ったのですが」

「いいよ。それでいいんだ」

「電話がかかってくるかもしれません」

「千野検事から」

「はい」

そう、とつぶやいて私はうなずいてみせ、心の中で、これでいいのだと、再度思った。この一週間、戸井直子は千野検事の携帯番号を調べるためにこころあたりをあたっていたのではなく、最初からそれを知っていて、私に教えていいものか本人の許可を得るために連絡をつけようとしていたのだろう。もちろんそういうことなのだ。許可を与えた千野美由起は私からの電話がかかるのを待つかもしれないし、好奇心に勝てなければじれて自分からかけてくるかもしれない。いずれにしてもこれで千野美由起には、私が何らかの用件のために連絡を取りたがっているという意向が伝わったわけだ。

「ひょっとして、千野検事と会った？」

「いいえ、会ってはいません」戸井直子は悪びれずに答えた。「電話ではお話ししましたが」

「昼休みに」

「はい？」

私は視線をはずし、その視線の落ち着けさきに困り、四月に彼女が身につけていたのを見たおぼえのある、一頭の象をかたどったペンダントへちらりと目をやってみたのだが、同じものを下げているのかどうか襟のひらいた白いシャツの内側に滑り込んでいた。

「あのひとは元気なのかな」

「お元気ですよ。忙しくされています」

「例の本の影響も心配したほどじゃなかったようだね」

「ええ、そのようです。一時期は取材の申し込みが殺到して、捌《さば》くのが大変だったらしいですが」

「そう」

「懐かしがっておられましたよ、係長のこと」

「千野検事が」

「ええ」

「僕のことを懐かしがる？」

「もちろんです」

私は電話番号のメモをポケットにしまい、総務課のドアに手をかけながら礼を述べた。

「ありがとう、戸井さん。二度も迷惑をかけてしまった。お詫《わ》びのしるしにこんど晩飯でもおごらせてもらうよ」

「ではハンバーガーを」

その返事に不意をつかれてもういちど顔をうかがうと、戸井直子は笑いをかみ殺したようだった。しかしそれ以上はひとことも喋らず、すぐに背中をむけて、廊下を歩き去ってゆく。

手足の長い大柄な女だとあらためて後姿を見て思った。おそらく千野美由起は、私が直接連絡を取らずにあいだに戸井直子という第三者を立てたことを面白く思っていないだろう。あいかわらず軽率な、思慮の浅いことをする男だと舌打ちをしているだろう。総務課のドアを開け、課員の視線を意識しながら私は自分の机に戻った。椅子に腰をおろし、読みかけの書類に目をむけ、しかし千野美由起にどう思われようと、いまの自分にはどうでもよいことなのだと思い直した。軽率にしろ何にしろ、連絡をつける必要がある。千野美由起とは日にちを決めて会って話さなければならない。検事としてではなく旭真理子の姪としての彼女に、ぜひとも訊いてみなければならないことがある。

その週の金曜日まで、勤務時間にも携帯をそばに置いて待ってみたが、千野美由起からの電話はかからなかった。かからないまま時間が過ぎてみると、それがあたりまえのことなのだという気がする。代わりに、金曜の夜、東京にいる村里ちあきから次のような文面のメールが届いた。これは二週間ほどまえ私が訊ねた件への返信である。

遅くなってすみません。母と話してみましたが、古堀さんのことは母も懐かしがっていました。お会いするのはちっともかまわないそうです。ただし、いますぐではなくて、七月の下旬、娘の学校が夏休みに入ってからにしていただけると時間に余裕ができるようなことを申しておりました。母の携帯の番号を書いておきます。本人も承知していますので、会うのはまた別にしても、いつでも古堀さんの都合の良いときに電話してみてください。遠慮は要りません、昔お世話になった古堀さんのことはよく憶えている、と母も申しておりました。

女たちが私のことを懐かしがってくれている。この十五年間、ただの一度も連絡を取り合うことのなかった私のことを。おそらくこれからあとも、一生会わないでいたとしても、先方としては何の不都合もなく心に痛みも感じない男のことを。

私はもう一週間だけ千野美由起からの連絡を待ってみた。そしてそのあいだに、電話がかかってきた場合に備えての心構えをしておいた。私はどうにかして千野美由起を説得しなければならないだろう。十五年前に起きた殺人事件へ彼女の関心を向けさせなければならないだろう。同じ年に二つ起きているはずの、どちらも未解決の殺人事件へ。しかもそのうち一つの殺人は、彼女の叔母によって実行された可能性のあることを指摘しなければならない。

私の考えでは、先に手をくだしたのは旭真理子に違いない。村里悦子に誰かを殺させるよりも先に、みずから村里悦子の夫を野球のバットで殴り殺してみせたのは旭真理子だ。何回も同じ推理をたどっては同じ結論に戻ってくる。あの殺人が起きた夜、九時過ぎ、私はマンションの駐車場から二階への階段をのぼる途中で村里悦子の香水の匂いを嗅いだ。嗅いだと思い込んだ。だがそれはそうではなかっただろう。彼女は七時前にはマンションを出ているし、そのあと私は娘のちあきを連れて外食するために同じ階段を降りたのだが、そのときには香水の匂いには気づかなかった。私が確かに嗅ぎ取り、日記にも書いているのは夜九時過ぎに階段付近に漂っていた匂い、おそらくその直前にそこに立っていたはずの女の身にまとっていた香水である。その時刻には村里悦子は外で友人たちと会っていたし、アリバイは警察によっても証明されている。では夜七時から九時までのあいだ、それは村里悦子の夫が駐車場で殺害されたと見られる時間帯と重なるのだが、階段にたたずんで香水の匂いを残して立ち去ったのは誰なのか？　思いあたる女はひとりしかいない。当時、村里悦子と旭真理子は同じ香水を使っていた。しかも当時、マンションのエレベーターではなく階段を利用していた人間は二階の住人、すなわち私と村里家の人間にかぎられていた。その話を旭真理子は聞いていたはずだ。村里悦子から聞き出していたはずだ。旭真理子は誰も通らない階段の途中に三十分でも一時間でもひそんでいることができた。そして村里賢一が帰宅すると教えられていた時刻、駐車場の暗がりにまぎれて今度は待ち伏せ、車から降りてきたところを狙った。ドアに鍵をかけている男の背後から忍び寄り、獲物をしとめるための第一撃として膝もとへバットを振りおろしたのだ。

それともこの事件はもっと時間をさかのぼって、まだ何も起きてはいない時点から説明するべきなのかもしれない。千野美由起にはまず、村里悦子と娘のちあきが東京で親切にしてもらった女の話、ちあきの記憶では幼い彼女にミトンの手袋を与えた女の話から語ってやるべきなのかもしれない。その女と村里悦子は二日にわたって会い、話し合いの時間を持っている。行きずりの間柄にしては長い時間をともに過ごしている。だがふたりは初対面ではなかったのだと考えれば、このときの出来事の説明がつく。その女が旭真理子だったと仮定すればちあきの記憶とも辻褄が合う。千野美由起にはそんなふうに語っていくべきなのかもしれない。四歳時の村里ちあきの記憶に刻印されている、手袋の毛糸にしみついていた香水の匂い。親しみのある懐かしい匂い。むろんそのとき娘が記憶にとどめたのは母親が愛用していたスタジアムジャンパーにしみこんでいたものと同じ匂いなのだ。フリーマーケットで村里悦子が偶然手に入れた旭真理子の古着は、ふたりの女たちを、当時の私たちの想像などおよびもつかぬほどの強い絆《きずな》で結びつける役割を果たしていたのだ。こうして村里悦子の夫が殺された夜に私が嗅いだ香水の匂いは新たな意味を持ってくる。千野美由起は私の言うことをわかってくれるだろうか。あの夜あそこに旭真理子がいたとすれば、つまり旭真理子が殺人を犯したのだとすれば、また新たな謎が加わる。通り魔の犯行として未解決のまま時効が完成しているあの事件がまったく別の顔をみせはじめる。彼女の動機は何か。いったいなぜ、旭真理子は、何の利害関係もない村里悦子の夫を殺さなければならなかったのか？

おそらく、殺さなければならない人間はふたりいたのだ。村里悦子にとっての夫のような、人生の障害になる存在が旭真理子にも当時あって、彼女たちはその障害どうしを、つまりは殺人の対象を交換したのだ。発案者は旭真理子で、彼女が村里悦子を二日かけて説得し、自分たちが対等の立場にあることを納得させ、みずから先に殺人を実行してみせた。先にやったほうが不利になるのは目に見えているからだ。順番があとの村里悦子には知らないふりを決めこむ道もまだ残されているし、夫を始末してもらったのと交換にこちらも人殺しを実行するという約束なら、計画通り旭真理子にとっての障害を取り除くよりも、いっそのこと旭真理子本人を殺してしまえばこの秘密を知る人間はいなくなる。だから旭真理子にしてみれば、先に殺人を犯すのは賭けであると同時に、村里悦子への信頼の表明にもなる。旭真理子はこの計画のパートナーを信頼するしかない。そしてその信頼にどうこたえるかは村里悦子にかかっている。小説や映画の中で、まるでゲームのように立案され実行される二つの殺人、交換殺人、それが現実に起こった可能性がある。十五年前、警察も検察もふくめて私たち全員が、目の前で起きた事件だけを見て、どこか別の場所で起こったはずのもう一つの殺人を見逃していた可能性がある。千野美由起がこの説明を聞いてどう反応するかは見物だが、私は私が考えた通りのことが起きたのだと信じている。

また金曜日がめぐってきた。帰宅後、深夜十二時になろうとする頃、私は待つことに飽きて携帯電話に登録してあった千野美由起の番号を押した。コール音が十回近く鳴りつづけたあげくに留守番電話の応答に変わったが、メッセージは残さずに切った。

それからもういちど、三十分も間を置かず、二階の寝室で休む直前に同じことをやってみた。結果も同じだった。むこうにはこちらの着信記録が残るだろうから、目にとまればどんな時刻でも折り返しかかってくるかもしれない。その心配から枕もとに携帯電話を置いたまま、寝つけない時間に普段より長めに苦しんだのだが、それも無駄な心配にすぎなかった。

翌日の土曜日、朝食後、みつの散歩のお供をつとめるつもりで玄関に降りてサンダルを履いているとポケットの携帯が鳴りはじめた。聞き慣れない音のせいもあり、私がズボンのポケットから取り出すと音のくぐもりが消えて高まったせいもあり、みつが開け放した玄関の外からさかんに吠えたてた。表示窓を見ると千野美由起とあったので、私は上がり框《かまち》に腰をおろし、行け、と手振りをまじえてみつに命じた。蜂蜜色の雑種犬は吠えるのをやめ、いっとき首を傾《かし》げて飼い主の顔色をうかがったあとで、諦めをつけ、いつも自由にそうしているように玄関前の石段を白い尻尾を振り振り降りてゆき姿を消した。携帯をあてた右耳から、もしもし、千野です、という声が聞こえていた。

「古堀です」と私はほかに言葉も思いつかなかった。

「ゆうべは失礼しました」千野美由起がすぐにつづけた。「早めに休んでいたので、電話がかかっていたことにも気づかなくて」

「こちらこそ夜分に」

「戸井さんから番号を聞いたんでしょう」

「そう、戸井さんから。彼女に無理を言って携帯の番号を教えてもらった。ぜひきみに聞いてもらいたい話があったので」

「わかりました。どうぞ」

いきなり本題に入るまえに、たとえば、ほかの誰かに番号を訊ねるより勤務先の支部へ直接電話してくれたらよかったのだ、というような非難まじりの文句を予想していたのだが、千野美由起は話題が遠まわりするのを嫌ったようだった。だいいち声を聞くのはほぼ十五年ぶりだというのに、そういう場合の定石の挨拶も抜きで私たちは喋っていた。

「それが、電話では話しにくいんだ。少々こみいった話なのでね」

「いいから、遠慮しないで話してみてください」

「できれば会ったうえで話したいんだけど、時間をつくってもらえないかな?」

一拍、二拍ほどの間があった。

「では、どうしてわたしの電話番号を調べたんです、電話で話せないというくらいなら」

「十五年ぶりに突然押しかけられるのは迷惑だろう? 昔だってそんなまねはしなか

ったし、電話で約束を取り付けたほうがいいと思った」

「会ってゆっくり話すような時間はつくれないんです、気の毒だけど。今日もこれから新幹線で大阪に行かなければならないし」

「なにも今日会おうと頼んでるんじゃない」それから私は矛盾したことを言った。「もし大阪まで同行してもいいというのならいまからでも駆けつけるけど」

「いまどこにいるんですか」

「僕の勤務先を訊いてるのなら、十五年前と同じ支部にいる。あの頃と同じようにひとり暮らしをしている。きみの実家のある街だ。いちど結婚はしたんだけど四年前に離婚してね、別れた妻と娘はよそに住んでいる」

反応は冷ややかで、咳払いひとつ聞こえなかった。

「自宅だよ、いま自宅の玄関にすわってる。外は天気が良くて暑くなりそうだ。そっちは車の中？」

「古堀さん」千野美由起の声には苛立ちの色がまじっていた。「困ります。いまさら、こういう話をされるのはとても迷惑なんです」

「こういう話？」

「わたしに私的な用事があると、戸井さんに言ったそうですね」

「ああ、言ったかもしれない。でもそれは誤解だよ。私的な用事といっても僕たちの関係のことじゃない。おたがい年は取ったけど独り者だし、十五年前を思い出してまたやり直そうなんて話はしない、安心してくれ。僕はもうきみを部屋に呼ぶつもりはない」

冗談にしても言うべきではなかった。正直なところ、千野美由起とのあいだに置くべき距離を私は測りかねていた。やはり電話がつながった最初に十五年ぶりの挨拶が抜けたのが致命的だったのかもしれない。いまの私と千野美由起には、ふたりとも検察庁で働いているとはいえ厳密には身分の違いがあるし、十五年も交渉が途絶えれば赤の他人も同然だから、そうでなくても昔、この女の気難しさにはてこずったおぼえがあるのだから、言っていい冗談と悪い冗談の見きわめにはもっと慎重になるべきだったと思う。電話はひとことの予告もなく、ぷつりと切られた。

サンダル履きで玄関にすわったまま私はしばし考えをめぐらせた。これは徒労かもしれない。あの女に、私がこれからするつもりでいる話をまともに聞かせるには、一生ではきかないほどの時間が必要かもしれない。しかし私は決めたことをいちおう最後までやり通そうと携帯の着信履歴をひらいて電話をかけ直した。コール音二回でつながったので、もしもし？　ととりあえず声を出してみると、

「わからないひとね、ほんとうにわたしは迷惑なんです、いまさら、寝言みたいなことを言うのはやめてほしいんです」

と非難の文句が待ち構えていた。

「きみの叔母さんの話だ」

「叔母？」と千野美由起が聞き返した。

「旭真理子、そういう名前の叔母さんがいるだろう。むかし僕も会ったことがある」

「叔母がどうしたの」

「いまは、どうされているのかなと思ってね」

千野美由起が深いため息をついてそのあと何か言おうとした。

「きみはいまタクシーに乗ってるのか？」

「言ったでしょう？　新幹線で大阪に行くって。いま駅に向かってるんです」

「叔母さんのことは真面目に質問してるんだよ」

「あの叔母とはもう会ってないの、前ほど頻繁には」

「頻繁には会ってないって、最後に会ったのはいつ」

「そうね、十五年ほど前」と千野美由起が平然と答えたので私は息をのんだ。

「それがどうかした？」

「とにかく会ったうえで、きみの叔母さんのことを話したい。一時間でいいから時間をつくってくれないか」

「無理ね。いきなり叔母の話といわれても、どんな内容かもわからないのに時間はつくれない」

「電話では話しにくいんだ」

「会って何を話すというの」

「実は、彼女の周囲で誰か死んだ人間がいないかどうか知りたいんだ」

「ちょっと待って。すぐにかけ直します」

と千野美由起が言い、電話がまた切られた。どうやらタクシーが駅に到着した模様だった。私は携帯を左手に持ち替え、右手にかいた汗をTシャツの裾にこすりつけて拭い、あとは玄関の外へ顔をむけたままその場を動かなかった。一匹の若い蟬が枝をはなれる羽音が左側の庭から聞こえ、石段の下のほうからはみつの吠える声が伝わってきた。郵便か宅配便でも届いたのかと思って配達の人間がのぼってくるのを待ってみたが誰も現れなかった。

千野美由起からの電話はさらに十分ほどして、おそらく駅の改札を抜けたあと電車に乗り込むまでの合間にかかってきた。驚いたことに彼女はさきほど電話を切るまえ口にした質問をくり返した。

「会って何を話すの？」

「きみの叔母さんの周囲で、誰か死んだ人間がいないか知りたい。十五年前に、死んだ人間というよりも、殺人の被害者になった人間」

「いったい何の話？」

「叔母さんの身近にいた人間、たとえば叔母さんの友人や職場の同僚、交際相手。そのなかに殺された人間がいないかどうか」

「それで？」と千野美由起が慎重な声を出した。

「何か知ってるのか？」

「知ってるとは言ってない。何が言いたいのか、あたしはあなたに質問してるの」

「知っていたとしても不思議ではないんだ。もし当時、叔母さんの身近に誰か殺された人がいたとしたら、きみが知らないほうが不思議だし」

「それで？」と千野美由起がくり返した。

「十五年前だ。噂にでも聞いたおぼえはないか？」

　思い出す時間を与えるために数秒待ってみたが返事はない。私は焦《じ》れた。

「だったら調べてもらえないか。まず叔母さんにいちばん近かった男の名前から。名前がわかればあとは簡単だろう。いや簡単ではないかもしれないけど、東京の、その事件を管轄している支部につてがあれば、十五年前の殺人でも詳しく調べられるだろう。僕のほうで昔の新聞記事をあたってみることだってできる、その男の名前、住所、職業などがもしわかれば」

「言ってることがよくわからない。男の名前を調べろ？　誰のことを言ってるの」

「叔母さんがつきあっていた男だ」

「じゃあ調べる必要なんかない」千野美由起の不機嫌な声からは僅かにだが笑いが滲みだしていた。「叔母に訊けばすぐにわかる」

「訊いてくれ」

「あなたは十五年前に殺人事件が起きたかどうか、それが知りたいのじゃないの？」

「そう言ってるだろう」

「その男が殺されていると決めてかかってるように聞こえる」

「そうか？」

「本当のところは、誰が殺されたのか、殺されたのかどうかもわからないわけね？　そうでしょう？」

「うん」

「それで？」

「それで」私は少し混乱した。「もしその男が現実に殺されているのなら」

「ええ、もしそうだとしたら」

「ちょっと待ってくれ」

「そのことにどんな意味があるの」

「もし僕の考えが正しいとしたら」

「ええ」

「憶えてるか？　僕が言いたいのはこうだ。きみの叔母さんの恋人だった男、セックスのあとで、かならずひと眠りする癖のあったという男、その男がいまも無事に生きているかどうか、僕はそのことが知りたい。無事ならそれでいい。でも、そうでなければこの話にはまだ続きがある」

　そしてそのまま長い沈黙があり、私は自分が口にするはずだった続きの言葉をまた見失った。徒労かもしれない。私が話そうとしていることは、正しいとしても誤りだとしてもこの女にとっては無意味かもしれない。私は自分にしか意味のない記憶をよみがえらせ、ひとつの物語を作りあげようと躍起になっているだけかもしれない。交換殺人。現実の事件捜査にたずさわっている千野美由起には、ヒチコックの映画に出てくる用語は通用しないだろう。そもそもそんな荒唐無稽な事件が現実に起こりうるとは思えない。現実には、十五年のあいだに村里悦子は九木悦子と名前が変わり、いまは、私のことを懐かしがっている、というお決まりの挨拶をよこした。七月の下旬、娘の（再婚相手とのあいだにできた娘の）学校が夏休みに入ってからなら時間の余裕ができるので、と暗に、いまさら会うのは迷惑だともとれる言い訳も伝えてきた。血路だの、信頼できる相手だの、対等の立場だのという言葉をさんざん掘り起こして過去に浸りきっている私よりも、九木悦子や千野美由起のほうにだんぜん現実味がある。

私は口をひらくのが億劫《おっくう》になった。そのとき千野美由起が何も発言しなければ、私のほうにはもう喋ることは一つもなくなっていたかもしれない。

「わかったわ」

と千野美由起の声が言った。

「いちど会いましょう」

私は携帯電話を右の耳にあて直した。

「古堀さん、聞いて。来月、お盆には実家に帰る予定があるの。そのとき時間が取れると思うから、よかったらいちど会って話しましょう。それでいいわね？　あたしはもう新幹線に乗らないと。いまの話はべつに、緊急の用件ではないのでしょう？　十五年前に東京のどこかで殺人があったかどうか、それが心配というだけで、要するに、これから人が殺されるという話ではないものね。違う？」

きみの言うとおりだ、と私は答えた。

第13章　九木悦子

母にはいつでも古堀さんの都合の良いときに電話してみてください、と村里ちあきはメールに書いてきたけれど、その文面を単純に受け取るわけにもゆかない。かつての親しい隣人とはいえ、いまでは何の接点もない他人どうしである。再婚した村里悦子は三十代後半をむかえているだろう。私は四十過ぎの離婚経験者だ。十五年もの歳月の空白を電話一本でどう埋めればいいのかわからない。いつでもとは口で言うほど便利な言葉ではないし、自分の都合の良いときに相手の都合がどうであるかも定かではない。九木悦子の名前で登録してある番号を表示させてはためらい、ある日、深呼吸をしたうえでキーを押してみたのだが電話はつながらなかった。正確には、呼び出し音は鳴り続けているのだが電話に出てはもらえなかった。十五年ぶりの挨拶の腹案まで用意していたのに、つながらないとなると、案の定、という気もしないでもなかった。

そうしたことが二度あった。七月の給料日がやってきて、その翌週の金曜の夜、サオリと連絡を取っていつものように明くる日の午後に会う約束をした。そのあとで、いまがすでに「七月の下旬、娘の学校が夏休みに入ってからにしていただけると時間の余裕ができるようなことを申しております」と村里ちあきのメールにあったその七月の下旬にあたるのだと思い、これが最後だと自分に言い聞かせて三度目の電話をかけた。しかし前二回と同様に呼び出し音がむなしく鳴り続けるだけだった。

土曜日、駅へ行き、先妻との月決めの振り込みをATMですませ、それからサオリと約束している駅まで電車に乗ろうとして、改札口を抜ける寸前で思いとどまった。思いとどまるというよりも私の思いは約束の駅とはまったく別の場所をさまよっていて、突然に辛抱がしきれなくなった。私はポケットから携帯電話を取り出すと村里ちあきの番号にかけた。声が聞こえるとすぐに、前置きもなしで、

「お母さんの住所を教えてもらえないか」

と頼み込んだ。

電話がつながるまえ頭の隅で、暑中見舞いをかねていちど手紙を書きたいから、というような空々しい言い訳も考えてみたのだが、もうそんなふうに体裁を繕うことす

らわずらわしかった。

「できれば会いに行きたいんだ」

「今日ですか？」

「うん」

わざわざ会いに行くほどの理由が見つかったんですか？　とでも訊かれれば私には答えようがなかった。しかし村里ちあきはそんな質問はしなかった。

「母がつかまらないんでしょう？」彼女はむしろ気の毒そうな声を出した。「最近、バスケの試合で旅行に出たりしてたみたいですから」

「きみの妹さんがバスケットボールを？」

「いいえ、母がやってるんですけど」

「きみのお母さんが」

「夫婦でバスケットボールのチームの選手なんです」

私は黙り、あの村里悦子がコートを走りまわり汗を流している姿を想像してみた。十五年の空白の年月。記憶しているスタジアムジャンパーにジーンズ、短髪の後姿はその想像になじまないこともなかった。しかし私がより大切にあたためている記憶はたとえば、彼女が喫煙するときの、放心の横顔である。タバコを人差指と中指のあいだにはさんだまま、親指の先で薬指と小指の爪をひっかくようにいじる癖があり、そのうちに灰がこぼれ落ちる。こぼれ落ちた灰を私なり娘のちあきなりに注意されるまでたいてい本人は気づかない。

「古堀さん、住所を教えるのはかまわないんですけど、そのまえにもういちどあたしから母に連絡を取ってみましょうか？」

「そうだね」

十五年後の村里悦子がバスケットボールの選手だと聞いただけで、私はこの電話をかけるときの気勢をそがれたような気がしていた。それからもうひとつ古堀さん、と村里ちあきの声が言った。これはそのうちご報告しようとは思っていたのですが。

「……もしもし、聞こえますか？」

「うん」

「十五年まえに母と東京へ旅行したとき泊まったホテルのことです。雪の夜に、大森海岸駅からたぶんそこまで歩いたはずなんです、母と、もうひとりの女のひとと三人で。憶えてますか、それが平和島の競艇場のそばではなかったかというあたしの想像の話。先日、また時間があったので近くを歩いてみたんです。そのときにたまたま当時を知っている人に話が聞けたんですが、実は競艇場のすぐ近くにホテルが建っていたらしくて、窓からだって競艇場が見える部屋があったはずだというんです。大森第一ホテル、という名前です。いまは取り壊されて、跡地にはマンションが建ってるんですけど、でも昔、母とあたしが泊まったのはきっとそのホテルだったに違いありません」

「それで？」

「それで、と言われても、別にだからどうという話ではないんです。ただ、もし古堀さんが母に会って話されるのなら……」

「そうだね、機会があれば確認してみよう」

　むろん十五年も昔に宿泊したホテルの名前など憶えている者はいないだろう。憶えていないほうが自然と見なしたほうがいい。しかし私はそんなことよりも、村里ちあきの幼時へのこだわり、そのこだわりが依然として続いていることに不意を突かれていた。ただ子供のときに泊まったはずというだけの、ホテルの名前まで調べあげている。別にだからどうという話ではないにしても。いつのまにか私は先走りして、いま追い求めている謎を独り占めにしたつもりでいたのかもしれない。だがもともとこれは村里ちあきとその母親、そしてもうひとりの女性の、三人の過去にまつわる謎なのだ。村里ちあきは幼い頃の失われた思い出を復元したがっている。いわば家族のアルバムから剝がされた一枚の写真、そこに写っているはずの謎の人物の顔を見たがっている。謎の人物を特定し、写真の顔を指さすこと、それが同時に自分の母親を犯罪者として追いつめる危険をはらんでいることも知らずに。

「じゃあ古堀さん、こうしましょう、いますぐ母に連絡を取ってみます。都合を聞いたら、折り返し電話します」

「そうだね」

「何か、それじゃまずいですか？」

「いや、そうしてくれると助かる」

「いまどちらです？」

「駅だよ」私はこの質問にありのままを答えた。「いま駅の改札口にいる」

　駅にいると伝えたことに多少とも偶然の効果があったのかなかったのか、三十分ほどして村里ちあきからかかってきた電話に出てみると、そのまま電車に乗って二駅で降りるように言われ、またその駅前から乗るべき路線バスの行先と降りるべき停留所の指示を受けた。ただし、そこに到着するのはいまから二時間後にしてほしいという条件つきだった。

「母はいまジムにいるみたいなんです」

「きみのお母さんがジムに」

「よくわからないんですけど、バスケの練習かもしれません」

「二時間後に行けば、今日ほんとうに会ってもらえるんだね？」

「ええ、晩ご飯の買物の前に、三十分くらいならお会いできると言ってます」

それで私はとりあえずサオリに断りの電話を入れ（留守電だったので手みじかに謝罪のことばを録音し）、いつもとは逆方向への電車に乗ることに心を決めて、二時間後に目的地に着くためには果たしてどのくらいの時間の調整が必要なのか、時刻表を探してあたってみることにした。

午後三時半をやや過ぎた頃、指定された停留所に降りた。

陸上競技場の名前のついた停留所で、バスを降りた側の歩道をへだてて目の前に植え込みで区切られた敷地があり、目をあげるとそれらしい形の建物がそびえていた。だが私が用があるのは通りの反対側である。駅の書店で時間をつぶすついでに調べてみたのだが、陸上競技場から通りを渡れば市民体育館と、プールと、テニスコートと、広い芝の公園を備えた施設がある。もし娘の言うとおり九木悦子がバスケの練習に来ているのだとすれば、体育館側からやってくるはずだった。

しかし待ち人は現れなかった。バスが走り去ってまもなく蟬の声が耳につきだした。耳なりと区別のつかないほどに鳴き声が頭のまわりで延々と続いてゆきそうで、そこに立ったままでいるのは辛《つら》かった。約束の時間から十分過ぎても彼女は現れそうにない。傾きかけたとはいえまだ太陽は高いところにあり、屋根もない停留所に立っていると頭から炙《あぶ》られるようだった。歩行者用の信号が三度目に青にかわるまで待ち、それから苦行を終えた気分で通りを渡った。渡りきったところがちょっとした石畳の広場になっていて、分厚い石のベンチがところどころ立木が陰をつくる位置に据えてある。そこにも九木悦子の姿は見えなかった。石畳がとぎれると煉瓦色《れんがいろ》の人工土の小道をはさんで、車止めの石柱が四つ等間隔に埋め込んであり、その先が書店で立ち読みしたガイドブックにあった広大な芝生の公園らしかった。蟬の声が高まり暑さが増したようで、ハンドタオルで拭っても拭っても額から汗が流れ落ちた。

車止めのあいだから公園内へ入り、「鳩《はと》や野良猫にエサを与えないで下さい、犬を放たないで下さい」と注意書きのある立て看板のそばを通り、十メートルほどの間隔で周囲に植わっている桜の木のいちばん近い陰の中に入った。公園全体の芝はかんかん照りのせいで枯れたような黄緑色に目に映ったが、木陰にはいった部分だけは深緑に染まって涼しげに見えた。実際、歩いて来た道とは気温差がかなりあるように感じて、開襟シャツの裾をズボンの外にたぐり出しただけで、あとはそこに静かに立っているとものの数分で汗はおさまった。

立っているうちに蟬の声は後退し、ときおり耳もとへ、木槌でボールをたたく澄んだ音が、公園内の隅に設けられたテント屋根の下から響いてきた。ゲートボール場と横長の看板の吊り下げられているそのテントのそばに飲み物の自動販売機が置いてあるのに気づいた。

木陰を伝いながらそちらへ歩いていくと自動販売機の前にはゲートボールの競技者らしい姿がちらほら見えた。いずれも年齢が年齢なので、そのなかに立ちまじっている九木悦子の若い姿は人目を引いた。もっともそれが九木悦子だと最初から自信を持って見分けをつけられたわけではなくて、その女の後姿には、私の記憶している村里悦子の細い腰とは違いうっすらと歳月のあつみが感じられたし、振り返ったときの顔の輪郭についてもそれは言えた。ただ一目で思い出せたのは私に気づいて向けられた彼女の、昔と変わらぬ笑顔のおかげである。

振り返って私を見るまえ、その女はゲートボールの競技者たちに頼まれたのか自販機のボタンを押しては飲み物を取り出すことをくり返していた。野球帽をあみだに被り、というよりも帽子は置き所がないのでひとまず頭にのせているという感じで、赤みがかった豊かな髪が自販機の前にしゃがんだ背中のなかほどまで垂れていた。袖のないTシャツのようなものにジーンズという恰好だったのだが、Tシャツは二枚重ねているのかそういう柄なのか首回りと二の腕の付け根の部分に色違いの二センチくらいの幅があった。飲み物を手渡された競技者たちがゲートボール場の入口へひとりふたりと去ってゆき、いつか自販機の前にはその女だけが残った。

その女は地面に放りだしてあったリュックを拾って一方の肩にかけて、隣の自販機に移り、コインを入れると迷わずにボタンを押した。取り出し口に一つごとりと落ちる音が私の立っている位置からも聞き取れて、彼女は腰をかがめ、その缶ビールをつかんだところで、やっと背中に人の気配を感じた模様だった。

私は片手にハンドタオルを持ったまま黙って立っていた。彼女は後ろを見るために首をねじり、次に身体ごと向き直って腰をのばし、やはり無言のまま、あなたは誰で何の用かとこちらへ訊ねるかのように、頭の上にキャップをあみだにのせたままだが首を深く傾けてみせた。そのあとわずかに間があって、古堀さん、と私の名を呼び、例の笑顔を浮かべた。わずかな間とは、私が試しに眼鏡をはずして顔を見せるまでにかかった時間のことだ。

「古堀さんでしょう？　懐かしい」言葉とは裏腹に彼女の声は平板だった。「ほんとにここまで来てくれたのね」

私は特に意味もなくうなずいてそばに歩み寄った。笑顔のまま帽子を脱いで九木悦子は迎えてくれた。

「ごぶさたしてます。あれから、十何年ぶりになるのかしら」

「ちょうど十五年」私は眼鏡をかけ直した。

「そう。でも古堀さんはぜんぜん変わらない。見てすぐにわかった。ねえ喉が渇いてるでしょう？」

私はまたうなずいてみせた。彼女は私に缶ビールを手渡し、ジーンズのポケットに窮屈そうに片手を差し込みながら自販機に向き直るともう一本ビールを買った。私が先に栓を開け、口をつけた。こちらに背中を向けたまま九木悦子が、ひといきに、という勢いで空を仰いでビールを飲んだ。

何十秒かの沈黙の時間があった。その沈黙がひどく長く感じられ、蟬の声と、競技中のゲートボールのたてる音が戻って耳についた。私はまったく見知らぬ若い女とたまたまここに居合わせているだけ、というような錯覚をおぼえかけた。

「バスケの練習の帰り？」

「ううん、プールで泳いでたの」

「旦那さんと一緒に」

そこでようやく九木悦子は振り返って私の顔を見た。それからビールの残りを飲み干すまでまた黙りこんだ。

「官舎の奥さんたちと一緒」

「誰？」

「ご近所のお友達。官舎って、主人の勤め先の……」

「そうか、そうだったね。再婚の話は知ってるんだ、風の便りに聞いてる。警察関係者の妻が昼間からこんなとこでビールを飲んでちゃまずいんじゃないかな？」

「だいじょうぶよ」

彼女は自販機の横の箱のなかに空缶を捨て、肩のリュックをひと揺すりして位置を直した。

「遠くからだと何飲んでるかわからないわよ。行きましょう」

「どこへ」

「あっちの木陰。さっき古堀さんがぼんやり立ってたとこまで」

仮に、十五年前に私の考えている通りの事件が起きたのだとする。

起きたのだとして、では九木悦子と旭真理子はいまも連絡を取り合っているのだろうか。取り合っているとしたら、娘のちあきから私が会いたがっていることを聞いた九木悦子はいくらかでも不安をおぼえて、以前と同じように旭真理子の指示を仰いだのだろうか？

私はそんなことを考えながらさきほどの木陰まで彼女のあとをついて戻った。「古堀さんがぼんやり立っていた」様子を彼女は遠くからうかがい、もし私が諦めて引き返せば、そのまま会わずに済ませるつもりでいたのだろうか？

九木悦子は木陰に入るとベンチの端に腰をおろして、泳いだあとでまだ乾ききっていない髪を輪ゴムのようなもので後ろでまとめ、野球帽をまっすぐに被りなおした。

そのあとでリュックのポケットから携帯電話を取り出して開いたのは、時刻を見たのかもしれないし着信のあるなしを確認したのかもしれない。

「隣にすわったら」とやがて九木悦子が勧めてくれた。

私は二三歩離れたところに立ち、手に持った缶ビールをちびりちびり飲んでいた。

「きみは少し変わったようだね」

「あたし？　それは十五年も経っちゃうとね。ほんとは貫禄《かんろく》がついたと言いたいんでしょ？」

「見た目の話だけじゃなくて、僕が言いたいのは、たとえば」

「ええ」

と九木悦子が先をうながし、話に関心をしめしかけたとき、リュックのポケットの中から涼しげな音が聞こえ出した。

「ごめんね」彼女は私にかるく謝り、携帯電話を開いた。「娘からのメール。返信してもいい？」

「ちあきちゃんから？」

「ううん、違う」

私はうなずき、ビールを立ち飲みしながらメールの返信が終了するのをおとなしく待った。こんどは一分か二分かの沈黙の時間が流れた。

「ごめんね。今日はなんだかあわただしくて。このあと晩ごはんの買物」

「うん、それはちあきちゃんから聞いてる」

「その前に車で娘を迎えにいく約束もあるし」

「あとどのくらい？」

「そうね、でもまだ二十分くらいならだいじょうぶ。何の話だった？」

「さっきの自販機でビールを買っていたとき、誰かが咎めるような視線は感じなかった？」

「誰かがとがめる？」

私が期待したようには彼女は話に乗ってこなかった。

「主人の職業のことを心配して言ってるの？　古堀さん、ちょっとここにすわればいいのに。そこは日が洩れて来るから暑いでしょう」

私は腕時計に目をやりながらその場を動かなかった。木漏れ日なら彼女のすわっているベンチの背にも当たり、微かな風に揺れ動く木の葉の影を濃く映している。

「ちあきから聞いてるけど、何か、あたしに確かめたい昔のことがあるそうね？」

「うん、できれば確かめたいことがある」

「どんなことなの？」

「いきなりできみを驚かせるかもしれない」

「どうぞ、訊いてみて」

「たとえばこういう話。まわりを見渡して、もし戒めのサインがどこにも見つからなければ、いま自分のやろうとしていることは過ちではない。その考えはいまも生きている？」

私がそう訊いたとき、彼女は携帯電話をリュックに戻し、かわりにタバコの箱を取り出して、一本抜いて乾いた唇と唇のあいだに挟んだところだった。彼女は表情を変えなかった。無感動に私を見返し、視線をはずしてうつむくとし慣れた仕草でタバコに火を点けた。

「忘れたのかもしれないけど、昔、きみが僕にその考えを喋ってくれた。実は今年の四月に久しぶりにちあきちゃんと再会してね。それ以来、昔のことを思い出すのが僕の習慣になった。毎日まいにち飽きずに思い出している。取り憑《つ》かれたように、どんなに小さな出来事でも思い出せばメモをとって、過去の復元に役立てている。きみが昔喋った言葉も、ほかの誰かに言われた言葉もそうやって思い出した。もとはといえば、ちあきちゃんに教えられた手袋の話がきっかけになったんだけど」

「何の話をしてるの」

「昔、ある人がこう言った。人と人が出会うところに犯罪がある。新しい出会いのたびに、かならず不幸の種がひとつ蒔かれる。殺人、強盗、強姦、傷害、恐喝、詐欺、そういった事件はみんな、人と人とが出会ったところから始まる。犯罪をおかしてしまう不幸も、犯罪に巻き込まれる不幸も。人と人が出会うと、かならず揉め事がもちあがる。人と人が出会うと不幸がうまれる。一年間に発生した何万、何十万もの犯罪の件数は、一年間に人と人が出会ってどれだけ不幸がうまれたかの証明になる。結論。人が、人と、なるべく出会わないように注意して生きていけば、不幸に見舞われる確率も下がるに違いない」

ほんの一瞬だが、タバコを吸っている彼女の目もと、ホクロのある下唇の付近に微笑みのしるしが浮かんで消えたように見えた。

「聞きおぼえがあるんだね？」

「ううん、聞きおぼえなんかないけど。ただ、それはそのとおりかもしれない、古堀さんのいま言ったとおりかもしれない、と思っただけ」

「僕が言ったわけじゃないんだ」

「そう」

「ある女性が、十五年前にそう言うのを聞いた。きみも知ってる人だと思う」

誰のこと？　という質問を待ってみたのだがむろん九木悦子は口を開かなかった。

「十五年前の一月にきみは娘を連れて旅行に出た。東京ディズニーランドへ。そのとき、きみはその女性と会っている。その女性と会ったことで旅行のプランが変わった。

きみたち母娘は東京ディズニーランドへは行かなかった。大雪の夜、きみはホテルでその女性と語り明かし、翌日、洗足池公園でまた待ち合わせて話した。たとえば犯罪について、婚姻件数と離婚件数について、人と人との出会いについて、不幸について。彼女はとても頭がいいし、独特の持論を喋る。でも洗足池公園で彼女は、ひとつ、十五年後に大きな傷になるミスを犯した。自分の手袋を、ちあきちゃんが気に入って離さないので気前よく与えてしまったことだ。紺色の毛糸のミトン。おぼえてるだろう？」

「いいえ」

と嘘をついて九木悦子はタバコの灰を落とした。タバコは人差指と中指のあいだに挟まれ、残りの三本の指は内側へ折り曲げられていた。私が記憶している通り、昔と寸分たがわぬ癖、親指の爪でフィルターを下から弾いて彼女は灰を落とした。

「古堀さんが何の話をしているのか、さっぱりわからない」

「手袋の話をしてるんだ」

「ちあきに信じこまされたのね。あの子はまだそんなくだらないことにこだわってるの？　ぜんぶ子供の頃に見た夢の話なのに。それは夢の中にしか存在しない手袋なのよ。昔から、あの子は夢見がちな子供だった」

「いや、そうじゃない。その手袋は現実に存在する。ちあきちゃんはいまもその手袋を持っている。十五年前、きみが処分したつもりのものを、ゴミ捨て場から拾ってきていまも持っている。僕はこの目で見た」

ひとつの重要な証拠をつきつけるつもりで言ってみたのだが言ったそばから無駄だと思い直していた。この話をこんな話し方でいくら続けても無駄だろう。仮に、十五年前に私の考えている通りの事件が起きたとして、もしそうであればなおさら、九木悦子は何事も正直には語らないだろう。嘘をついてあたり前なのだ。少なくとも、当時マンションの隣人にすぎなかったこの私に対して、十五年ぶりに真実を正直に語る義理などない。

「そうなの?」

と彼女は相槌を打っただけで、あとは私の次の言葉を待っている様子だった。待ちながらタバコを吸うときの目もと、口もとにまたしても微笑の影が浮かんで消えたように思った。私はしばらく黙っていた。夢見がちな子供が妄想で作りあげたかもしれない証拠品。誰のものとも知れぬ古い毛糸の手袋。しかも片方だけの手袋。何とでも言い繕える。

「それで?」と九木悦子が先を急いだ。

「それが知りたかっただけだ」私は仕方なく答えた。「ちあきちゃんの言うことが事実だとしたら、なぜきみが手袋の存在を否定するのか。手袋も手袋の持ち主も、もともと存在しないものとちあきちゃんに思わせたがったのか」

「ちあきの言うことが事実だとしたら、でしょう？　困ったものね、あの子にも。ぜんぶ妄想なのよ。あれで大学では法律の勉強をしてるっていうんだから心配になってしまう。あたしと違って頭の良い子なんだけど、きっと良すぎて、何を考えてるのか実の親でも理解できない。古い手袋が現にあるとかないとか、十五年前、あたしが旅行のプランを変えたとか変えなかったとか、今頃になって、なぜそれがそんなに重要なのかしら。だいいち古堀さんに何の関係があるの？」

私は何とも答えられなかった。彼女はタバコの吸いさしを地面に捨ててゴム底の靴で踏み消した。

「それからさっきの話ね、戒めのサイン？　あれも何のことかよくわからないの。古堀さんが、確かに聞き覚えがあるというのなら、嘘じゃないのかもしれない。あたしはそんな話をいつかしたのかもしれないけど、でもいまはもう思い出せない。だって十五年も昔の話よ。古堀さんは、自分が十五年前に誰にどんなことを喋ったか憶えてる？」

九木悦子は私の返事を待たずにリュックから携帯電話を取り出して開いた。それで時間が残り少ないことをそれとなく教えたつもりなのかもしれない、ベンチを立って、リュックを左肩にかけながら私のほうへ歩み寄った。

「ごめんね。冷たい言い方に聞こえるかもしれないけど、嘘じゃないの。ほんとに昔のことはよく憶えていない。でも今日は、とにかく古堀さんに会えて懐かしかった。そろそろ行かないと。むこうに車を止めてあるから」

むこうというのは、さきほど私が来たバス停の方角とは逆にある駐車場をさしているらしかった。私は彼女と入れ替わりにベンチへ歩いて腰をおろした。飲みかけの缶ビールを脇に置き、眼鏡をはずしてハンドタオルで顔と首すじの汗をぬぐった。九木悦子が同じ文句をくり返した。

「じゃあ、あたしもう行かないと。むこうに車を止めてあるから。ほんとは古堀さんの帰る所まで送ってあげたいんだけど、でもやっぱりこういうのは人目があるし、変な誤解されても困るでしょう？　ごめんね」

「ちあきちゃんはきみと僕が恋愛関係にあったんじゃないかと疑ってるんだよ。そのせいで僕が、きみの最初の旦那さんの殺人事件に一役買ったんじゃないかと。彼女は父親の死の真相を知りたがっているんだ」

ハンドタオルをポケットに戻し、ぬるくてまずい缶ビールを我慢して空にしたあとで、眼鏡をかけ直した。ちょうど十メートルほど先で九木悦子が振り返り、こちらへ戻って来るところだった。

「いまのは何？」すぐ目の前に立つと彼女は私を見下ろして訊ねた。「恋愛関係？

何のことか、あたしにはよくわからないんだけど」

「十五年前の話をしてるんだよ」

「あたしたちのあいだに恋愛なんかなかったことは、古堀さんがいちばんわかってるでしょう」

「どうかな。資料として保存されていないことは僕にはよくわからない」

「何を言ってるの」

「さっき話しただろう？　人が人に出会うと不幸が生まれる。昔、ある人がそう言った。それはそのとおりかもしれないときみも賛成した。でも本当は、その考えは間違ってるのかもしれないと僕は思う。ある人って誰なの？　とここできみは訊くべきだ」

　反応が皆無なので私は腰をあげ、九木悦子と向かい合って立った。

「殺人、強盗、強姦、傷害、恐喝、詐欺、確かに人と人が出会ったところに不幸の種が蒔かれ、犯罪が起きる。警察白書では年間に発生した犯罪件数が報告され、人と人が出会ったことで生まれた不幸の数を証明している。でもそれでは一面しか見ることができない。逆に、人と人が出会うことで生まれる幸福の数はどうなるんだろう？　たとえばの話、恋愛の数や友情の数はどうなるんだろう？　恋愛や友情の発生件数を載せている白書は存在しない。人と人が出会うことで毎日生まれているはずの恋愛、友情の数は記録のしようがない。つまり不幸は資料として残せるけど、人が幸福を感じた結果のほうはそれができない。きみと僕とのあいだに昔、恋愛があったのか友情があったのかは誰にもわからない。それは客観的な数字としては記録されていないから。でもそれは本当はあったのかもしれない、不幸な殺人事件と同様に現にあったのかもしれない。人は人と出会うことで幸福にも不幸にもなる。出会いがなければ、不幸に見舞われる確率は下がるかもしれないけど、幸福になれる確率もきっと同じように下がるに違いない」

「ちあきにもその話をしたの？」しばらく黙ったあとで九木悦子が訊ねた。

「いや、ちあきちゃんにこんな話はしない。きみはどう思う。あの人はどう言うと思う？」

「古堀さん、やっぱり昔と変わったね」

帽子の鍔《つば》で顔が隠れるほどに彼女は深くうつむき、低い声で喋った。私は半歩ほど近くへにじり寄りその声に注意を傾けた。

「そうか？」

「若いときはそんなに意地の悪い喋り方をする人じゃなかったのに」

「どうしてきみは、あの人とは誰のことか訊こうとしないんだ？」

確かに私は底意地悪く、答えを得られるはずもない質問を相手にぶつけているだけかもしれなかった。

「無駄よ」九木悦子が顔をあげ、うっすらと笑みを浮かべて私を見た。「何が目的なのか知らないけど、何を訊かれても、昔のことはたいがい忘れてしまったから」

「あのころきみのお気に入りだったスタジアムジャンパー、あれも再婚する前に処分したのか？　手袋をごみ袋に詰めて出すとき一緒に」

「無駄だと言ってるでしょう」

「もしかしたら、僕たちはおたがいにあった恋愛感情を忘れているのかもしれない」

「馬鹿ばかしい。古堀さんは何か勘違いをしている。あたしはあと二年したら四十歳になるのよ。しかも夫も子供もいる。古堀さんにだって家庭があるんでしょう？　あたしたちが知り合いだったのは遠い昔のことじゃないの。それなのに、目的がわからない。いったい何のために、古堀さんが今日突然あらわれて変な質問をしたり、ありもしない言いがかりをつけてくるのか。たとえ十五年前のあたしがどうであったとしてもいまのあたしとは違う。古堀さんの目に、昔のあたしがどんなに悲惨に映っていたかは知らないけど、いまは、あたしにも古堀さんとおなじ普通の生活がある。夫や娘との普通の家庭がある。毎日、現実に追われて忙しくて、ちあきの妄想にいちいちつきあってる時間はない。その妄想を信じた昔の知り合いと、ゆっくり昔話をしている暇もないの。わかるでしょう？」

私は女の笑顔をまともに見返すことができず、女の唇のわきのホクロから視線をはずし、ベンチの周りに日陰をつくっている桜の木の枝葉、その隙間から洩れてくる光のほうへ顔をそむけた。間近に立ってどんなに意識を集中しても、九木悦子は香水を身につけているのかいないのか、その匂いを嗅ぎあてることはできなかった。かつて村里悦子のスタジアムジャンパーから嗅ぎとれた香水の匂いを記憶によみがえらせようとしたが、それもできなかった。彼女の言うとおり、私たちが知り合いだったのは遠い昔だ。用意してきた質問はまだいくつかあったが、私はそれらを彼女に問いただす目的を見失っていた。たとえばあの事件後、村里悦子が、娘のちあきを死んだ夫の実家に預けてしまった理由。事件から一年も経たないうちに、警察関係者と再婚した理由。もしそこに事件と切り離せない何らかの理由があるのなら。

「実は十五年前、日記をつけていた」私はこれだけは言うつもりで来たことを口にした。「毎日かかさずに。その日記には、きみがちあきちゃんを連れて東京へ旅立った日のことが書いてある。それから、あの年の正月、この街に滞在していたあの人が東京へ戻った日付も書きとめてある。偶然にもふたつは同じ日だ。だからきみとあの人が同じ日、同じ飛行機に乗って東京へむかった可能性はゼロじゃない。東京に着いたあと行動をともにしたとしても不思議ではないし、きみがいまあの人のことを懐かしく思い出せたとしても」

「わかったわ、こう言えばいいのね」九木悦子の声は明らかに笑いを含んでいた。

「さっきから言ってるそのあの人って誰なの？　ぜんぜん思い出せないんだけど」

「きっときみがこの世で最も信頼している人だろう」

「もう充分よね？」彼女は深いため息とともに首をねじり、これから歩いて行くべき方角へちらりと視線を投げた。

「近いうちに僕は東京へ行き、その人物に会ってみようと思っている」

「じゃあ、あたしからもよろしく伝えといて」

「そのつもりだ」

「ほんとに、もう行かないと。はっきりさせておいたほうがいいと思うから言うけど、こういうのは今日かぎりにしてね。もうこんなふうに古堀さんと会うつもりはないから。ちあきにも言っておきます。もう二度と、古堀さんに迷惑のかかるようなまねはしないように」

私は引きとめなかった。

ためらうことなく九木悦子は踵《きびす》を返し、早足で歩き出した。

ベンチのそばに私は取り残され、ゲートボール場のほうへ遠ざかっていく後姿を見守りながら疑ってみた。あの女はこのあと駐車場にとめてある車に戻り、すぐにでも携帯電話で連絡を取るだろうか？　今日のことは旭真理子に、万事ぬかりなくやった、古堀という男のことはうまくあしらえたと伝わるのだろうか？　しかしそれは私の妄想に過ぎないのかもしれない。彼女が車に乗り込み、携帯電話でまず連絡を取る相手は娘かもしれないし夫なのかもしれない。あるいは駐車場に車をとめていると言ったのは最初から嘘で、夫が娘を乗せて迎えに来ているのかもしれない。彼女が足早に歩き去ったのは、この私から、もしくは過去の疎ましい記憶から逃れるためではなく、ただ単に、家族との待ち合わせに遅れないよう急いだだけなのかもしれなかった。

第14章　千野美由起

警察白書の巻末、資料編のページには、年度ごとの刑法犯罪の「認知件数」および「検挙件数」が表にして報告されている。

認知件数とは一般に耳慣れない言葉だが、これは殺人に話を絞れば、それが起きたと警察によって公式に発表された数、つまり普通にいうところの一年間に発生した殺人事件の件数である。この認知件数と、容疑者の検挙件数とはぴったり一致しない。たとえば、いま任意に二〇〇〇年代のある年に注目して数字を拾うと、殺人の認知件数は一四五二であるのに対して、検挙件数は一三六六、両者のあいだに八六のひらきがある。この八六という数値は、乱暴に言い切ってしまえば、殺人の罪を犯したが罰を受けない人々の数を示している。

むろん検挙件数の中には当該年以前に認知されていた殺人事件の検挙数も含まれているかもしれないし、認知された殺人事件のうち当該年にではなく将来的に犯人の検挙されるものもあるだろう。だからあくまで、乱暴に言い切ってしまえばということになるのだが、殺人を犯した人間が全員、警察によって逮捕され法の裁きをうけているわけではない。同じく警察白書の資料によると、殺人犯の検挙率は（他の犯罪の場合と比べて決して低い数字ではないが）毎年九五パーセント前後を推移している。つまり殺人者のうち毎年五パーセント前後が警察の捜査の網からこぼれおちている。人を殺してしまった人間のうち何人か、何十人かは警察の手を逃れていまも普通に暮らしている。毎朝、通勤電車やバスに乗りこむ人々の中にまぎれこんでいる。交差点で信号待ちをする人々の中にも、公園を散歩する人々の中にも、ショッピングモールで買物をする人々の中にもまぎれこんでいる。資料の数字だけを見れば、それは充分ありうることだ。殺人者が私たちと同じ街に住み、私たちと見分けのつかない日常生活を送っているとしてもさほど驚くにはあたらないだろう。

だが話はそれだけにとどまらない。

警察によって認知される犯罪があるなら、とうぜん認知されることのない犯罪もある。窃盗や傷害や詐欺といった犯罪において、被害者が何らかの理由で警察に被害届を出さないケースもあるだろうし、まれだが被害者じしんが被害に気づいていないケースもありうる。そうなると警察には認知のしようがなく、これらの犯罪は公式の報告書としてはあがってこない。すなわち発覚しない犯罪というものが存在する。実際に起きているのに報告されない《アンダーリポート》犯罪、統計にはふくまれることのない犯罪の数。これは「暗数」という言葉で表される。

　殺人事件における暗数は少ないとされている。殺人はおおむね露見するものと決まっている。ただし、少ないというのはゼロと同じではないし、おおむねはすべてと同じではない。たとえ少数でも、発覚していない殺人事件がおそらく存在する、そう考えるのが自然だろう。発覚していない殺人事件とは、一つには、まだ死体が発見されていないという意味になる。毎年この国では何万人もの人間が失踪している。そのうち何人かはすでに誰かの手にかかり殺人の被害者になっているかもしれない。その死体はどこかに隠されているのかもしれない。あるいは失踪届すら出されない、家族にも友人にもめぐまれない孤独な人間がいて、彼もしくは彼女はすでに殺人者の餌食になっているかもしれない。その死体もどこか人目につかない場所に打ち捨てられているのかもしれない。

　だが私が言いたいのは、殺人におけるもう一つの暗数の可能性、すでに死体が発見されている場合についてである。たとえば自殺、たとえば事故死として決着のついている事件。そのなかに、仮に一件でも見逃された殺人（自殺に見せかけた殺人、事故をよそおった殺人）があったとすれば、それは死体はあっても発覚しない犯罪、警察には殺人として認知されない事件、つまり殺人事件における暗数ということになる。

あるいは、さらに言えば、すでに死体が見つかっていて、しかもそれが殺人事件と認知されている場合にも暗数を指摘できるかもしれない。

たとえばこういうケースだ。

十五年前の二月、男が野球のバットで撲殺されるという事件が起きた。被疑者不詳のまま今年すでに時効をむかえている。誰が、何のために男を殺したのか、すべては謎のままだ。警察はこう考えた。これは顔見知りによる犯行ではない。この事件の犯人は男を前々から恨んでいて犯行におよんだのではない。事件当夜、何らかの言い争いのすえに衝動的に手近にあったバットで殴り殺したのでもない。なぜなら顔見知りの人間のなかに男に（表向き）恨みを持っている人物はひとりも見当たらないからだ。表向きではなく、心の奥底に恨みを持つ人物が仮にいたとしても、当夜（男の妻をふくめて）顔見知りの人間全員にアリバイがあるからだ。とすれば、これは相手を選ばない、ただ人を殺したいという異常な欲望をみたすための殺人だったということになる。犯人は被害者とは縁もゆかりもない、いわゆる通り魔的な殺人事件という結論になる。

だがそうではなかったとすればどうだろう？　その事件の犯人が、行き当たりばったりに人を殺したのではなかったとしたら。縁もゆかりもない人間を殺したのは異常な欲望をみたすためなどではなく、殺す動機を明確に持っていたのだとすれば。殺された当の男との接点はなくとも、男の周辺にいて男に恨みをいだく第三の人物との（われわれにも想像のつかない）接点を持っていたとしたら。たとえば、その恨みを持つ人物になりかわって、冷酷に殺人を代行したのだとすれば。殺人を代行するにあたって、両者のあいだにあらかじめ何らかの取引、交換条件のようなものがあったとすれば。そうすればこれは当時公表されたものとは明らかに別種の殺人事件になる。警察によって見逃された、また被害者の周辺にいたわれわれの目にも見えなかった、発覚しない意図を持つ殺人ということになる。これも殺人事件における一つの暗数ということになりはしないだろうか？

八月のなかばに千野美由起と再会する前、私は面倒でも一から彼女にそういう話をするつもりでいた。

現役の検事にむかって刑法犯罪の認知件数と検挙件数の違いから説き起こすのは、その場面を想像しただけでも大いなる徒労のように思われたのだが、それでも、いきなり「交換殺人」などという現実ばなれした言葉を持ち出して呆れられるよりはましだろう。たとえ面倒でも、どんなに千野美由起にうるさがられたとしても、いまわれわれの生きているこの現実に引きつけて話を進める必要がある、私はそう考えていた。

しかし結局のところ、そういう話をする機会はなかった。

そういう話を一から始める必要はなかった、というほうが正確かもしれない。

八月の盆休みに入るのを待ちかねて千野美由起に連絡を取った。午後まだ日の高い時刻に電話をかけてみると、七月のときのような行き違いはなく、あっさりとつながり声を聞くことができた。日が落ちて涼しくなってから一時間でも、三十分でもいい、時間をつくってもらえるかと私は訊ねた。千野美由起と会う場所としては、十五年前にふたりで何度か行ったことのある店、彼女の叔母とも一度だけ酒を飲んだことのある、JRの駅に程近いビルの中の店を予定していた。その店がいまでもそこにあるのかどうか確かめたわけでもなかったのだが、とにかく漠然と、どこか静かな室内でテーブルをはさんで向かい合い、彼女と語り合う場面を想像していたのだ。

ところが千野美由起は予想外の返事をした。

三十分くらいなら会うのは会える。あたしもひさしぶりに会って話してみたいことがある。でもいま身内が市の総合病院に入院していて、容体が思わしくないので付き添いとして詰めていなければならない。誰か代わりを頼める者がいないと病室をはなれるわけにいかないという。それでその身内が誰のことなのかもわからないまま、話のなりゆきとして、誰か代わりを頼めるあてがあるのかと私が訊ねたのに対して、そうね、夕方六時過ぎに、三十分くらいなら時間が取れるかもしれない、と答えにならない答え方を彼女はした。

その日の夕方六時きっかりに病院の正面玄関に着いた。タクシーを降り、腕時計で時刻を確認して、千野美由起の言った「六時過ぎ」まで十分でも二十分でも待つつもりで自動扉の前に立った。

外来の診察時間を過ぎているため院内は無人に近かった。入ってすぐ左手に設けてある案内デスクに職員の姿はなく、右手斜め奥、分科ごとに区切りのある外来受付の長いカウンターの明かりもすでに落とされている。外来受付と対面するかたちで、長椅子が縦横何列かに配置してあるのだが、そこに腰かけている人影も数えるほどしかなかった。おかげでその中から千野美由起の顔を見つけるのは容易だった。

長椅子の最前列、外来受付のカウンターに一番近い場所に彼女は前かがみにすわっていた。身内の容体が思わしくないというのだから当然かもしれないが、横顔はひどく憔悴《しょうすい》して見えた。あるいはまったく化粧気がないこと、その顔がうなだれていたことが最初にそう見えた理由かもしれない。しかも彼女はくたびれた普段着で私を待っていて、ひとめ見た印象と、前々から（漠然とだが）私のあたためていた地方検察庁の検事としての、常にスーツ姿で書類鞄を携帯している千野美由起のイメージとのあいだには大いなる落差があった。その日の彼女は綿のズボンに履き古しのスニーカーを履き、ダンガリーのシャツの両袖を捲《まく》りあげ、前のボタンを止めずにはおるような着方をしていた。手に持っているものといえばキーホルダー一つだった。そのリングの中に人差指を通してもてあそんでいる。

そばに立っている私に気づくと、千野美由起は前かがみになっていた姿勢を直し、無意識にだろうが、ひらいた両膝のあいだでキーホルダーを一度だけ回してみせた。眼鏡のせいでとっさに見分けがつかないのかもしれない。そう思ったので私は笑顔を作り、来る前に決めていた通り、十五年ぶりの挨拶をした。先月の電話でそれができなくて失敗したのでそこから始めるしかない。

そのあと彼女の隣に、隣といってもあいだにもう一人すわれるくらいの間隔をおいて腰をおろした。千野美由起が挨拶を返した。

「ほんとうに長いあいだ会わなかったわね。でも、古堀さんはあんまり変わらないんじゃない？　最後に会ったのはもう十五年前になるんでしょう。その頃の記憶とあんまり変わらない気がする」

古堀さんは昔と変わらない。この指摘は先月、九木悦子の口から聞かされたものと同じだった。眼鏡をかけていることを別にすればあなたは何も変わっていない。あたしは変わったけれど。あたしたちはもう昔のあたしたちとは違うけれど。あたしたちはこの十五年のあいだに新しい人生を獲得したけれど、あなたは相変わらず、同じ場所で生きてきただけ。九木悦子も千野美由起も、何げない発言のなかにそういう含みを持たせているように感じるのは、私の思い過ごしだろうか。

直接会うのは十五年ぶりでも、会わないでいた期間に私は何度か千野美由起の顔を見たことがある。たとえば女性検事着任を伝える地元新聞のインタビュー記事で、たとえば週刊誌の記事に添えられた顔写真で。

殺人の罪で懲役刑が確定し、すでに服役中の著者によって書かれたという触れ込みの告白本の中で、千野検事がその著者にむかって発言したとされる内容が、一時期、週刊誌等でさまざまに取り沙汰されたことがある。著者はべつだん検事に対して批判的というわけではなく、単に取り調べのなかで印象に残った出来事をありのままに書いたということらしいのだが、問題になったのは、千野検事の発言の内容というよりもむしろ表現のニュアンスである。千野美由起は取り調べ中に、殺人の容疑者にむかってこう言ったとされている。

あなたが、あなたの人生を賭けて、その男を殺したのはわかる。

このたった一行の台詞、とくに「わかる」という曖昧な表現が物議をかもしたのだ。

悪意を持って解釈するなら、これはこう取れる。自分の人生をだいなしにするかもしれない危険な賭けに出て、あなたはその賭けに敗れた、でもあなたは自分のやったことを後悔はしていないだろう、その男は殺されて当然だと確信しているだろう、その気持はあたしにもわかる。あるいはこういう解釈も成立する。あたしにはあなたの気持がわかるし、あなたの確信を支持できる、あたしの個人的な見解でもこの殺人は正当なのだし、もしあなたと同じ立場だったらあたしもその男を殺したに違いない。

だがもちろんそうではないだろう。千野美由起は言葉のあやで容疑者の気持をほぐし、自白をうながすためにそういう曖昧な台詞を口にしたはずだ。やむにやまれず、あなたがその男を殺してしまったのはわかる。思いあまって犯行に至るまで、どれほど辛いめにあったのか調べもついている、でも、男に虐げられた苦しみは別にして、あなたのやったことは罰せられる。あなたは一生かかっても罪の償いをしなければならない、殺人は大罪なのだ。

エレベーターが到着した合図のチャイムがどこか遠くから伝わり、ドアの開く音まで聞こえたような気がして、唐突に笑い声がおき、複数の人声が耳につきはじめた。外来受付のさらに奥のほうから家族連れが現れた。若い娘がふたり、中年の男女がふたり。姉妹、夫婦のあいだで会話を続けながら四人はこちらへ歩いてきて、私たちのすぐ前を通り、自動扉を抜けて病院の外へ出て行った。

「入院されているのは、誰？」

と正面玄関のほうを見たまま私は訊ね、数秒待ってみたが返事が貰えないので質問を変えた。

「きみの話というのは？」

「あたしの話？」

「話してみたいことがあると言っただろう、電話で」

「たいしたことじゃない」千野美由起は首を振った。「そう言ったかもしれないけど、ぜひとも話さなければならないわけじゃない」古堀さんの話を先に聞かせて」

「僕の話は長くなるんだ。三十分では済まないかもしれない。でもその前に一つ確認しておかないと」

「殺人事件のことね」千野美由起がすぐに反応したので、私は振り向いて目を合わせた。

「先月、僕のした質問を憶えてる？」

「叔母のまわりで誰か死んだ人間がいないか。十五年前に。それも自然死じゃなくて、殺人の犠牲になった人間が」

「そう」

「男性がひとり殺されている」千野美由起はまたすぐに答えた。回答はすでに予習され私のために用意されているようだった。「十五年前の九月、東京五反田《ごたんだ》のホテルで、いわゆるラブホテルで刺殺死体が見つかっている。いまだに被疑者不詳のまま。来月には時効が完成する」

「その男性というのは」

「自分では何も調べてないの？」

私は千野美由起の目をみたまま答えた。

「自分では何も調べていない」

「おそらく古堀さんが想像している男性だと思う」

おそらく私が想像している男性。

つまり当時の旭真理子の恋人、というよりも正確には不倫相手だった男性のことだ。

「その男はラブホテルには誰と一緒に入ったんだ」

「わからない」

「きみの叔母さんは？」

「ラブホテルに一緒に入ったのが叔母でないことは確かね。事件当夜、日本にいなかったから。イタリアへ旅行中で」

「事件のことは自分で調べたのか」私はできるかぎり冷静を装い、確認のための質問をした。「それとも、叔母さんに直接訊いたのか？」

「古堀さんは先月電話でこう言った」千野美由起はまた私の質問を無視した。「十五年前に叔母が交際していた男、その男がいまも無事に生きているかどうか知りたい。無事ならそれでいい。でもそうでなければこの話には続きがある」

「ああ」

「続きを話してみて」

「長くなるんだ。警察白書の話から始めなければならない。刑法犯罪の統計上の数字の話から」

金属どうしの触れ合う音がして、視線を落とすと、千野美由起の膝のうえでキーホルダーが一回転したのがわかった。

「古堀さんは電話でこうも言った。これは別に緊急を要する話ではない。十五年前に東京で、叔母の身のまわりで殺人が起きたかどうか、その点が気がかりというだけで、これから叔母のまわりで誰かが殺されるという話ではないから」

「それは、きみがそういうふうに言ったんだ」

「違うの？」

「きみの言うとおりだよ」

「十五年前に叔母の周辺で殺人があったかどうか古堀さんは知りたがった。その殺人は現にあったといまあたしは教えた。十五年前の九月に。だから当然来月には時効をむかえる。時効が完成するまでもう一カ月を切っている。ほんとうにこれは緊急を要する話ではないの？」

「時効の話はいい」

「どうして？」と千野美由起がわずかに私のほうへ顔を近づけてきた。

「時効なんてどうでもいいんだ」

「どうでもいいって」

「いいか、話は長くなると言っただろう。この何カ月かずっと、十五年前の記憶をたどってみた。たどってみるうちにいままで見えなかった物語の筋が見えてきた。起こり得たかもしれない奇妙な事件が一つ。僕が想像していた通り、現に男がひとり殺されているといまきみは認めた。だとしたらおそらく僕が想像している通りの事件が起きたのに違いない。でもそれをいきなり話してもきみは聞く耳を持たないだろう。だからここは少し我慢してもらって、長い話を一から聞いてもらうしかない」

「そんな回りくどい言い方はやめて、はっきり言ったらどう？」

驚いたことに千野美由起は薄笑いの顔になり、人差指をひねってキーホルダーをもう一度回転させた。それから声をひそめてこう言った。

「叔母を疑ってるんでしょう」

「疑うも何も、きみの叔母さんは事件が起きた日、日本にいなかったんじゃなかったのか」

「ええ。でも、自分は日本にいなくても、他人に殺人を依頼することはできたかもしれない」

千野美由起の応答に、私は不意を突かれた。

「それは、もちろんできたかもしれない」

「だったら最初からそう言えばいいのよ」

千野美由起は私の返す言葉を待っている。

だが私には何とも答えられない。エレベーターが一階に到着するチャイムの音がまた遠くで響き、千野美由起はそちらへ顔をむけてあっさりと私の視線をはずした。エレベーターの扉の開閉音のあとで、今度も家族連れに見える一団が歩いてきて私たちの前を通り過ぎた。年配の女がひとり、小学生くらいの少年とその妹、その母親らしき若い女と、三人目の子供を腕に抱いた若い父親。

「古堀さんがあたしに会いたがる理由がよくわかった」

千野美由起がキーホルダーを鳴らして長椅子から腰をあげた。

「とにかくここからはこの話、他人に聞かれちゃまずいわね」

千野美由起は目でうながして玄関のほうへさきに歩きだしたのだが、背中を向ける直前に、またしても予想もしていなかった台詞を口にして私を驚かせた。

「要するに古堀さんは、本心ではあたしを疑ってる」

駐車場まで私を導き、車の助手席に誘うまでの短い時間に、千野美由起は小声で二度、断言した。

「言っておくけれど、古堀さんが想像しているようなことはあたしはしていない」

ふたりで歩いてゆく途中、後方にいる私を振り返ってそう声をかけ、駐車場に着いてからも、終始無言でいる私に、車のドアをリモコン操作で開けながら念を押した。

「嘱託殺人なんて、とんでもない妄想よ」

私が無言でいたのはやはり何とも答えようがなかったからだ。そもそも私の想像では千野美由起は何の役割も果たしていない。十五年前のあの事件に彼女がかかわったなどとは考えていないし、先月の電話のときも、さきほど病院のロビーで話したときにも、私は自分の喋ったことにどんな疑いの口ぶりを滲ませたつもりもなかった。ところが、この二度にわたる念押しが、私に想像の余地を与えた。

といってもすぐさま何らかの可能性を想像し、検討してみたわけではない。私はこのとき、わずかにだが最初のひっかかりのようなものを感じただけで、しかもその頼りない感触も車に乗りこんだときに消えた。運転席にすわった美由起が、すわるなりタバコを取り出して一本くわえるのを見たからだ。奇妙なことに、それを見て私が連想したのは、十五年前にタバコを吸っていたふたりの女、村里悦子と旭真理子のことではなかった。私は同じ検察庁に勤務する事務官、戸井直子の喫煙癖を思い出していた。戸井直子は一時期、千野検事の立会を務めていたことがあると言った。つまりふたりはチームで仕事をしていたわけだ。あるいは私的なつきあいも私が想像する以上に深かったのかもしれない。戸井直子は美由起の影響を受けて、ときおりこっそりとタバコを吸う癖を身につけたのかもしれない。

タバコとライターをダッシュボードの収納室に戻す前に、吸う？　と目つきで訊ねられたが断った。千野美由起が運転席側の窓を開け、私が助手席側を開けた。

「入院されているのは誰？」と私は再度質問した。

灰皿を引き出して美由起が短く無愛想に答えた。

入院しているのは母親である。数日前に手術がおこなわれたのだが術後の経過が思わしくない。でも、その話をここであなたとしても仕方がない。

仕方がないのはその通りだとしても、私は気になっていたことを一歩踏み込んで質問した。いまの時間、美由起の代わりに病人のそばにいるのは誰なのか？　病人の容体がよほど悪いのなら、とうぜん親戚の誰彼が遠方からも駆けつけているのではないかと思ったのだ。返事はなかった。

「叔母さんは？」

「前にも言ったでしょう」美由起がいくらも吸わないタバコを灰皿に押しつけて消し、先月と同じ答え方をした。「あの叔母とはもう長いこと会ってないの」

「十五年前から」

「ええ」

「それは叔母さんのほうで会いたがらないのか？　それともきみのほうに何か理由がある？」

「別に理由なんて」美由起は言葉をにごした。

「じゃあなぜ急に、叔母さんはこの街に寄りつかなくなったんだろう」

「十五年前、例の男の殺人をあたしに依頼したからよ。そしてその殺人をあたしが実行したからよ。以後、できるかぎりあたしとの接点をなくそうと叔母はつとめた、それが互いのためになると信じて。そう言いたいの？　あり得ないわよ、そんな馬鹿なこと」

「そうじゃないんだ。僕はその男が殺された事件できみを疑ったりはしていない。そんなことはきみにもわかってるだろう。ただ本心を言えば、こう疑問に思っているだけだ。きみたちは当時あんなに親しかったのに、なぜぱったりつきあいが途絶えてしまったのか」

「あの叔母と、そんなに親しく行き来していたおぼえはないんだけど」

「僕はよく憶えている。たとえば、きみは叔母さんに頼んで東京からわざわざ古着を送ってもらったことがあっただろう。十五年前、正確に言えば十六年前の秋だ。こっちで蚤の市に出すためのスタジアムジャンパー。忘れたのか？」

「この十五年はとにかく忙しかったのよ」千野美由起はスタジアムジャンパーの話を聞き流した。「特に何かがあったわけじゃなくて。あたしは誰かと会ってお喋りする暇もないくらい法律の勉強をした。ひたすら勉強、勉強で時間が過ぎてしまった。叔母は叔母で自分で事業を始めた。よくは知らないけど、美術品を取り扱う商売。その商売を軌道にのせるために頑張って働いた。この街に寄りつく時間もないくらい頑張ったんでしょう。きっとそれだけの話よ」

運転席側も助手席側も窓は全開にしてあったが風らしい風は通らなかった。千野美由起は車のエンジンをかけるつもりも、冷房のスイッチを入れるつもりもなさそうだった。私は立ち入った質問を重ねた。

「今度のことでも叔母さんは帰って来ないのか？　自分の実の姉が重い病で苦しんでいるというのに」

美由起は力のこもらない目つきで私を見て、その目をまたそらし、何の言葉も口にはしなかった。むろん身内の話だ。ここであなたとそんな話をしても仕方がないとさっき言われたばかりなのだ。私はハンドタオルを取り出し、顔の汗を拭ってからまた眼鏡をかけ直した。

彼女もすでに汗をかいていた。肩までとどく長さの髪をうなじのあたり一カ所でくくり、服装に釣り合った無造作な束ね方をしていたが、ほつれた髪の毛が額のはえぎわやこめかみに汗ではりついているのが目についた。新聞や雑誌の写真で見たことのある千野美由起はこうではなかった。常に暗色のスーツ姿で、髪型といえばきっちりと櫛目が通り、一筋の乱れも感じさせないほどにまとめ上げられていた。前髪は垂らすのではなくひとかたまりにして斜めに撫でつけられ、まるで一枚の黒々とした大きな葉っぱを戴《いただ》いているように見える写真もあった。だがいま千野美由起の髪にはひと目でわかるくらいに白いものも混じっている。

「わかった、最初からやり直そう」

私は来る前に予定していた話の順番を忘れることにした。率直に、頭からこう言うべきだったのだ。

「十五年前にその男が殺されていた事件で、僕はきみの叔母さんを疑っている。それも彼女自身が手をくだしたのではなく、他の誰かにやらせたのではないかと。きみの言葉を借りれば嘱託殺人だ。だから当時、十五年前の事件当夜、叔母さんにアリバイがあろうとなかろうと僕の考えは変わらない。叔母さんは誰かにその男の殺人を依頼し、誰かが実行した。ただし、僕の考えでは、その誰かとはきみではない」

するとと千野美由起は黙ってうなずいて見せた。顔は車のフロントガラスに向けたまま。その素っ気ないうなずき方は、最初からそう言えば良かったのだと私の段取りの悪さを責めているようにも取れた。あるいは、取り調べ室で向かい合った容疑者から、ひとつ自分の望む回答を引き出せただけというような、職業的な余裕の表情にも思えた。いずれにしても、私はここで二度目の、わずかなひっかかりを覚えた。

「十五年前の二月、この街で起きた殺人事件のことを憶えてるか？　この街で、というよりも僕が住んでいたマンションで起きた事件」

美由起がまたうなずいて見せる。

「だったら話は早い」と私は応じながら、この女はいまから私が言及しようとしている遠い過去の記憶をすでに取り戻している、というよりむしろ、あの殺人事件についての復習を済ませていると感じていた。おそらく事細かに。私が今年の四月から、たっぷり時間をかけて思い出したもろもろの出来事を。

「あの殺人事件に関しても、僕は叔母さんを疑っている。きみの叔母さんは十五年前の五反田での事件だけではなく、同じ年の二月に起きた、この街での事件にも関与している」

「どんなふうに」

試しに訊いてみる、といった口ぶりで美由起は質問をした。私は慎重に答えた。

「殺されたのは村里賢一という男だった。何者かに野球のバットで撲殺された。警察は当初、その男の妻に疑いの目をむけた。彼女には夫殺害の動機があったから。村里悦子。彼女には夫殺害の動機があったから。彼女と幼い娘は夫の暴力の被害者だったから。でも警察は何の証拠も見つけられなかった。しかも村里悦子には事件当夜のアリバイがあった。似てると思わないか？　五反田の事件でのきみの叔母さんの立場と。僕の考えでは、この事件と、同じ年の九月に五反田で起きた事件はそっくりだ。おそらく叔母さんも最初は警察に疑われたはずだ。叔母さんにもその不倫相手を殺害する動機があったのだと思う。セックスのあとで男が鼾をかいて寝てしまうという理由以外に。でも叔母さんには完璧なアリバイがある。しかも誰かに殺人を依頼した形跡も見当たらない。警察はついに被疑者を見つけられない」

「叔母がこの街で起きた事件にどんなふうに関与してるのか、あたしは訊いてるのよ」

「むろん実行犯として。それ以外に関与の仕方はない。村里悦子のために、彼女の夫をバットで殴り殺したのはきみの叔母さんだ。そのかわりに今度は、自分のために、不倫相手の殺害を村里悦子に依頼した。お互いがお互いのために邪魔な男をこの世から抹殺する。村里悦子ときみの叔母さんはふたりで計画を練ってそれを実際にやり遂げた。僕の言葉になおせば交換殺人を」

交換殺人、という言葉を口にしたあとで私はたっぷり間を取った。現実離れしたその言葉に対する拒否反応のようなものを予想して待ってみたのだが、美由起はこちらを振り向きもしなかった。

「笑わないのか」と私は訊いた。

「笑う？」

「馬鹿馬鹿しいことを聞かされたとき人は笑うだろう。僕はきみの叔母さんが人を殺したと言ってる、しかも交換殺人の計画を練りに練った上で」

また返事がない。運転席の彼女は身じろぎすらしない。

「教えてくれないか」私は頼んだ。「十五年前の五反田での事件のこと、詳しく調べてあるんだろう？　当時、きみの叔母さんは警察に疑われたんじゃないのか。疑われた理由は？」

「当然でしょう」美由起はあしらうように答えた。「叔母は、ホテルで殺されたその男の愛人という立場だったのよ。真っ先に疑われて当然よ」

「いや、それだけじゃ足りない。村里悦子に、夫の暴力という理由があったように、きみの叔母さんにも何かがあったはずだ。その男を殺害する動機になる、と警察が考えるようなことが」

「動機なんていくらでも考えられる」

「いくらでも？」

「身近にいる男を殺したいと思う女がそんなに珍しい？　いいえ、実際に男を殺してしまう女がそんなに珍しい？　と言うべきね。古堀さん、あなたも長年検察庁に勤めてるんだし、そんな事件の話は聞き飽きるほど聞いてるでしょう」

千野美由起は両腕を胸のまえで軽く組んで喋っていたのだが、そのとき不意にほどいて、左手を口もとへ持っていった。彼女の左手は握りこぶしを作っていた。親指は内側へ曲がり、ほかの四本の指によって握りこまれていた。

「僕は冗談ではなくて本気で訊ねてるんだ。馬鹿馬鹿しいときみが思うのもわかる、交換殺人なんて、そんな犯罪が現実に起きるわけがない。でも僕はその犯罪が実行されたと信じている。きみの叔母さんと村里悦子はふたりで計画を立てて、僕たちの想像もつかない犯罪をやり遂げたんだと」

美由起は握りこぶしを唇にあてたまま返事をしない。その横顔を見守りながら私は二つのことを考えていた。

一つは、私が本気であることを美由起に伝えるためには、小説や映画の中でのみ用いられる交換殺人という用語について、もっと現実味のある説明を加えるべきではないかということ。私がなぜ、どうやってその言葉にたどり着いたのか、そもそもの始まりから、つまり今年四月村里悦子の娘が突然うちを訪ねて来た場面から、あるいは村里母娘が東京へ旅行したとき助けになってくれた女性がいたという娘の証言や、その女性の持ち物だった手袋という証拠品についても美由起に語って聞かせるべきではないかということ。だが一方で、その必要はない、美由起にはすでに話が通じている、という気がする。しきりにする。

そしてもう一つは、むかし彼女の叔母に教えられた美由起の癖、わかりやすい仕草のこと。旭真理子は十五年前こう言った。あの子が本気で考えて悩んでいるときには左手でこぶしを作る。もし左手がそうなっていて、何らかの質問に美由起が答えたとしたら、その答えは真剣に考えたあげくの結論であり、もう誰にも変えられない。しかし十五年後のいま叔母の教えは意味を持たない。美由起に最終的な結論を求めるような適切な質問が私には何も思いつけない。

ぼんやりしているうちに美由起の右手が動いた。車のエンジンがかかり、冷房装置が作動し、運転席側の窓が閉まった。私は助手席側の窓を閉めるためのスイッチを探しながら、前触れもなく始まった美由起の言葉を聞いた。

「たとえば秘密の鞄が一つあるとする。中には札束が詰まっている、あたしたちには縁がないほどの大金が。男はその鞄の置き所に困り、信頼する愛人に託している。鞄は愛人のマンションの押し入れにでも隠されているのかもしれない。そのことはふたりだけしか知らない。だからもし男がいなくなれば、知っているのは愛人だけということになる。警察はそんなふうに疑ってみたのかもしれない」

「その愛人はきみの叔母さんのことか」

「鞄の話はあたしの想像。男は五反田に貸しビルを所有していた。父親から譲り受けた遺産だけど、そのビルのワンフロアで輸入貿易の会社も経営していた。愛人に事務の一切をきりもりさせて。もうよく憶えていないけれど、外国の家具とか装飾品とかを扱う会社だったはず。でも正業とは別に、盗品故買にかかわっている噂も警察はつかんでいた。つまりたたけば埃が出る、という種類の男だった。いつどこで誰の恨みを買っていたかもわからない」

殺された男の情報よりも、私は美由起の口にした表現にまたしてもひっかかりを覚えていた。もうよく憶えていないけれど？

「これでいい？」美由起の口調は投げやりに近かった。「確かに当時、警察は叔母にも疑いの目をむけたと思う。警察は被害者の周辺人物にはまんべんなく疑いの目をむける。それが仕事だから。でもあなたの言う通り、何の証拠もつかめなかった。確実なアリバイがあるし、誰かに殺人を依頼した形跡もない。叔母の関与はないと最終的に警察は判断した」

「それをいつ調べたんだ」

「はい？」

「もうよく憶えていないけれどといまきみは言った。先月の電話で僕に言われて昔の事件のことを調べてみたんじゃないのか？　十五年前に、つまり事件が起きたときに、すでに関心を持って調べてたのか？」

「そんなことどうでもいい」

「いや、どうでもいいことじゃない。言っただろう、僕は本気だ、本気で交換殺人という犯罪が現実に起きたと考えてるんだ。先月の電話で、殺人事件について訊ねたときもきみは知らないと嘘をついた。なぜだ？」

「知らないとは言ってない」

「はっきり言わなくても、そう取れるように答えを曖昧ににごした。もし知っていて知らないふりをしたのなら、それがなぜなのか理由が気になる。なぜだ？」

「いまさら」

　と美由起は質問には答えずにひとこと洩らし、その先をのみこんでハンドルに手をかけた。車はリバースギアで駐車スペースを出た。そこから大きくハンドルを切り、駐車場の出口へむかって誘導路を走らせながら、

「あれから十五年も経つのに」

　と美由起は続ける。

「みんな昔のことなんか忘れてしまっているのに、いまさら、何のためにあなたが本

気になる必要があるの」

私はすぐには答えられなかったし、美由起も私の答えを待たなかった。

「交換殺人？　そんな犯罪はいままで聞いたことがない。古堀さん、あなたは検察庁で働いていて、その交換殺人が現実に計画され実行されたという噂話でも耳にしたことがある？　新聞やテレビのニュースで交換殺人という言葉を見聞きしたことがある？　一度もないでしょう？　あり得ないからよ。そんな犯罪、現実には誰もやったことがないからよ」

車は総合病院の敷地内を出て、目抜き通りを走り始めた。二三分のあいだ私は助手席で口を閉ざしていた。美由起がどこへ向かって車を走らせているのか、その点がはっきりしたうえで態度を決めようと思ったからだ。ところがほんの二三分後、車は信号をいくつか越えたところで路肩に寄って止まった。

ハンドルに手を添えたまま美由起は前方へ目をやり、その目を細めた。前方にはバスの停留所が見えた。私はぐらかされたような思いで口をひらいた。

「現実には誰もやったことがないから、交換殺人は一度もニュースに、つまり表沙汰になったことがない。それがきみの考えか」

「そうよ。相手があたしだからまだいいけど、交換殺人なんて、そんな馬鹿な話、他所ではしないほうがいい」と美由起は言い、いきなりこう続けた。「ごめんなさい、自宅まで送ってあげたいところだけど、時間がないから。あそこの停留所からバスに乗れば、乗り換えなしで帰れるでしょう」

「こんなとこで降ろされても困るんだ。犬の餌を買っていく用事がある」

美由起が振り向き、睨《にら》みつけるように私を見た。真面目な話の最後にまたつまらぬ冗談を聞かされたと思ったのかもしれない。美由起のハンドルに添えられた左手がこぶしを作っているのに目をとめて私は訊ねた。

「なぜ電話では知らないふりをしたんだ？」

「本気で、とさっき言ったわね？」

「ああ」

「本気でと言うなら、あなたが考えなければいけないことはほかにあるんじゃないの？　自分の足もとに火がついてるんだから、いまは他人の、過去の詮索なんかしてる場合じゃないと思うんだけど」

「何の話をしてるんだ」

「あたしも話してみたいことがあると言ったでしょう、電話で。いまその話をしてるの」

それが具体的にどのような話を意味するのか見当もつかなかったし、どのような内容であろうと、過去の詮索以上にいま重要な話があるとは思えなかった。私は高をくくり、油断していた。自分の足もとに火がついている。私はただ十五年前に彼女の叔母から聞かされたこれとそっくりの台詞を思い出していただけだ。旭真理子はこう言った。あなたにはいまよそ見なんかしている暇はない、自分の足もとに火がついてるんだから、お隣の奥さんの心配をするまえに美由起との問題に始末をつけるべきだ。そしていまの私はその台詞を、意図的な（間違った方向への）誘導ではなかったかと疑っている。私がよそ見をするのは——お隣の奥さんである村里悦子に関心を向けるのは、旭真理子にとって単に都合の悪いことではなかったのかと。

私の心の隙をついて美由起がその話をした。

「こうやって助手席に男の人を乗せてドライブする、いまのあたしみたいに。そういうことを定期的にやっている女性がいるらしい。たとえば駅からホテルまで、ホテルから駅まで。一見、それは何でもないことに思える。一組の男女が、一台の車に乗ってある場所と別の場所のあいだを往復する。実際、何でもないことよね。いまのあたしたちのように見えるかもしれない。でも何でもないと見えることが法に触れる場合もある。世間にはそれを見て見ぬふりができない人もいるし、法的に、許される事と許されない事のけじめをつけたがる人もいる」

私は眉をひそめた。それを見て千野美由起が芝居がかった仕草で首を振ってみせた。

「これは仮定の話だけど、もし検察庁の職員がその車の助手席に乗っていたことが発覚すれば、テレビや新聞は大騒ぎするでしょうね」

ため息を堪えきれなかった。

この話をそれ以上聞く必要はない。

「言いたいことはもうわかったでしょう。そんな軽率なまねをする職員がいないことを祈るしかないけれど」

「……それで？」

「それで何」

「それで今後、僕はどうなるんだ」

「さあ」と美由起は突き放した答え方をし、視線をそらしてまた前方のバス停に目をやった。「それは今後のあなた次第じゃないかしら」

それから言葉を失《な》くしている私に向かってこう続けた。

「ごめんなさい。ほんとに今日はもう時間がなくて」

そうしろと命じられたわけでもないのに私はシートベルトをはずし、助手席側のドアを開けて、自分から車を降りることにした。そうする以外に何の妙案も思いつかなかった。

「古堀さん」

美由起の声が背中にかかった。

「そんなにふさぎこむ必要はないの。だいじょうぶ。もしこれ以上、軽率なまねをしなければ、面倒には巻き込まれない。あなたの名前はリストから消える。そう望むならこれからもずっと検察事務官でいられる。定年まで。それはあたしが約束する。交換殺人なんて世迷《よま》い言は忘れて職務に励むことね」

ドアを閉める前に美由起の顔をうかがうと、束の間だが笑顔になるのが見えた。

「じゃあ、また会いましょう」と彼女は最後に言った。

むろん彼女は心にもないことを言っている。

車は私のそばを離れ、じきに速度をあげて走り去った。

おそらく千野美由起と私が会うことはもうないだろう。少なくとも千野美由起のほうにもう私と会う理由はないだろう。結局のところ、彼女の目的はこの警告にあったのだ。最初から私の話に耳を傾けるつもりなどなく、彼女は今日、私に太い釘《くぎ》を一本刺すために三十分だけ時間を作ったのだ。

だが何のために？　私は独りになって歩道を歩きながら考えた。犬の餌を買いに、バス停とは逆の方角の商店街を目ざして。昔のよしみで警告してくれたのだろうか？　ずっと昔に交際していた男が警察沙汰に巻き込まれるのを救おうとしてくれたのだろうか？　違うだろう。私は首を振ってその考えをしりぞけた。千野美由起は、私のほうから何回もしつこく連絡を取らなければ、もともと私と会うつもりなどなかったのだから。

横断歩道で信号待ちをしながら私は考えてみた。自分が常習としている違法行為が他人に知られている。すでに千野美由起の耳にまで届いている。どこかに私もしくはサオリを監視する目が光っている。私の知らないところで内偵が進み、いつ重要な決定がなされ、問題となってマスコミを賑わすかもしれない。だが千野美由起は約束した。

（これ以上、軽率なまねをしなければ、面倒には巻き込まれない）

彼女の約束、およそ検事としてふさわしくない台詞に私はひっかかりを覚え、心の中で何度となく反復してみた。

（そう望むならこれからもずっと検察事務官でいられる。定年まで）

そして信号が青に変わる前に、ひとつの思いがけない疑問が頭に浮かんだ。軽率なまね、ということの中には、現在私が手を染めている違法行為だけではなく、過去の詮索も含まれているのではないか？　十五年前に起きた二つの殺人事件を、みんなが忘れてしまったいまごろになって私が嗅ぎ回ること、この街と東京で起きたその二つの殺人事件を、いま私が交換殺人などという世迷い言で結びつけようとしていること、そこまでの一切が含まれているのではないか？　彼女は今日私と会って話を聞いたうえで、過去の事件について私がどの程度事実を知り得ているか把握したうえで、もうこれ以上は踏み込むなと警告がしたかった、そのための切札として私の常習的な違法行為が持ち出されたのではないか？

(自分の足もとに火がついてるんだから、他人の、過去の詮索なんかしてる場合じゃないと言ってるのよ)

過去と同じことがくり返されている。

私はそう感じた。むかし彼女の叔母がしかけたのと同じ罠《わな》に美由起は私をはめようとしている。意図的な間違った方向への誘導。私が過去の詮索をするのは、美由起にとって(美由起がいまも大切に思っている叔母にとって)都合の悪いことだからではないのか。では美由起は、本心では、過去に関心を持つこと、二つの殺人事件をつなげて考えること、そういうこと一切から手を引けと私に言いたかったのだろうか。手を引くなら、あなたの名前をブラックリストから抹消し、あなたの身分を保証する。

信号が変わり、横断歩道を渡ってアーケードの商店街に入って行きながらなおも考えた。彼女はもう知っているのではないだろうか？　私よりも先に、実はとっくの昔に叔母の犯した罪に気づいていたのではないだろうか？　だとすれば、嘱託殺人についても、あるいは世迷い言と彼女のいう交換殺人についても、この十五年のあいだに必ず頭の隅で考えてみたことがあったはずだ。この十五年、彼女と叔母とのつきあいが途絶えてしまったのは、叔母がこの街に寄りつかなくなったのと同時に、美由起のほうで叔母を避けるようになった結果ではないだろうか。ふたりは、一方が大罪を犯したこと、一方がその犯した大罪を知っていることを互いに承知で、犯罪者と検事として、この長い年月を離れ離れに暮らしているのではないだろうか。

（あなたが、あなたの人生を賭けて、その男を殺したのはわかる）

被疑者を取り調べの最中に千野美由起が言ったとされる台詞。

その言葉にこめられた意味についても、そんなはずはあり得ないと思いながらも、どうしても新たな考えが浮かんでくるのを抑えきれなかった。私はこう考えながらアーケード商店街を歩いて行った。美由起は、自分の叔母と村里悦子との関係についても、血のめぐりの悪い私よりも先に気づいていたのではないか。互いが互いの犯した大罪を重々承知で、共犯者として、この長い年月を（おそらく一度も会うことなく）離れ離れに暮らしているふたりの関係。そのことを私よりも先に見抜いて、いまだに口をつぐんでいるのではないか。つまり美由起は叔母である旭真理子にも、村里悦子にも、検事としてではなく同性のひとりとして、その男を殺したのはわかる、あなたの立場ならあたしも同じことをやってみせると、すでにどこかの時点で理解を表明していたのではないだろうか。

第15章　旗の台へ

それから一カ月後の九月なかば、私は五反田駅前にいた。

正確な日付は九月十八日、午後三時過ぎ。

歩道橋を駅のほうへ渡り、階段を降りきったところで二つめの電話がかかってきた。強い日差しのもと、歩き続けて最初の電話をたったいま終えたばかりなので、できれば滲み出た汗を拭いたかった。だが両手がふさがっている。左手には鞄を提げているし、右手には鳴り始めたばかりの携帯電話を握りしめている。着信表示を見るとかけてきているのはサオリだった。

私は歩道橋のたもとに立ち、着信音が鳴り止むのを待った。

ほんの数メートル先に宝くじ売場が設けられていて、横に細いポールに結びつけて広告の幟《のぼり》が立ててあるのだが、風がないせいで赤い布地はぴくりとも動かない。まもなく電話の音は止んだ。私は宝くじ売場のそばを通り、駅舎の屋根の陰に入って足を止めた。携帯電話を鞄に戻し、代わりにハンドタオルを取り出し汗を拭う。するとまた着信音が聞こえ出した。かけてきているのはやはりサオリだった。私はこの電話をうけるべきかどうか迷った。

むろん迷わずに通話ボタンを押して、彼女に伝えなければならないことがある。一カ月前にも私は同じことを考えた。この電話はもうかけてくるべきではない。われわれはすでに危ない橋を渡っている。どこに監視の目が光っているかわからないし、身辺に密告者がいないとも限らない。きみは目立つ行動を控えるべきだ。サオリにそう強く警告してやるべきだと考え、そして先月かかってきた彼女からの電話を（留守電のメッセージを聞いただけで）結局、私は無視して放っておいた。

しかしこの日、一と月ぶりにかかってきた電話をうけるべきかどうか迷ったのは別の理由からだった。私はいまさっき切った最初の電話で、村里ちあきにどうしても言えなかったことをサオリになら言えるような気がしていた。自分がいま東京五反田にいること。ここに来るまでおよそ五カ月かかって、過去と向き合い、眠る記憶を揺り起こし、足りない部分を想像で補い、ひとつの荒唐無稽な物語を完成させたこと。私の頭の中にあるその物語を携えて、これから旗の台という町へ向かうつもりでいること。

「以前、交換殺人の話をしたのを憶えてるだろう。実はそれが現実に起きているようなんだ。僕の考えでは、それをやり遂げたふたりの女性が現実に存在する」

これから旗の台へおもむき、旭真理子との直接の対面を果たす前に、私はこの物語を誰かに伝えておきたいのかもしれなかった。できれば誰か、私という人間を信用して、私の話に真剣に耳を傾けてくれる相手に。私のほうからも信頼できてその助言に耳を貸そうと思える相手に。ひとりの理解者も得られぬまま、いわば孤立無援のまま見知らぬ場所に立っていることを私は不安がっているのかもしれなかった。そして仮にそんな不安があったとしても、事実を伝えておける相手は、いまの私にはどこを探してもサオリしか見つけられないのかもしれなかった。彼女ならきっとまともに聞いてくれるし、勘の良い応対をしてくれるはずだ。

しかしサオリが親身に話を聞いてくれるのは金で買った一時間半のあいだだけだろう。彼女のまともな勘の良い応対は私の支払う延長ぶんの料金に含まれている。彼女と私の信頼関係は（そんなものがあるとして）月に一度、一時間半のあいだだけ成立する。彼女はいまその月に一度の予定を確認するために私の電話を鳴らしているだけだ。私がサオリに伝えるべきことは他にある。それは、いまならまだ間に合う、私に電話をかけてくるのをやめろ、という忠告である。いまならきみも私も、ぎりぎり引き返せるかもしれない。親や、兄弟や、友人たちに、もしきみが結婚しているのなら夫に、後ろめたい秘密を知られないうちに、日常の生活に戻って何事もなかったようにやり直せるかもしれない。私は検察事務官として定年まで勤めあげ、きみは将来、きみの望むように平和に年老いて、小さな可愛いおばあさんになれるかもしれない。

鞄の中の携帯電話を握りしめたまま私は鳴り止むのを待った。

そばを行き過ぎる人たちの投げかける訝しげな視線に耐えながら待ち、それから旗の台までの切符を買うために構内へと歩いた。しかしそれは本当にそうだろうか？　人はいちど犯したあやまちを、その記憶を汗を拭うようにきれいに拭い去り、ふたたび何事もなかったようにやり直すことができるだろうか？　さきほど歩道橋を渡りながら話し終えた電話で、村里ちあきは、母は悪い夢にうなされているようだと私に告げた。

村里悦子が悪い夢にうなされている。

夫の不幸な死からおよそ一年経って彼女は再婚し、九木悦子と名前を変えた。あんなに痛い思いをするのは一度でたくさんだとかつて私に告白した女は新しい夫とのあいだにふたりめの娘を出産した。夫婦でバスケットボールの練習に励み、プール帰りには娘と待ち合わせて夕食の買物をする。自分にはいまの生活がある、昔のことなどもう思い出す暇もないと私に言い切ったあの女が悪い夢にうなされている。しかもこの時期に。

私は何気なさを装って訊ねた。

「夢の内容まではわかりません」と村里ちあきは答えた。「義父に聞いた話なんです。いまでもときどき、真夜中に母は起きていることがあるそうです。うなされて、汗をかいて目覚めて、もう眠れなくなる。布団の上にじっとすわりこんで汗がひくのを待っている」

「そう」

「とても不憫《ふびん》に思えると義父は言ってます。きっと過去のいろんな出来事を、いままでも夢に見ることがあるんだろうと。過去のいろんな出来事というのは、あたしが子供の頃の……」

「あの事件のこと」

「ええ、それもあるかもしれませんが、でも母はそれよりも生きていたときの父の夢を見てうなされているんじゃないでしょうか。父からどんなにむごい仕打ちをうけたのか語りたがらないけれど、いまだに心に深い傷を負っている、死んだ人のことを忘れようとしても忘れられない、ほんとうはもう忘れたいのに。それがとても不憫だと」

「そう」

「特に毎年、この時期になると頻繁になるらしいんです。母が真夜中に目覚めていることが。なぜなのか理由はよくわからないけど、でもやっぱり、あたしが幼かった頃の出来事と関係があるのかもしれない。あたしの身を守るために母は犠牲にもなったわけだし、毎年、夏が終わって九月の今頃になると、母は昔の記憶に取り憑かれて夢に見るのかもしれない」

「九月の今頃？」

「ええ」

「昔、九月のいまの時期に、お母さんに何か特別な出来事が起こった？」

「いいえ、そうじゃなくてあたしの誕生日だから、今日、九月十八日」


大学の夏休みに帰省しなかったこともあり、今年二十歳の誕生日を父方の祖父母のもとで過ごすことにしたのだと村里ちあきは言った。上京した私とは入れ替わりの帰郷になったわけである。むろん彼女は母の住む家にも顔を出した。子供の頃から母には毎年、誕生日を祝ってもらう習慣がある。今年はじかに誕生日のプレゼントを手渡されることになったのだが、その祝いの席で、母が用事に立ったすきを見計らって、不憫な妻の話を義父がしてくれたのだ。毎年この時期に母の夢見が頻繁になるという話は、村里ちあきにも初耳だった。

私は村里ちあきが電話をかけてきた理由がだいたい呑み込めた。五カ月ぶりに帰省したこの機会を利用して、もういちど私に会い例の手袋の話の続きをしたいということなのだろう。できれば今夜、また古堀さんのお宅にうかがってもいいでしょうか、と彼女はうかがいを立てた。少し考えて、私は嘘をついた。

「いや、今夜は困る。急ぎの仕事を抱えているんだ。できれば明日、明日の午後なら何とかなるかもしれない。東京へはいつ戻るの？」

「明日の夕方の便で」

「じゃあ明日の午後、なるだけ早い時間に」

翌朝一番の便に乗る予定なので私はそう答えた。たぶん正午までには自宅に戻り、みつの餌を新しいものと取り替えているだろう。あとは村里ちあきのほうで時間のやりくりがつけば、一時間でも三十分でも会って話すことは可能かもしれない。とにかく明日こちらから連絡する、と私がその場しのぎの返答をした瞬間、

「古堀さん」

と村里ちあきが呼びかけた。その口調が妙に大人びて私の耳に届いた。

「できればもう一回おめにかかって、きちんとお話がしたかったんですけど」

「うん」

「憶えていますか、四月にお宅にうかがったとき聞いていただいた話。古いミトンの手袋にまつわる話。手袋そのものじゃなくて、東京でその手袋をあたしにくれた誰かのことを、母はあたしに忘れさせようとしている。きっとその誰かの話題に触れることが母にとってタブーなんじゃないかということ」

「憶えてるよ」

「実はもう、そのことを詮索するのはやめようと思うんです。手袋のことも、それをくれた誰かのことも。あと、十五年前の東京ディズニーランドのことも、平和島競艇場のことも含めて、ぜんぶ」

「そう」

　と相槌を打ったあと、それだけではあまりにも素っ気ないように自分で思えたので、敢《あ》えてこう質問した。

「どうして」

「理由はうまく言えないんですけど」

　と断ってから、村里悦子の娘はまじめに答えた。敢えて質問しなくともその答えは予測がついていた。

「やっぱり母が不憫だから。義父の言うとおり、母はいまだに過去の記憶から逃れられないでいるんですね。嫌な思い出は忘れてしまえば楽になれるのに、いまよりどんなに楽に生きていけるか知れないのに、可愛想に、それができないで十五年経ったいまも悪い夢を見てうなされている。だからこれ以上、母を追いつめるようなまねはやめたいんです。あたしが自分勝手な理由で、不確かな思い出にこだわって、手袋のことやそれをくれた人物のことを調べたりする。それは結果として母を後戻りさせる、つまりいっそう過去の時間のほうへ追いつめることになるでしょう？　このままだと何かが起きてしまうような気がする。母の身に、何か悪いことが。とても悪い予感がします」

「うん」

「すみません、勝手なことを言って」

「わかるよ」

それは正直な気持だった。村里ちあきの母を心配する気持はよくわかる。ただし気の毒だがもう手遅れなのだ。私はもう過去へ後戻りして知ってしまった。五カ月前、村里ちあきに相談をもちかけられて以来、過去の時間にこだわり、日記を読み返し、あの事件の警察記録を読み、手袋のことやそれをちあきに与えた人物のことを推理し、謎を解き、何もかもを私は知ってしまった。知ってしまったといまの私は確信している。

上京する前、職場のパソコンで（職場のパソコンに痕跡を残すのは軽率だと自覚しつつ）もう一つの事件の記事を検索し、事件の起きた日時、殺害された男の氏名、殺害現場等の情報を得た。今日の午前中、五反田駅近辺を歩きまわり、かつて男の名義だったビルが持主が変わっていまも存在することをつきとめ、殺害現場になったと思われるホテル街の一角にも立ってみた。現存するビルの管理人に何をどう質問したところで、十五年前の九月十八日夜に起きた殺人事件や、事件の被害者となった男のこと、男の身内のこと、男の会社で働いていた事務員のその後の様子などはわかるはずもなかったが、いったん探索を諦めて昼食後、たまたま目についたインターネットカフェの看板に誘われてさほど期待もせずに入店し、試しに、まさにほんの運試しという感じで「旭真理子」という名前を検索にかけてみたところ、拍子抜けするくらいにあっさりと、彼女が代表を務めている「アートショップ・カフェ」のページがヒットした。「アートショップ・カフェ」が店名なのか、店の営業内容を説明している語句なのかは定かではない。だからこれから私はその店がある旗の台まで出向く。

「ほんとにごめんなさい。いまさらと思われても仕方ありません。自分から言い出しておいて、関係のない古堀さんまで巻き込んでしまって」

「いや、そんなことは思わないよ。もともと、ちあきちゃんの話をまるごと信じたわけではなかったしね」

　そう答えたあとで、このあまりにも見え透いた嘘が、村里ちあきの不審を招かないことを私は祈った。

「とにかく、僕のことはいいから、お母さんの心配をしてあげなさい」

「ありがとうございます」

「僕もこれ以上の詮索はやめたほうがいいと思う。きっと無駄だよ、何も得られない。あれから当時の日記を読み返してみたり、できるかぎり記憶をたどってはみたけれど、新事実みたいなものは出てきそうにない。ちあきちゃんとお母さんは十五年前、確かに東京ディズニーランドに行った。手袋は旅行中、お母さんが自分のために買ったのかもしれない。手袋を買った店で親切に応対してくれた店員を、きみはお母さんの友達と勘違いして憶えているのかもしれない。きみは何しろまだ四歳だった。当時の記憶が残っているとしてもたかが知れている。少なくとも一から十まで正確とは言えない。不正確な記憶をもとに、いまさら何をどう追究しても、得られるものはない。結論としてはそういうことなんだ」

「ええ、あたしもそう思うことにします」

「それがいい」

　電話を切ったあと私はこう思った。切ったあとサオリからの着信があるまでの合間、右手に携帯電話を握りしめて歩道橋を渡り階段を降りて行きながらこう思っていた。

毎年この季節に九木悦子が頻繁に悪夢にうなされるという話が本当なら、たぶんそれは今日がちあきの誕生日であることとは無関係だろう。まったくの無関係ではないにしても、その直接の原因は、むしろ十五年前の今日起きた事件と結びつけて考えるべきだろう。起きた事件というよりも、九木悦子が村里悦子だった時代にみずからの手で起こした事件と。

もし十五年前の今日、九月十八日、彼女がこの五反田にいたことが証明できれば、私の物語は事実の裏付けを得てより強固になり、より正しいもの、完璧なものへと近づくのだが。当時まだ幼かった村里ちあきは、五歳になる誕生日を母親にどこでどう祝ってもらったか憶えているだろうか？　同年の一月、母親に東京ディズニーランドへは連れて行ってもらえなかったこと、旅行一日目、大雪で立ち往生した電車に乗っていたこと、翌日、洗足池公園で母親の知り合いらしい女、母親と同じ匂いのする女と会ったこと、その女から手袋を与えられたこと、それらの事実を（おそらく正確に）憶えているように。十五年前の誕生日を母親がそばにいて祝ってくれたかどうか。質問すれば、単純な事実が判明するだろうか。当日、もしくは前日、村里悦子がひとりで東京へ旅立った事実がまたあっさりと判明するのだろうか。私は電話を切る前に、ひとこと、その点を村里ちあきに質《ただ》してみるべきだったのだろうか。

九月十八日、夜。

彼女はひとり東京にいた。五反田駅の周辺に。おそらく普段とはまったく違った恰好で。あの頃、外出するときにも手ぶらを好んだ女はこの夜だけはハンドバッグを携えていただろうし、化粧も入念だったはずだ。これも想像だが、いつもの洗いざらしたジーンズではなく女らしさを強調するための服装に身を包んでいただろう。持ち慣れないバッグを持つのは服装に合わせるためもあったし、むろん中に凶器を忍ばせる目的もある。

言ってしまえばそれら変装用の品をすべて彼女は東京に着いてから買い揃えた。信頼できる、年上の女の、あらかじめの指示に従って。年上の女はその日からおよそ八カ月前、洗足池公園のベンチで、彼女にこう言い聞かせた。

「あなたの住む町をたどる糸口になるもの、のちにあなたを指し示す証拠になるもの、どんなに小さなものでも東京に残してはいけない、絶対に。許されるのは香水、それからあなたの笑顔だけ」

きっと言い聞かせたに違いない。

「あたしはあたしのやり方で、男とも女とも判別のつかない方法で実行する。でもあなたは女を武器にしていい。そうするのが最上の方法で、男を罠にはめるには、それ以外に方法はない。あたしが保証する、あの男のことは知り抜いているこのあたしが。

あなたの笑顔には絶対に抵抗できない。目の前に立って、笑いかけてやれば、もう半分はやり遂げたようなもの。あとはあなたとあたしの思い通りになる」

こうして彼女は年上の女に指示された場所で待ち伏せ、ほぼ時間通りに現れた男の前へ一歩、踏み出すことになる。それは男が毎日決まった時刻まで過ごすビルの出入口だったかもしれない。あるいはもっと五反田駅に近い繁華街の雑踏のなかでのことだったかもしれない。いずれにしても、男を罠に追い込むのに彼女はさほど苦労を要しなかった。あらかじめ用意された台詞を口にして、笑顔を見せる。あとは無頓着をよそおい、初対面ではあり得ないほどに男に近寄り、嗅ぎ慣れているはずの香水の匂いを嗅がせた。九月なかばにしては蒸し暑い夜で、彼女の身体はわずかに汗ばんでいた。彼女のほうから具体的な誘いの文句は必要なかった。男は自分のふところに飛び込んできた相手の素人っぽさに目を奪われ、儲《もう》け物、くらいには思ったかもしれない。なじんだ香水の匂いには奇縁を感じていたかもしれない。ほんの数分、つまりさほど人目につかない程度の時間で、男の運命は決まった。

犯行時刻は深夜と推定されているが、ホテルの並んだ一角、その裏通り側にふたりが立ったのはもっと早い時刻だった。部屋でふたりきりになるまでの時間が遅れれば遅れるほど、彼女の姿が人目にとまる危険も増す。たとえ変装しているといってもできうる限り危険は回避するべきだ。彼女は年上の女の指示を忠実に守った。飾り気のないクリスマスツリーのような形状の、大きな鉢植えの植物が二つ、裏通り側の入口のドアを覆い隠すように配置してある。そのあいだを彼女は男に肩を押されるようにして通り抜けた。

彼女は冷静だった。怖れたり逡巡《しゅんじゅん》したりする時間は飽きるほど経験し、とうに覚悟はついていたので、いまになってうろたえる理由は見つからなかった。血路をひらく。そういった勇ましい言葉を口にし、しかも現実の行動に移してしまうには生半可ではない強い意志が必要で、年上の女にはそれが生来備わり、彼女のほうにはそれに通じる人生観があった。いま彼女が遂行しようとしている計画を妨げる力ははたらいていない。ゆえに彼女は道を誤ってはいない。このまま前へ進むべきだ。ここまではすべて、計画通り。きっとこのあとも年上の女の予言通りに道は開けるだろう。

「たとえ女性の犯行だと知れても、あなたを疑う者はどこにもいないし、あたしはあたしで完璧なアリバイを用意する。その夜、あたしは日本にいない」

彼女はいまこの瞬間に日本にいない女を心から信頼していた。その女から与えられた指示のひとつひとつ、男についてのこまごました情報にも露ほども疑いをはさまなかった。なぜならすでに七カ月前に決行されたもう一つの計画によって、相手の言葉が信頼できることは証明済みだったからである。年上の女は、自分で、先にやってみせた。先に実行するほうが不利であることを重々承知のうえで。

「あたしがあなたの夫を殺す。代わりにあなたが、あたしのために別の男を殺す。現実的に考えればそんなまだるっこしい、律儀な香典返しみたいなことは必要ない。どうせ一つ殺人を犯すくらいなら、あなたは、あたしがあなたの夫を殺したあとで、このあたしを殺せばいい。それで秘密を知る人間はあなた以外にいなくなる。あなたはそういうことも考えてみていい。有利不利、あらゆるケースを想定して考えていい。そのうえで、あたしを信頼できるかどうか決めればいい。あたしのほうはもう、いまここから、あなたを信頼するしかないわけだけれど」

ホテル内に入ると空気がひんやりとしていた。

空室を表示している写真付きパネルの前に立ち、男がいかにも慣れた態度で選択ボタンを押し、廊下の奥のエレベーターへ向かって歩いてゆく。彼女はうつむき加減でそのあとを追った。いま監視カメラがふたりの姿をとらえているかもしれない。だがたとえそうだとしても彼女は変装している。まして彼女はその夜、五反田のラブホテルになど本来いるべき人間ではない。

「警察の目があなたに向くことなど百パーセントあり得ない。考えてみて。犯罪者はなぜつかまるのかわかる？　不注意で、軽率で、意志が弱いからよ。つまり血のめぐりが悪いからよ。いちど犯した犯罪をくり返すなんて論外。警察はまず前科のある人間に注意を向ける。ところがその論外なことを仕出かす人間が世間には大勢いて、警察の仕事を楽にしている。逆に言えば、犯罪歴のない、いわゆる善良な市民が犯した犯罪ほど警察は捜査にてこずる。そこをよく考えてみて。あたしにもあなたにも前科はない。それにこの一回を例外として、今後、あたしたちは二度と犯罪には手を染めない。そうでしょう？　一生に一回だけ、一夜かぎり。そしてお互いに口を閉ざす。秘密は墓場まで持っていく。だからあたしたち以外に真実を知る者はいない。あたしたちを疑おうという人間は誰もいない」

一夜かぎり。その呪文を彼女は胸に言い聞かせた。言い聞かせたはずだ。四階の部屋へ上っていくエレベーターの中で、はやくも男の意のままになり、なってみせ、乱暴に抱き寄せられて唇を求められながら。男の汗とタバコとアルコールの混じった体臭を嗅ぎながら。ここからその一夜がはじまる。一生に一回だけと決めた夜が。男の気を殺《そ》いではならないから、彼女は一瞬たりとも嫌な顔を見せなかった。馴《な》れ合いで嫌がるふりをして、ハンドバッグを落とさないように神経を集中し、男の逸《はや》る気持をなだめるように手をつかみ、つかみ返され、エレベーターが上へ着くまで焦らし続けた。

「終わったあと、男は眠る。ほっておいてもまちがいなく鼾を立てはじめる。ただしそうなるには、あなたもそれなりのことをしなければならない。しなくてすむならそれに越したことはないけれど、でも、五分でも十分でも正体なく男を眠らせる、それがより確実な方法になる。目覚めている男はあなたには殺せない。抵抗する男を殺す腕力はあなたにはない。だから、わかるわね？　好きにさせるしかない。精も根も尽き果てて男がベッドで寝てしまうように、どんなにおぞましいことでも我慢しなければならない。それができる？」

　むろんできると答えたからこそ彼女はその夜そこにいたわけだ。めざす四階にエレベーターが着き、男に手を取られたまま降りて、ふたりで狭い廊下を歩いて部屋の前に立った。男がドアを開け、彼女の背中を押して中へうながす。みずから血路をひらくためにどんな犠牲も払う。中に入ると、靴脱ぎのスペースは申し訳程度で、すぐ目の前に部屋履き用のビニールのスリッパが並べてあった。そのスリッパに履き替えるという簡単なことに突然、彼女は身の毛のよだつような不安を覚え、最後の最後に決意を要した。靴を脱いで一歩、部屋にあがりこむともうこちら側の世界へは引き返せない。いまの自分がいる善良な市民の住む世界へは戻れない。

　だがその不安が錯覚であることを彼女はすぐに悟った。もし世界が二つに分かれ、あちら側へ行ったきり戻れないというのならもう手遅れだろう。

「お父さんのあれが始まったら隠れなさいと、娘に一生言いつづけて暮らしていくつもり？　生きていればいつかいいこともあるなんて人がいうのは嘘よ。こちらが先にやらなければ、いつか、あなたやあなたの娘のほうが殺されるかもしれない」

いまから七カ月前、年上の女が野球のバットで夫を殴り殺したとき、その犯行をアリバイを準備して黙って見過ごしたとき、自分はすでに一線を踏み越えていたのだから。

その後の七カ月はしかし年上の女の見込み通り何事もなく過ぎた。血路はもうすでに半分ひらかれ、自分はそれ以前と同じ日常、同じ世界に生きている。背後で、どうしたんだ、とせかす男の声がする。ここまで来て何をためらってる。その声にうながされるようにして、彼女は自分を取り戻した。もし戒める力がどこにも見つからなければ、いまあなたがやろうとしていることは、あやまちではない。不安は一瞬にして消え、彼女は靴を脱ぐまえに振り返り、男に顔を見せた。血路などという勇ましい言葉には不釣り合いな笑顔。およそ子供を持つ母親には似つかわしくない、無邪気な、人なつこい笑顔。むろん男にはその笑顔の裏に隠されている殺意は見えなかった。彼女がスリッパに履きかえるのと、部屋のドアが閉まり鍵のかかる音がするのと同時だった。

彼女はその場で、後ろから男に抱きすくめられた。ハンドバッグが床に落ちて音を立て、中身を連想させる、不吉な音のようにも聞き取れたが男が気にした様子はなかった。あせって拾いあげることもない、と彼女は思った。それが必要になるのは男があとで鼾を立てはじめてからだ。何の心配も要らない。自分は冷静で、事の順番は頭にたたきこんである。男の腕が軽々と彼女の身体をかかえあげてベッドへ運ぶ。事は順番通り、思い通りに進んでいる。一夜かぎりのその夜がいまからはじまる。男の体重がのしかかり、彼女の身体を組み伏せる。それから唇が首筋にあてられ、そこを這い、手がスカートをわけて太腿をまさぐる。いつのまにか男から急ぎの気配が消える。その気配は彼女にも伝わる。男は時間をかけるつもりだ。ここまで来ればもう慌てることもなく、中年の好色にたっぷりと時間をかけるつもりなのだ。彼女は目をつむる。これは犠牲で、血路をひらくためならどんな犠牲も払う。すでに半分ひらかれた血路のもう半分が今夜ひらかれて完全になる。一時間かそこいらですべてのかたがつく。部屋の入口に落ちているハンドバッグの中から出刃包丁を取り出し、忍び足でベッドに戻り、無抵抗の男を一と刺しにする。砂場にスコップを突き立てるように刃先はずぶりと沈みこむ。難しいことじゃない、と年上の女は保証してくれた。眠っている男をもっと長い眠りにつかせるだけ。その瞬間まで男は絶対に気づかない。自分が死ぬことにも気づかないだろう。怖れる必要はない。だいじょうぶ、あなたならできる。男の指が器用に動き、荒い息には似合わない繊細さで彼女のブラウスのボタンをはずしてゆく。彼女は目を閉じたまま思う。まもなく男に見せつけるための辛い顔つき、聞かせるための切ない声を心の内に用意しながら思う。いま自分がやろうとしていることは間違っていない。戒めのサインはどこにも見つからない。あと一時間かそこら。

それですべてかたがつく。だいじょうぶ。怖れてなどいない。あたしにはできる。

五反田から旗の台まであいだの駅は三つ、電車に乗ればものの五六分で着く。駅を出て右へ踏切を渡り、商店街をしばらく行くと、それと直角に交差するもうひとつの商店街に突き当たることになる。その通りを荏原町《えばらまち》方面へむかって歩けばまもなく「アートショップ・カフェ」の看板が見えてくる。ネットで説明されていた道順に従って私は歩き、途中、目標の看板を見つける前にいったん足を止めた。鞄の中で携帯電話が鳴っているのに気づいたからだ。取り出してみると着信表示にはまたしてもサオリの名前があった。これで三度目。私は後ろから来る人の流れを避けて通りの左端に身を寄せた。反対側の洋菓子屋のショーウィンドーを見るともなしに見ながら着信音が鳴り止むのを待った。

それから鳴り止んだ電話を手にしたままさらに歩き、めざす看板、もしくは看板らしきものをふいに発見した。どこまでも続くかに思える長い商店街の左手に路地が口を開けていて、その曲り角にあたる位置にそれらしき建物があった。建物の側面は路地に面していて硝子張りになっている。正面入口、つまり商店街側の店の表に、直径が五十センチ程度の円卓と対の椅子が一脚、通行の邪魔にならないように出してある。円卓の上には美術関係の催し物のチラシが何種類か載っているだけだが、椅子の背もたれにミニチュアの黒板が立てかけて置いてあり、そこに白墨で書かれ掠れかけたアートショップ・カフェのアルファベット文字が読めた。これが看板で、やはり「アートショップ・カフェ」が店名なのかもしれない。黒板にはピンクのチョークで書かれた「グラスワイン・６００円」の文字も見える。

通りまで張り出した布製の日除《ひよ》けの下に入り、私はドアマットを踏んで立った。この店に間違いなさそうだった。高さが二メートル以上ある大きなドアは両開きで、表に出してある円卓や椅子と同じ濃い蜂蜜色の木枠に、透明な硝子がはめ込まれている。木枠の幅の広いぶん、左右のドアの硝子越しに覗ける範囲は限られるし、戸外の光と店内の照明の強弱のせいでいまはほとんど中の様子はうかがえない。だがこの店で旭真理子は働いているに違いない。

長い時間をかけてようやく、ここにたどり着いた、と思ってみたが、さほどの感慨は覚えなかった。この店を探しあてたのは単なる偶然、五反田のネットカフェで試しにパソコンをいじってみた結果に過ぎなかったせいかもしれない。それよりも私は自分が見知らぬ土地の場違いな場所に立っていて、これからまったく意味のない道化を演じようとしているのではないか、という孤立無援の思いに再度とらえられていた。その思いは店のドアマットの上に立った瞬間に来て、振り払おうとしても頭から離れなかった。私のする話はここでも一笑に付されるのではないか。九木悦子や千野美由起の口からひとつの真実も引き出せなかったのと同様に、このドアを開けてもはかばかしい成果は得られないのではないか。どんなに趣向を凝らして過去からの物語を届けようとしても肝心の受け取り手はなく、私の喋る言葉は、事件から年月を経たいまはもう誰にも通じないのではないか。

そして私はその思いを振り払うために、右手に握った携帯電話のキーを押していた。キーを押したことを後悔するひまもなく電話はすぐにつながった。一片の迷いもなしに、といった手ごたえでサオリは私の声に応えた。

「いま留守電にメッセージを残したところだったの。聞いてくれました?」

「いや」

「やっぱりね。早すぎると思った」

「何か重要なこと?」

「とても重要。でも留守電には、折り返し電話くださいとしか入れてない。できれば直接話したかったから」

「話してくれ」

「いま? いま時間あります?」

「いいから、話してみてくれ」

「そう、じゃあ要点だけ話す。あたしはもう、いままでのようなシステムで古堀さんと会うのはやめようと思う。いままでのようなシステムって変な言い方だけど、古堀さんには何のことかわからないかもしれないけど。とにかくもうやめにする。だから……」

「わかるよ。きみの電話番号は登録から削除する、きみのほうも僕の番号を削除してくれ」

「そうじゃない。だから、ほんとは電話じゃなくて会って話したほうがいいんだけど、要点だけね、こないだからずっと考えてたことを話すわね。その気になればこういうこともできるんだという話。あたしはこれからも古堀さんとは月に一回くらいは会いたいと思ってる。つまりいままで通り。でもいままでみたいな会い方じゃない。あたしと古堀さんと個人的に、対等に、もし古堀さんさえよければ。……言ってる意味、わかる？」

「交換殺人の話をしたのを憶えてるか」私は電話をかけたときから言いたかったことを口にした。「まったく対等の立場のふたりが、おたがいを信頼して、殺人を実行する」

「ゲームでしょ？」

「いや現実の話だ。現実にそういう犯罪が起きているとしたらどうだ？　十五年前にそれは起きた。ところが、いまだにそのふたりはおたがいを信頼しあい、犯罪については口をつぐんでいる。僕にはよくわからない。でも実際にそのふたりはそういうことをやり遂げている。そうとしか考えられない。十五年前にした約束をいまだに守り続けている。そんなことが現実にあるときみは信じられるか？」

「そんなことって？」

「いちどかわした約束を死ぬまで守ること。相手を絶対に裏切らないこと」

「そうね、もしそんなことが現実にあったとしても、あたしは信じられると思う」

「僕には無理だな」

「ええ、古堀さんは友情を信じてないのよ」

「驚かないのか？　交換殺人が現実に起きていると言ってるのに。ヒチコックの映画みたいな事件が」

「少々のことじゃ驚かない。だって……」

サオリはそこで少しだけ考えるための間を置いた。

「交換殺人が現実に起きたなんてニュースは聞いたことがないでしょ？　ということは要するに、現実には誰も交換殺人なんてやったことがないか、それとも、映画とは違って、現実には誰も交換殺人に失敗していないか、二つのうちどちらかだと思う。失敗しないかぎり誰にもばれないし、ニュースになることもない。そうでしょ？　それにあたしは古堀さんの言うことはだいたい信用できる。誰かがそれをやったと言うんならたぶん本当にやったんでしょう。どっちでもかまわないけど。ねえ、やっぱり会って話さないとまだるっこしい。来週の土曜日に会えない？　話はまたそのときに、まとめて。あたしの話も古堀さんの話も」

「ああ」とだけ私は返事をした。

「ごめん、いまあたしのほうがちょっと急いでるの。あたしの話、要点は伝わったよね？」

「ああ」

「じゃあ来週また電話ちょうだい。待ってるから」

　両開きの店のドアには、左右の木枠部分に真鍮《しんちゅう》の弓形の取っ手が取り付けてある。その右側の取っ手の下に小さくＰＵＳＨと表示がある。私は用を終えた携帯電話を鞄に戻し、ドアの硝子越しに店内に目をやった。人影は見えない。客の数も、従業員らしき姿も。サオリはいままでのシステムはやめて別の会い方で私とは月に一回会ってもいいと言う。それが具体的にどんな会い方を意味しているのか曖昧なままだった。事務所を通さずに個人的にこれからも売春を続けるという意味なのか。月に一度、金銭抜きで会ってセックスと世間話の相手になってくれるという意味なのか。あるいは私ひとりではなく、他の顧客たちにもサオリは同じ話を持ちかけているのか。私は来週、好奇心にかられてサオリに電話をかけてしまうのか、かけるのを我慢していられるのか。

だがそんなことはもうどうでもよかった。私はこの店のドアを開けて、サオリがさきほど私にそうしたように「こないだからずっと考えていたことを」旭真理子に話してしまうしかなかった。十五年前、あなたが本気になればこういうこともできたはずだ、という話を。その話は一笑に付されるかもしれない。私の物語は年月を経たいまはもう誰にも通用しないのかもしれない。しかしやはりそれは現実に起きたのだ。彼女たちはその犯罪をやり遂げたのだ。その証拠に九木悦子はいまも悪い夢を、おそらく私の物語にまつわる悪い夢を見てうなされている。サオリの言うとおりだ。交換殺人が現実に起きたなどというニュースはかつて流れたためしはない。それは要するに、現実には誰もやったことがないか、現実には誰も失敗したことがないかのどちらかを意味している。現実に起きた交換殺人、完璧に遂行された交換殺人は手をくだしたふたり以外の誰にも真実を見抜かれないし、むろんニュースになることもない。十五年前の一月、旭真理子が村里悦子にむかってこう切り出したところからそれは始まったはずだ。こないだからずっと考えていたことを話すわね、あたしとあなたが本気になればこういうことができるという話を。その話は最初はあなたを驚かせたり怖がらせたりするかもしれない。でもあたしはあなたに聞いてもらいたい。あなたなら、あたしの話をわかってくれると思う。私は携帯電話を戻した鞄を左手に持ち、右手で真鍮の取っ手をつかみ、もういちどドア越しに中の様子に目をこらした。目をこらしても人影は見えない。あるいは取っ手を握りドアを押したとたんに来客を知らせるベルが鳴り、物陰から誰かが、見覚えのある女の顔が振り向くのかもしれない。私は息を整え、ここまで来る道すがら考えていたこと、彼女に会ったらこれだけは言おうと決めてきたことを頭の中で復唱した。よどみなく復唱できることを確認して、その店のドアを押した。

ブルー

ごめんね、と女が言う。

なぜ謝られているのかわからない。

私の顔を女が真上から見下ろしている。洗い髪を白いタオルでくるんで。そのタオルのかたちが、眼鏡をかけていない私の目に、なぜか食卓に立てて置かれたナプキンのようにうつる。どうやればあんな巻き止め方になるのだろう？

私は枕に頭をのせ、ダブルベッドに仰向《あおむ》けに寝ている。上半身裸で。いつのまにか掛布団は剝ぎ取られている。

さっき彼女がシャワーを浴びに消えてから、うとうととして、どのくらい時間がたっただろうか。

まだ寝たりない。目をつぶればすぐにも眠りに入っていけそうだ。しかしもう時間らしい。私は眼鏡のありかを思い出そうとする。いつ、どこに置いたのだったか？

腕時計は最初からはずして枕もとに置いてある。寝室の照明はぎりぎりまで絞られているし、腕時計に手がとどいたとしても裸眼で文字盤が読み取れるわけがない。そちらへ手をのばそうとして、力をこめかけて、諦める。

しかも私の右腕は、彼女の左膝で押さえこまれている。左腕は、右の膝で。彼女は私の上半身をまたいで馬乗りの姿勢をとっている。

「眼鏡を知らないか？」と私は訊《き》く。

答えはない。

私は両腕に力をこめ、相手のからだを前倒しにして受けとめるところを想像する。彼女がはおっている湯上がりの白いローブの裾が割れて、たぶん下腹のあたりが私の顔にかぶさることになる。ローブのしたに彼女は下着などつけていないはずだから、私は直接ボディーシャンプーのにおいを嗅ぎとるだろう。全力を使わなくとも簡単にそうなる。彼女は私よりもずっと小柄で、非力で、意のままに操れるくらいそのからだは軽い。

しかし私は力を抜いて寝そべり、私の上で彼女は返事を保留している。

薄闇のなか彼女に笑いかけて、ところで何時頃かと訊《たず》ねる。このホテルに入ったのが午後二時前で、いつもの段取りで時間は進んだのだから、いまちょうど三時くらいだろうか。

彼女は質問を無視して話しだす。

体操クラブに通わせている娘の話。小学二年生の才能について。天性のからだの柔らかさ、強靱《きょうじん》なバネ、それから……。体操競技のために生まれてきたとまでクラブの指導者は言った。あたしの目を見て、あとは娘さんの才能を生かすも殺すも親御さんのバックアップしだいだと。嘘《うそ》みたいな話だけど、あたしの娘、あと十年もしないうちにオリンピックに出てるかもしれない。

「そうか」私は感心してみせる。娘がいたのか？　とは思っても口にしない。この話は唐突で、彼女が私生活を語るのはいままでにないことだが、子供がいるのは私はうすうす知っていた。そんなことは最初からわかっていた。

「旦那さんも喜んでるだろう」

「夫はいないの」

この答えも聞くまえから知っていたという気がする。

「娘もやる気満々だし、あとはこのあたしがしっかりバックアップしてあげないと。ねえ、考えたら幸運だよね。将来やるべきことが見えている娘も、そんな娘を持った母親も。そこを目指して、迷わずにまっすぐ進めばいいんだから」

「そうだな」

「だから」

「うん」

「だから、古堀さんには悪いけど」

彼女の右膝、そして左膝に力がこもり、私の左右の上腕を踏みつける。踏みつけたつもりかもしれないが、軽い体重が交互にかかっただけで、痛みよりもマッサージをうけているような心地良さを感じる。

「さっきからなにを謝ってるんだ？」

「あたしは古堀さんのこと、嫌いじゃなかった」

「嫌いじゃ、なかった？」

「うん。なんの恨みもない。眠いでしょう？」

私はうなずいてみせる。

「眠って」

「なにが言いたいんだ」私は眠気をこらえながら言葉をつなぐ。「もう、会わないつもりか。やめるのか」

「うん、そう決めた。きょうかぎり」

「きょうかぎり。なぜ」

なぜ、急に？　と疑問に思ったとたん、私は過ちに気づく。知らぬまに、入念に張り巡らされていた罠《わな》に閉じ込められたようで、あ……と言葉にも声にもならない息が洩《も》れる。さっき仮眠から目覚めるまで、たったいままで見ないようにしていたもの、気になったのに目をそむけていた映像が頭のなかで再生される。続けざまに二度再生され、さらに反復される。

いつもの段取りで今日も駅で落ち合った。

私は電車を降り、駅舎を出て彼女の車まで歩いた。

駐車場の隅にひっそり停《と》まった箱型の軽乗用車。

彼女は運転席について待っている。

私はいつも通りそちらへ歩きながら、いつもと違うものを目にした。一台の紺色のセダンが彼女の車の隣のスペースから発進し、離れていくのを見た。

私は電車を降り駅舎を出て駐車場の彼女の車まで歩く途中に、紺色のセダンが彼女の車のすぐ隣から発進し遠ざかるのを見た。

私は彼女の軽乗用車にむかって歩きながら、そのそばを離れる紺色のセダンを目にとめ、一瞬だがあらぬことを考えた。

軽乗用車の運転席で待っていた彼女の様子はいつもと変わらず、私は助手席に乗りこみ、短い挨拶をかわすと次の一瞬でそのあらぬ考えを忘れた。彼女はいつも通り軽乗用車をなじみのホテルへむけて走らせた。

しかし私は完全に忘れていたわけではない。あの車には見覚えがある。いまも眠気と戦いながら、そのあらぬ考えをなぞっている。左ハンドルの、紺色のセダンなどめずらしくないとしても、あれとおなじ車に乗っている人間を私はひとり知っている。その人物が、いま私に馬乗りになっている女と、二台並んだ車の運転席ごしに会話をかわしている。セダンの女が、軽乗用車の女に、なにやら言い含めて、言質《げんち》をとる。それから駐車場に入ってくる私に気づいて車を出す、急ぐことなく、冷静にハンドルを切って。

馬乗りになった女の右膝、左膝に同時に体重がかかり、女のにおいが鼻先にせまったかと思うと、冷たい手が顔に触れて、撫《な》でるようにうごく。まぶたを降ろそうとしているのだと理解し、私は抵抗する。抵抗できず両目が閉じる。もしあのセダンが私の知っている人物の車だったとしたら。あれを運転しているのが千野美由起だったとしたら。現役の地方検察庁の検事がコールガールに何を言い含めるのか？　あなたのやっていることは法に触れる。今日限りやめなさい。いいわね、わかった？

そんなことはあり得ない。

だいいち千野美由起はこの私と、サオリという名のコールガールとの関係をすでに調査でつかんでいた。そして一と月も前に私のほうへ先に警告を与えた。

（もしこれ以上、軽卒なまねをしなければ、面倒には巻き込まれない。あなたの名前はリストから消える）

たしかに千野美由起にそう言われた。にもかかわらず私は軽卒なまねを続けている。千野美由起の叔母の犯罪をあばくため東京へ出向き、帰省して懲りずにサオリとこうして会っている。千野美由起は警告に従わなかった私に怒っているのかもしれない。事を強引に、思いどおりに収めようと必死なのかもしれない。駅の駐車場で、運転席ごしにサオリにこう言い含めたのかもしれない。

（もし今日、あたしの言う通りにすれば、あなたの名前はリストから消える）

それともこれはすべて千野美由起の叔母のたくらみなのか？　あの叔母の指図で、今日よりもっと前に千野美由起とサオリは会って話し合う機会を持っていたのか？

私は目を開ける。重いまぶたをこじ開けるように持ち上げて、真上にあるサオリの顔を見る。

しかし彼女は私を見てはいない。彼女の両目は固く閉じられている。目を閉じたまま彼女は両手を顔の高さまで持ち上げる。指を組み合わせた両手を額にあてて祈るような姿勢をとる。しかし彼女は祈っているのではない。彼女の両手が握りしめているのは分厚い刃のナイフだ。

身をかわすならいましかない。いますぐ左右の腕に力をこめて彼女のからだを前倒しにしなければと考えながら私は身動きできない。眠気の波がつぎつぎに寄せて来る。ひとつ越えて現実に頭をむけるとまたひとつ高波が襲う。波に呑《の》まれながら私はかつて千野検事が殺人の容疑者にたいして発したという言葉を思い浮かべている。あなたが、あなたの人生を賭けて、その男を殺したのはわかる。そのことをサオリに伝え、ぜひ確かめてみたい気がする。きみも、人生を賭けて、男を殺せとあの女に言われたのか？

「ごめんなさい」とナイフを握りしめた女が言う。

女の両手がさらに高く持ち上がる。もう身をかわす時間はない。私はふたたび目をつぶり現実から遠ざかる。いや、そうではなくて私は私の最期を見守る。そのときなぜか私は女の背後にまわり、何者かわからぬ第三者の目になって、一部始終を見届けようとしている。ナイフを高くかまえた女がひとこと私に謝り、間をおかず一気に振りおろす、力のかぎり、その瞬間の、くの字に曲がった女の両肘、激しく前傾する女の頭と背中、獲物を仕留める女の後姿を記憶にきざみ、器用に折りたたんだナプキンのようなタオルのかたちの疑問は解き残したまま、そして眼鏡の置き場所もつきとめられぬまま、室内の暗さよりも濃い完璧な闇が落ちるのを見る。

解説

伊坂幸太郎

小説にはストーリーがある。が、小説とはストーリーを楽しむものです、と言い切ってしまうのは少し違う。

面白いストーリーを文章化したとしても、それがすなわち、「いい小説」になるかといえばそうではない。反対に、筋書きは大した起伏がないにもかかわらず、小説としてはめっぽう面白い、というものもある。

佐藤正午の作品を読む時、僕はその最初の一ページ目を読みはじめた時点から、期待で胸が躍る。それは、波瀾万丈のストーリー展開の兆しが感じられるからでもなければ、突飛なことが起きるからでもない。最初の一歩を踏み出し、少し読めば、「読書の悦《よろこ》び」が待っていることを確信できるからだ。

「読書の悦び」「小説ならではの面白さ」とは何だろうか。

はじめにも書いたが、ストーリーのことではない。ストーリーがあるのは小説だけではないのだ。映画にもストーリーはあるし、漫画にもアニメにもある。小説は映画の代替品ではないし、映画は小説を実写化したもの、豪華にしたものでもない。小説には小説の良さがあり、映画には映画の良さがある。

たとえば、映画がもっとも活き活きするのは、「動き」「アクション」だ（と僕は思う）。別にそれは、主人公の格闘シーンやカーチェイスのような、いわゆるアクションシーンを指すわけではない。ある人がある人とすれ違う。二人の前に誰かが立ち塞がり、「邪魔だな」とこちらが思った瞬間、その邪魔者が横に歩きはじめる。もしくは、走っていた人が急に立ち止まり、しゃがみ込むのも、すべて「アクション」だ。物が飛び交い、落ち、誰かが小さな場所に入っていく場面にも、小説では決して描けない興奮がある。そういった「動く」場面を積み重ねていく工夫が、映画を躍動させるのだ。

漫画の場合はどうか。その魅力は、「止まった絵」にあるのかもしれない。ページをめくった途端に目の前に大きな絵が飛び込んでくる感覚は、映像にはない感動があるし、コマとコマの繫《つな》がりや飛躍は、絵が静止しているからこそ味わえる。

小説は？

小説の武器は何なのか。

はじめに思いつくのは、内面描写だろう。人の心情を伝えるのに、小説は適している。本書『アンダーリポート』に出てくる一節にはこうある。

〈私は私のしなかったことを悔やみたくなる。〉

人が悲しんでいたり、後悔している思いを小説はダイレクトに伝えられる。しかも、映像は、「在るもの」がメインだから、「ないもの」「しなかったこと」を表すのは難しい。小説はそれができる。

比喩表現も小説ならではだ。意表を突きながらも、ユーモアのある比喩を用いたり、使い古された定型の比喩表現をわずかにずらしながら使ったりすることで、小説は躍動する。

「語り方」も重要な要素だろう。一人称で語られるのか、三人称であるのか、どういった文体でストーリーが記されるのか。文体とまではいかなくとも、どういった文章を重ねていくかで作品全体の雰囲気は変わる。「歩いた」と書く部分を、「歩いたのだった」とするだけでおかしみが出ることもあるし、「あたかも」と付け足すだけで皮肉めいた雰囲気が増すこともあるだろう。

文章で物語を作っていく「小説」の武器とは、そういったものだ（と僕は思う）。

そしてそれらの武器を熟知し、使いこなす作り手の作品は、活き活きしている。面白くないわけがない。

だから、だ。

だから僕は、佐藤正午作品を読むと、まだストーリーが分からないうちから、心が弾む。

佐藤正午は、ストーリーを語る順番にも工夫を凝らす。

本書を開いた読者はまず、主人公「私」がドアを開け、ある店に入っていく場面を読む。店のオーナーとのやり取りがはじまり、「私」の名前や仕事が少しずつ判明する。この徐々に状況や設定を知る過程もぞくぞくするのだが、「私」とオーナーとの関係ははっきりしない。やがて、「私」が言う。

〈「憶えていますか、十五年前の今日、自分がどこで何をしていたか」「ひとつの物語です。記憶を頼りに僕が独りで作りあげた物語」〉

この小説は、十五年前の何らかの出来事を巡る物語で、「私」はすでに、その全容をつかんでいることが分かる。

さらに、「私」は十五年前の出来事に対する決着をつけるため、犯人と対決しようとしているらしく、そこには緊張感がある。

十五年前、いったい何があったのか。

読者はそう思わずにいられないだろう。時系列通りに事件を説明するのとは一味違う、何とも興奮する語り方ではないか。

ストーリーの語り方という意味では、「私」の立場にも工夫がなされている。「私」はふとしたきっかけで十五年前の出来事を気にかけ、その時のことを思い出そうとする。日記や、警察調書に載っている十五年前の自分の供述を読み直し、「覚えていること」と「記録されていること」を突き合わせながら、何があったのかに思いを馳せるが、彼自身は、事件の当事者（被害者や加害者）でもなければ、私立探偵のような部外者でもないのだ。十五年前、彼は、当事者の隣人、知人だった。死体の第一発見者として警察に事情聴取も受けている。つまり、「当事者と部外者のあいだ」とでもいうような立場で、だからこそ独特の、切実さとのどかさの入りまじった雰囲気が漂っている。

こういった「語る順序」や「語り手の設定」は、「小説としてより面白くなるように」と考えた結果、自然と選ばれたものだと思う。奇をてらいたいわけでもなければ、方程式があるわけでもない。身も蓋もない言い方をすれば、勘だろう。そしてそれこそが、小説家のセンス、才能だ。

読者は、『アンダーリポート』を読み進めながら、冒頭の場面を時折、思い出すはずだ（僕はそうだった）。主人公が店のオーナーに会うあの場面にいつ繋がるのか、あれが決着の場面だとするなら、最後にはあそこに辿《たど》り着くのだろうか、と頭の片隅に疑問が過《よ》ぎる。

　このあたりも巧みだ。

　仮にこれが、十五年前の出来事を推理するだけの話だとすれば、主人公にはそれほど切迫感はない。真相がどうあれ、すでに終わったことだからだ。

　だが、冒頭にあの場面が配置されていることで、十五年前の事件は決して過去のものではなく、つまり安全な剝製《はくせい》のようなものではなく、今まさに主人公と対峙《たいじ》する猛獣なのだと感じることができる。だからこそ終盤に向かうにつれ、派手な展開はないにもかかわらず、緊張感が増していく。

　小説を最後まで読んだ人は、冒頭の場面をもう一度、読み返すことになるだろう。最初に読んだ時とはまた違う感慨を覚えるに違いない。ぼんやりとしか感じられなかった緊張感が、今度は、生々しいものとして受け止められるのではないか。もちろん、冒頭に戻ったところで、物語は終わらない。小説はそこで終わるが（なぜなら、もう読むべき文章がないからだ）、読者はこう思わずにはいられないだろう。「いったい、この後、どうなるんだ？」

　作品をすべて読み通したにもかかわらず、迷宮から脱け出せないような不思議な感覚に襲われる。こういった構成の妙、語り方の工夫、さらには、会話の魅力により、ミステリーの素材を使いながらも、ただのミステリーとは言い難い読み味になっている。

　このようなストーリーを思いつく人はいても、このように書けるのは、佐藤正午だけだ。

　この本には、『ブルー』という掌編も収録されている。『アンダーリポート』の続編、後日談とも呼べるものだ。

　先ほど、『アンダーリポート』は最後まで読み終えると冒頭に戻ることになる、と書いた。この『ブルー』はその迷宮に、突如として現われた、「出口」の標識のような存在だとは言えないだろうか。「こんなところに出口のドアが」と足を踏み入れれば、予想もしていなかった恐ろしい場面が待っている（『アンダーリポート』で、「将来の夢は、小さな可愛いおばあさんになること」と言ったサオリの存在に僕は癒されていたから、ショックは大きかった）。もともとこういった構想だったのか、それとも、ふと、『アンダーリポート』の構造にくさびを打ち込みたくなったのかは分からぬが、この掌編により、主人公「私」は当事者となった。そして読者はまた思わずにはいられない。「いったい、この後、どうなるんだ？」

　難解な言葉を駆使したり、退屈なストーリーを用意して、「よく分からない」小説にすることは比較的、容易だろう。その反対に、シンプルな筋書きを、決して難しくない文章で描き、迷宮のように仕上げるのは至難の業だ。この作家はそれをやる。エンターテインメントや純文学の区別などどうでもいい。「本物の小説家」とはこういう人のことを言うのだ（と僕は思う）。

佐藤正午は、『アンダーリポート』や『5』『身の上話』といった傑作を書き上げた後、『鳩の撃退法』という大傑作に到達する。

語る順序を工夫し、語り方に神経を配り、「偽札」を取り巻く事件を小説だからこそ創れる迷宮に仕立て上げた。今の時点での佐藤正午の最高傑作と言っていいと思う。

僕が改めて言うことではないかもしれないが、一生のうちで読める本の数は限られている。であるなら、できる限り、「いい小説」を読みたいと思う人はいるだろう。

僕はそうだ。だから、佐藤正午作品を読む。そして、新作を楽しみにしている。

（いさか・こうたろう／作家）

本書のプロフィール

本書は、集英社より刊行された『アンダーリポート』（単行本／二〇〇七年十二月刊、文庫／二〇一一年一月刊）に、単行本『正午派』（小学館、二〇〇九年十一月刊）所収の『ブルー』を新たに加えた作品です。

小学館文庫

アンダーリポート／ブルー

著者　佐藤正午《さとうしょうご》

二〇一五年九月十三日　初版第一刷発行
二〇二〇年七月二十七日　第三刷発行

発行人　飯田昌宏
発行所　株式会社　小学館
〒一〇一-八〇〇一
東京都千代田区一ツ橋二-三-一
電話　編集〇三-三二三〇-五一三四
販売〇三-五二八一-三五五五
印刷所 ―――― 凸版印刷株式会社

この文庫の詳しい内容はインターネットで24時間ご覧になれます。
小学館公式ホームページ　https://www.shogakukan.co.jp

ISBN978-4-09-406209-0